鶴唳華亭

中

莫買寶剪刀，虛費千金直。
我有心中愁，知君剪不得。

雪滿梁園——作
ENO——繪

目錄

第二十七章

不謝不怨

夜漸漸深了，既無星辰，亦無滴漏，難測到底是什麼時辰。定權緩緩起身，看了阿寶一眼，問道：「我就不陪妳了，妳就打算這樣坐到天亮嗎？」阿寶垂著頭輕輕點了一下以示回覆。定權道：「妳坐得了一夜，坐得了一月嗎？況且也不知道幾時能夠出去，也不知道還能不能夠出去，還是上床睡吧。」阿寶低聲道：「妾……還不睏。」定權看著她後頸的清晰髮線，嘆氣道：「妳放心吧，君無戲言，本宮說好了和妳秋毫無犯。」

阿寶仍然低著頭撥弄手指，只是拖延著不肯起身。定權無奈，甩袖走了兩步，又折回身來，一把將她抄起，向內室走去。阿寶忙用手去推擋他胸膛，急道：「殿下請自重。」定權再想不到自己坐牢卻坐出了這般豔福，心裡只是苦笑。正相峙間，忽聞門外換防的聲音，登時白了臉，半晌方冷冷道：「要麼妳乖乖睡覺去，要麼我明日就叫人送妳回去。」

阿寶知道他心裡難過，也住手輕聲道：「妾沒說不睡，妾自己會走。」定權瞪了她一眼，隨手將她放下，默默走進內室。阿寶隨後跟上，替他脫了鞋，待去解他脅下衣帶，他卻翻身向內避開道：「夜裡涼，我多穿一件。」阿寶一愣，明白他的用意，也便住手，拉過一床被子替他蓋好，自己於床邊坐守。

一燈如豆，倒映在他的側臉上，睫毛和鼻梁投下淡淡的陰影，他的半面臉頰被晦暗光影剪切得精緻無匹。阿寶忽然回想起去年冬天，自己也是這樣守在他床前，看著他入睡。一時聽他呼吸勻促，不覺伸出手去輕輕摸了摸他的鬢角。定權懶得睜眼，悶聲問道：「妳還不睡嗎？」阿寶搖頭，微笑道：「妾等著殿下睡著了。」定權道：「睡慣了瓷枕，怕一時半刻是睡不著的。」又嘆了口氣道：「何況外頭還亂。」阿寶想想，道：「那妾陪殿下說說話，或者好些。」定權道：「好。」

阿寶道：「今天下午，趙內人就把那支鶴釵送回來了，這麼快就接好了，和新的一樣，妾心裡真喜歡。等回去了，妾再戴給殿下看，好不好？」定權輕笑一聲道：「好。」阿寶道：「妾隨母親進京，走的是水道，是那一年的暮春，天氣真好，站在船頭看，雲山蒼蒼，江水泱泱。川澤擊打在礁石上，半天都是濛濛水霧。有兩隻白鶴，從江邊的蘆葦叢中飛了起來，越飛越高，越飛越遠，最後看不見了。天還是那樣的天，水還是那樣的水，江山美得就和一幅畫一樣。那時候我明白了，親眼看到這樣的河山，不必登仙，一個人的胸懷也可以無邊寬廣。不生羽翼，也可以無限自由。」她抬起了頭來。「燕湘平遠，他處無此好江山。殿下，那就是殿下的江山呢。」

定權心頭一震，無以為對，又聞阿寶道：「殿下送給妾那支釵，妾一下子就想起了那天的心情。」

定權微微一笑道：「是嗎？我送給妳，並沒有懷什麼好心。」阿寶搖頭道：「草不謝榮於春風，木不怨衰於秋天。殿下剛剛還說，草木也有自己的本心，順著四時更迭繁榮凋零，才叫做自然。殿下把它給我，我就想起那天所見所感，這也是自然，跟別的事都不相干。」

定權笑道：「瞧不出來，妳倒很會寬慰人。天道輪迴，萬法自然，木不怨衰於秋天，這話說得原本不錯。妳知道我剛才在想些什麼嗎？」阿寶道：「殿下說了，我就知道了。」

定權將兩手反背，枕在頭下，半晌方開口道：「我的二伯父，我還未生他就已經去世了。不論是先帝，還是陛下與先皇后，都沒有跟我說過他的事情，就好像世上從來沒有過這個人一樣。我長大了，才略略知道，大約是陛下和舅舅那時候做了什麼事情，先帝才賜死了他。陛下迎娶先皇后，為的不過是外公的權勢。外公將先皇后嫁給陛下，也不過是為了有朝一日，他的外孫能夠當太子、當天子，他的權勢能夠世代不衰。可為了這個，二伯就應該死嗎？」

他不似是在問話，阿寶也只是靜靜等他繼續，半日方聞他擁鼻輕輕咳嗽了兩聲，接著笑道：「聽說他就是在這裡自剄的，死的時候不過長我一歲。錦衣繡服換成草屨麻衣，前驅後擁翻做嘴臉炎涼，孤身一人漫漫長夜，難道不會害怕嗎？不會怨恨先帝無情嗎？不會滿懷怨毒詛陛下和先皇后的兒孫嗎？而今不過父祖造業，報應到了我的身上，我才會坐在他坐過的地方，躺在他躺過的地方。這麼想來，還有什麼好怨懟的？我自己手上也沾滿了別人的血，才活了今天。像妳，蔻珠不也是死在了妳的手上嗎？自己一身泥汙，又憑什麼去指責旁人不乾淨？」

他從未與自己這樣置腹推心過，阿寶揣度其中涵義，也覺無言可對，半晌方輕輕拍了拍他的肩頭，道：「殿下不要想那麼多了，還是早些休息吧。」定權道：「那妳就為我讀讀書吧，也許會睡得容易些。」阿寶答應道：「殿下想聽什麼？」定權閉上了眼睛，懶懶說道：「既然妳提到了蒸湘，就請為我背一篇楚辭吧。」

阿寶將他露在外面的手臂放回被中，又幫他掖了掖被角。自己坐在一旁，想了想，慢慢誦道：「……捐余玦兮江中，遺餘佩兮醴浦，采芳洲兮杜若，將以遺兮下女。時不可兮再得，聊逍遙兮容與……」這是他首次意識到，她的聲音其實如此動聽。定權的眉頭慢慢地舒展開了，呼吸也漸漸勻淨了下來。沒有離騷，無須卜居，未曾國殤，何必禮魂，

靖寧二年八月廿七日的最終，只剩下這溫潤寧靜的聲音，為他吟詠的美人、香草、溫柔敦厚的遺憾，以及楚楚的堅貞。

廿七日發生的事情，眾人方未完全回過神來，聖旨便已紛至頒下，先是藉口複查舊案囚禁了太子，又將當初經辦過此案的官員一一重新緝拿訊問；顧思林居家養病，長州的事務便該由副將暫代，可中書省中卻又傳出旨意，道天恩厚重，已召小顧將軍回京侍病，餘下的幾員副將，素來並無驕人功績，硬是拾階而上，只恐互不服氣干礙大局，是以另調承州都督李明安接替長州都督的職

務。

敕使自京城到長州，就算沿驛換馬日夜兼程，也需五、六日時間。如今一日方過，旨意尚未出相州，但眾人對眼前的利害，早已洞若觀火。齊王府前的街上，由頭至尾皆是官乘，將一條堂皇大道堵塞得水洩不通，若有急事，便不得不繞道而行。

齊王本次卻頗聽進了皇帝的話，吩咐府中人等，凡屬來客，不論何人皆不迎納。自己終日一身家常打扮坐在書房內，也不出門。如是過了幾日，還是聞府中內侍來報趙王過府。定棠雖覺他此時上門未免太過多事，卻也不好推託，只得吩咐將他從後門悄悄放了進來。

定楷看見他，先忍不住抱怨：「大哥前次還說我趙國酒好，引得邯鄲遭圍。今日見了尊府門前的場面，還只當是你齊王又開諫了呢。」定棠一笑道：「你這貧嘴滑舌，又是跟誰學來的？」又皺眉道：「朝中還是不曉事的人多，這傳進宮裡，我又是個什麼名聲？」定楷笑道：「大哥這是把我也罵進去了，這麼樣，小弟也不敢攀龍附鳳，這就回去了。」定棠道：「五弟這是說什麼話？」定楷笑道：「弟不過逞逞口舌之快罷了。只是今天來，確是有些事情。」定棠讓座道：「坐下說吧。」

定楷撩袍坐下，接過內侍奉上的茶盞，問道：「陛下今天一早，就讓大理寺戴職拘禁了張陸正和杜蘅，此事大哥知曉否？」定棠點頭道：「我已經知道了。」

定楷從懷中取出一封函套，遞給定棠。定棠接過，隨口問道：「這是什麼？」定楷道：「是張陸正的家人剛送到我府中的，說是張尚書親口託付，事關重大，叫我務必轉交給大哥。」

定棠不由皺眉，拆去封口，從中取出一張信箋，見上面只有「庚午，辛未，壬子，丙子」八個字，略一思忖，不由心中一笑，暗道了一句：「小人。」定楷看了看他，道：「我也不知這其中有何事，也沒有多問。若是他唐突無禮，大哥只當是我多事罷了。」定棠細細思忖，張陸正如今已岌岌可危，自然不會當真再求什麼兒女姻緣，不過是求自己保他平安而已。李柏舟一案，他所知內情不少，三司重審之時，定然還是用得到的，莫若先穩住了他，再作打算。

想明白了，他才笑道：「五弟只會替我分憂，又怎麼會多事？此事卻還要勞動五弟，我附幾個字，煩請五弟再交回那人。」定楷拱手道：「舉手之勞，大哥這種客氣法，小弟可承受不起。」定棠又問：「我這幾天沒出門，你在外頭聽見人家說他什麼了嗎？」定楷笑道：「還能說什麼？『小人』二字爾。順帶把他皇初年的貪弊情事又翻了出來，說當時雖然盧世瑜極力替他壓了下去，他今日再行背主事，也是意料，情理之中。」

他一邊說，一邊看著定棠寫完，又尋封套仔細封好，這才接來袖起，笑笑道：「大哥，這一次顧思林可就真病得厲害了，連太子都捎帶上了。宗正寺那種地方，我是想都不敢想的。」定棠微微一笑道：「也未盡然，我倒聽說他這牢坐得舒服，還帶了個美人過去。紅袖在側，珠玉傍身，換了是我，被關兩天也無妨。」見定楷臉色一滯，才又轉口笑道：「今日已是廿九了，不知朝廷的旨意走到哪裡了？」

定楷亦陪笑道：「我只想著顧逢恩接到了聖旨，該是個什麼打算。」定棠輕哼一聲，道：「我早就說過，普天之下莫非王土，長州又怎麼會例外？」定楷微微一愣，道：「正是，大哥一早便看透了，小弟這等痴人，還蒙在鼓中呢。」定棠看了他一眼，也笑了，道：「五弟先不忙著回去，用過晌午飯再走吧。」定楷笑道：「那便要叨擾大哥了，過了這幾天，恐怕再也就吃不到齊王府的飯菜了。」定棠奇怪道：「這又是什麼話？」定楷道：「屆時小弟，就要到延祚宮吃筵席去了。」定棠斥道：「五弟胡說什麼！」這是怒語，卻殊無怒意。定楷笑嘻嘻地拉起他一隻手，向廳中走去，道：「等我吃飽了，大哥再罵。」

京中議論的不過是諸如此類的情事，詹事府自然不會例外。太子既已被禁，衙中一時也無事務好辦，何道然去職，少詹傅光時又終日在本部禮部廝混，對衙門內事睜隻眼閉隻眼，偶爾呼喝兩句再有失喏者必要依朝紀嚴懲，便也泥牛沉海沒了下文。

此日衙喏已經唱過了小半個時辰，許昌平方匆匆入班。他是詹府主簿，地位雖卑，卻掌管衙內所有檔案文移，他不在時，眾人益發無事可做。是以他才進衙廳，便聽見幾人的閒話：「漫說旨意還沒下來，便是下來了，又跟你我何干？我等是詹事府的屬官，又不是太子妃，還能隨著一道就給廢了？」另一人嘆息道：「話雖如此，可一朝天子一朝臣，今後的事情，誰能說得清楚……」許昌平不由略皺了皺眉，上前見禮道：「傅少詹，呂府丞。」

兩人抬頭瞥了他一眼，無聊笑道：「許主簿怎麼這個時辰才來？辰時的唱點早已經過了。」許昌平躬身道：「卑職今日入班遲了，甘願領罰。」在禮部時，傅光時便是他的老上司，遇事多有回護，此刻一笑道：「先記下來吧，待過了這幾日，積攢得也多了，一併再罰過。我說爾等年紀輕輕，怎麼終日不是遲到就是早退？」許昌平道：「卑職昨夜沒有睡好，不想今日就起得晚了些，還請上憲見宥。」

兩人互看了一眼，笑道：「原來如此，只是你又多費什麼心？衙門的天就塌了，也砸不著你這個七品秀才官的。」許昌平笑笑，道：「呂府丞取笑了。二位若無事，卑職便先去了。」傅光時看他遠去，又道：「如今像他這樣倒好了，半兩的關係也擔不著。呂府丞，聽說你素來和二殿下……」少詹事忙皺眉道：「傅詹事聽誰在背後亂談？哪有這等事情。」傅光時道：「呂府丞，你我在禮部共事多年，於公於私，也都算是情誼甚篤，未來的事情，還要靠呂府丞多多提攜呢。」

正如吳龐德所言，外面便是造了反，宗正寺的小院子裡，也不會吹進一絲風。定權也不免向阿寶感嘆，言只有此處，還真留著兩分「不知有漢，無論魏晉」的意味。

此日午睡醒來，看阿寶不在，便趿了鞋出門，見她正半蹲在門外的階上，拿了晌午留下的米粒餵麻雀。即將入冬的麻雀，與春夏時不同，一個個吃得滾圓，偏著頭在地上蹦來跳去，頗為可愛。

阿寶聽見聲響，回頭見他正倚門而立，含笑站起道：「殿下醒了。」幾隻麻雀一驚，撲刺刺一下子就飛聚在一旁枯枝上，半晌見相安無事，又慢慢跳回來。定權笑著點了點頭，道：「不如捉兩隻留下玩耍，怎麼樣？」阿寶道：「妾可沒有這個本事。」定權道：「我表哥從前教過我，妳去取只管籮來。」阿寶道：「這種地方哪預備著那些東西？」定權笑道：「那妳讓那個吳寺卿去取只管籮來。」

兩人正在殷切商議，麻雀們突然再度受驚，一轉眼便飛入了草叢，不見蹤影。阿寶抬頭看看，攤手道：「他來了，殿下親自問他要吧。」說罷轉身進了屋。驚飛鳥雀的腳步聲果然是寺卿吳龐德的，王慎也隨著他一道前來。兩人向定權行禮，定權勉強抬抬手，道：「王翁免禮吧。」吳龐德一臉悻悻，自己站直了身子，定權亦懶得理會他。

王慎笑問：「殿下這幾天住得可還好？」定權哼道：「不壞。」王慎道：「還缺些什麼，或是覺得飯菜不適口，殿下就跟臣說。」定權看了他一眼，道：「本宮想換個枕頭。」王慎還沒開口，便聞吳寵德插嘴：「殿下恕罪，不是臣不肯給殿下換枕頭，這實在是——」定權的一腔怒氣，對著這疲頑人物也發作不出，打斷他道：「實在是陛下有過特旨，不許本宮睡瓷枕，是不是？」吳寵德笑答：「陛下並沒有這樣的旨意，陛下只是說，殿下住在這裡，出了一星半點差池，臣的九族，就保不住了。殿下一向寬仁，還請體諒臣的難處，委屈了殿下的地方，臣向殿下請罪。」

定權暗暗疑心進士科居然也會檢拔出這種人物，交流無益索性緘口。王慎看了吳寵德一眼，笑道：「吳寺卿辦事還是盡心的。」又道：「殿下叫臣多搬張床過來，臣已經派人去辦，說話就送到了。」

果然院門外又有幾人抬了張矮榻進來，吳寵德忙過去張羅著調度安排。王慎道：「殿下這邊請，仔細碰著了殿下玉體。」一面將他引至簷廊之下。定權見吳寵德轉眼，忙問道：「阿公，外頭的事怎麼樣了？」王慎嘆了口氣，只道：「殿下現在這樣子，多知道了也無益，還是不要問了的好。」定權仍舊追問道：「將軍現在做什麼？」王慎道：「還能夠做什麼？養病罷了。殿下不必憂心，陛下已派了太醫院的幾個院判，輪番過去侍奉了。」

定權默默點頭，再問道：「陛下近日來還有什麼旨意嗎？」王慎道：「不是臣不肯說給殿下聽，是殿下聽了又能如何呢？陛下給臣的旨意，就是千萬看護好了殿下，其餘的，臣也一概不知。」定權向前走了兩步，坐在欄杆上，想了半晌道：「陛下已經叫小顧回京來了，是不是？」王慎臉色一白，方要開口，見吳寵德已經出來，笑對定權道：「全都已經安置好了，殿下看看可滿不滿意。」

定權笑笑，道：「你們手腳這麼俐落，事情辦得這麼周到，我還能有什麼不滿意的？」

第二十八章

恩斯勤斯

眠。

八月底連下了兩三天秋雨，天氣立刻涼了下來，滿院蔓延的淒迷雜草也變成了滿院蔓延的淒迷衰草。自前日起，便有一隻或幾隻蟋蟀在定權的床下徹夜叫個不住，定權叫牠吵得心煩意亂，跟吳龐德提起過一次，吳龐德也命人將床搬開，細細翻找過，但並未尋到，便回覆定權說蟋蟀們已經跳走，殿下可以安眠。

然而到了夜中，一過亥時，又聞得一陣唧唧聲起。定權從床上翻起，用手中書冊狠狠照牆上一拍，倒安靜了片刻，但隨即那草蟲又開始鳴叫，聲音比剛才還更大了幾分。阿寶在一旁側耳傾聽，道：「只怕是封在了牆裡頭的，吳大人才沒找出來。」定權皺眉道：「妳去說一聲，叫他們送壺滾水過來。」

阿寶披衣下床，推門走至院中，告知守院的一個衛士。那衛士又去報告給王慎，王慎隨後親自攜人前來，將床抬開，又等待半晌，緣著那蟋蟀的叫聲潑了一牆滾水，立刻安靜下來。王慎笑道：「這是天氣冷了，臣的屋裡今天也跑進去了兩隻。」又道：「殿下成日不走動，要多加件衣裳，可千萬不要著了涼。」定權看著他們將床又搬了回去，一面聽他嘮叨，點了點頭，漫不經心地問道：「加衣裳是加衣裳。李明安已經接手了長州事嗎？」王慎道：「旨意恐怕才到，應當……」說了半句，方知被他賺了，忙住口道：「殿下，這個臣也說不清楚。」

定權略笑了笑，道：「果然是李明安，此人倒也算幹練，只是聽說從前在樞部，便跟上司屬下都相處不好，怎麼就派了他去？」王慎嘆道：「殿下早些安寢吧，臣這就告退了。」定權也不再多說，待他們都離開，又躺了下來，果然再不聞那叫聲，從旁撿起剛扔下的書，翻了兩頁，笑道：「七月在野，八月在宇，九月在戶[1]，欸，這說的不就是妳嗎？」

阿寶看他一眼，見他已將一部《毛詩》覆蓋在臉上，不知道在想些什麼，便不去理會他，接著收拾手中的衣物。待都收整好，他卻仍然沒有動靜，便悄悄走了過去，將那本書拿了下來，卻見他正睜著一雙眼睛，直直看著自己，嚇了一跳，想了想便將那書又蓋了回去，道：「說的是殿下。」

自八月廿七日始，朝廷的欽命敕使先後向長州去了三人。至九月初八，最早去的一人已回京向皇帝覆旨，言李明安已赴長州接管了將印。小顧將軍也接到了聖旨，只待將軍中事務一一向新任主將交割清楚，便同後兩名敕使一道動身回京。

皇帝接過他攜回的李明安的奏報，看過之後，沉吟了半晌，問道：「顧逢恩接了旨，是個什麼樣子？」敕使回道：「小顧將軍將聖旨收好，又向臣詢問了皇太子殿下和顧將軍的近況。」皇帝一笑道：「他是先問的太子，還是先問的將

---

1 出自《詩經·豳風·七月》，第四句是「十月蟋蟀入我床下」，以此開阿寶玩笑。宇，指屋檐。

軍？」敕使一愣，道：「最先問的陛下。」皇帝道：「他是怎麼問的，你又是怎麼答的？」敕使回憶了片刻，答道：「小顧將軍問臣：『聖躬安否？』臣答：『聖躬安和。』小顧將軍又問：『東朝安否？』臣答：『殿下亦安好，正奉旨暫居宗正寺，協查李氏逆謀一案。』小顧將軍又問：『哪個李氏？』臣答：『就是前任中書令李柏舟。』小顧將軍停了停才又問：『將軍安否？』臣答：『將軍只是舊疾發作得厲害些，臣離京前聽聞陛下已遣數位太醫悉心料理。想來待到副將軍返京的時候，便沒有什麼大礙了。』小顧將軍聽了，就沒再說什麼，只是請臣至行轅用了晚飯。」皇帝點頭道：「你很會說話。」敕使忙謝恩道：「臣謝陛下褒獎。」

待那敕使退出，皇帝才又從案上拿起了承州刺史所上的奏報，其中亦言都督李明安已經赴長，長州軍中聞說換將，一片騷動，但經副將竭力安撫，聲明只是暫理，是以迄今為止，尚無譁變之說。其辭與李明安奏疏中所說的並無大的出入，這才舒了口氣。

偏殿的窗格支起，一陣涼風入殿，皇帝不由咳嗽了兩聲。陳謹見狀，忙不迭地吩咐將窗戶閉死，又規勸道：「還沒到奉炭盆的時候，天氣倒是沁涼。陛下總坐著，還是多加件衣服。」皇帝起身道：「這就不坐了，你去取氅衣來，朕要出去走走。」陳謹忙親自將衣服取至，服侍皇帝穿好，方欲跟隨，又聞皇帝道：「你不必跟著去了，去宗正寺裡，把王慎叫過來，讓他到東閣那邊去見朕。」

皇帝登樓遠眺，天際一片寡淡微雲，其下漫射出斜日的金紅光澤，映得點點灰色薄雲，如片片龍鱗一般。宮城後的隱隱南山，影廓已經不如春夏時清晰，想來其上草木也多已凋敝。一時只覺流年似水，去者匆匆，再看看閣下五色菊花，才想起明日便是重陽佳節。

因今秋多事，自己早有敕令重陽不宴，是以宮內並未像往年一般大肆採備，不過備了幾盆菊花映節。又忽而想起先帝竟顯年間的某個重陽，自己與顧思林一道登高，一口氣竟爬到了南山山巔，那日天氣晴好，可以遙望到紅色宮牆，下山遲了，還心中忐忑，生怕誤了宮中晚宴。彼時兩人還皆是英俊少年，現下再想起來卻只覺恍然如隔世。正微生慨嘆，便見王慎已經從樓下匆匆繞了過來。

王慎上樓向皇帝行過禮，聽他發問：「三司那邊案子查得怎麼樣了？」王慎思索了片刻，小心答道：「臣聽說他們是將張尚書、杜尚書和旁餘人等分開來查核的，至今並未有大的進展。」皇帝點頭道：「朕知道了。太子呢？」王慎答道：「殿下一切安好，請陛下放心。」皇帝又道：「他向你問過些什麼沒有？」王慎道：「殿下沒有說過些什麼。」

皇帝笑道：「不啞不聾，做不得阿翁。朕就信了你的話。太子這幾日還肯吃飯嗎？」王慎答道：「殿下都是按時進膳。」皇帝點頭道：「那就好，你去吩咐御膳房，叫他們明日多做幾道太子平日愛吃的菜，給他送過去。」王慎愣了片刻，方跪地謝道：「臣代殿下叩謝聖恩。」皇帝放眼東眺，半晌方道：「去吧。」

重陽當日，剛剛清早，滿街便都是穿戴鮮明、頭插茱萸的男女老少，戶戶皆攜著餌餅食物，預備入寺進香，兼賞玩秋景。相形之下，宮內卻是冷清得多，部衙並未散假，只是眾官員無論品陟，皆領到了一份御賜的重陽糕和茱萸，算是應了節。

定權一直睡到近午方起，正拿著一根草棍逗昨日網到的一隻幼小麻雀，一邊詢問道：「已經死了嗎？」麻雀啾啾地叫了起來，阿寶不滿地想從他手中拿回草棍，被他揚手躲開，問道：「牠吃什麼？」阿寶道：「殿下自己還沒用早膳呢，倒先問牠？殿下既然起來了，妾讓他們預備去。」剛出屋門，一眼便見王慎和吳龐德穿戴得齊齊整整進院。身後跟隨一列隨侍，手中皆提著食盒，甫至門外肴核香氣已經散溢。

王慎隨即吩咐於院中擺開筵席，定權從內室走出，見眾人忙著排杯置盞，不解皺眉問道：「這是在做什麼？」王慎直待菜肴皆已擺放好，方與吳龐德一同倒身下拜道：「臣等叩賀殿下雙十華誕，恭祝殿下福祚綿長，鶴壽千歲。」

定權這才想起今日已是重陽，愣了半晌，慢慢走至桌前，只見桌上滿排著糟醉蟹、荷花魚丸、琉璃藕片之類的內製菜肴。當中一盆重陽糕，只加了石榴和銀杏，卻沒有自己素來不喜的棗和栗子，不由淡淡一笑。

王慎瞥見他神情，於一旁笑著解釋道：「是陛下親口吩咐了臣，盡揀著殿下喜歡的東西，今天一大早御膳房十幾個灶臺一起出火，做得了便立刻給殿下送來的，殿下嘗嘗，都還熱著呢。」沒待他說完，定權臉色已經沉了下來，指著桌上問道：「這不是你們安排的？」

兩人互看一眼，王慎才笑道：「沒有聖旨，臣怎敢動用這些上用的東西？殿下最喜歡宮中的琉璃藕盒，這是今日清早方從御苑中起出的。殿下嘗嘗，可還是那個味道？還有這壺薔薇露，陛下知道殿下酒量淺，特別叮囑了這個……」定權低聲道：「不要說了，王常侍。」

王吳兩人面面相覷，定權已經撩袍北面跪地，恭恭敬敬三次叩首，誦道：「臣蕭定權遙叩聖上雨露天恩。」站起身，又對王慎道：「陛下賜宴，臣銜感涕零，不能親面謝恩，便煩請王常侍替我回稟轉達。」王慎忙賠笑道：「臣定將殿下的意思上報陛下。殿下快請入席，顧娘子也請，臣把盞為殿下賀壽。」定權輕輕一笑道：「王翁，這幾日本宮的脾胃不好，吃不下東西，更不要說是飲酒了。本宮此刻覺得頭暈，想是夜裡受了些涼，便少陪了。」說罷便轉身入室。王慎跟入，急道：「殿下這又是何苦？」定權轉過身，低著頭逗弄麻雀，並不理睬他。

王慎道：「殿下今日就是二十歲的人了，若是娘娘看到，不知該有多歡喜呢。殿下又怎麼能夠再耍這種小孩子脾氣？」他不提先皇后便罷，此語既出，定權冷冷問道：「王常侍，這話是你應該說的嗎？」王慎一愣，只得跪地勸道：

「臣死罪，臣知道僭越了。只是殿下，這畢竟是陛下恩賜，殿下為臣為子，都該謝恩恭領才對。陛下昨日專程將臣叫了過去，不為別的，就為今天殿下的壽誕。」定權笑道：「是嗎？本宮活到二十歲，就今年才有誕辰的嗎？」

王慎嘆氣道：「殿下休說賭氣話，千秋壽誕恰逢重陽，往年裡都有宮宴，也算是給殿下一併賀壽了。」一面說著，自己也覺得沒有什麼底氣。忽而想起一事，又低聲道：「殿下放心，臨來前，臣親口一一嘗過……」定權打斷他道：「王常侍，這種悖逆心思豈是臣子理當懷據的？可既然你提及了，本宮也不妨明白告訴你，陛下他日真賜下鴆酒，本宮北面謝恩之後，立刻便會飲盡；可今日陛下只是賜宴，本宮實在是身體不適，難以下嚥，陛下想必也不至於怪罪吧。」

王慎又急又氣又無奈，怒問道：「這話殿下叫臣怎麼回給陛下？」定權翻身，笑笑道：「阿公不妨也跟陳謹學學，我怎麼說，你怎麼去回便是了。」王慎無法，恨恨一甩袖走出，見阿寶仍站立在門外，想了想嘆了口氣，仍是止步，向她絮絮低語了幾句。

王慎離開，阿寶隨後托著一碟重陽糕入內室。定權頭也不抬，問道：「他找了妳來當這個說客？」阿寶蹙眉道：「殿下不要再捅了，會死的。」定權放下草棍道：「那妳打算怎麼勸？陛下知道了，又有一場閒氣好生。這個節骨眼上，何苦不識時務，自己再討不痛快，是嗎？」阿寶道：「妾這麼說了，殿下聽嗎？」定權道：「不聽。」阿寶道：「那妾也就想不出別的話來規勸了。殿下這麼做，必然有殿下的道理。畢竟，殿下做得到，何須妾多口。殿下做不到，又何須妾多口？」

定權沉默了片刻，淡淡一笑道：「他從來，都沒有記得過我的生日。今天，這又算什麼？」阿寶無語上前，將手中拿著的重陽糕捏碎了，一點點放到麻雀面前，兩人一道默默看著麻雀膽怯地啄食乾淨。

再出門去，滿院都在緊張等待，王慎立刻上前低聲問道：「殿下用了嗎？」阿寶點點頭，道：「是。」王慎看看她手中少了一角的重陽糕，終於鬆了口氣，吩咐院中諸人道：「殿下用罷膳了，都收起來吧。」

因是午休時間，詹事府的官員們在衙門內圍聚著，將御賜的重陽糕吃罷，無聊之至，散得東一片西一片，雅的說詩俗的道曲，一片搖首晃腦、擊掌哦詠之聲。少詹事傅光時進來的時候，廳中已尋不到一個人影，不由作色道：「人呢，都到何處鑽沙去了？」他的本職是太常寺卿，近來鎮日耗在本部禮部，並不常來衙中，偶爾為之偏又是這副聲氣，眾人擔憂之餘不免好奇，忙從偏廳趕過正廳，預備聽他高論。

傅光時的火氣一時卻還沒有發完，接著怒道：「你們不要看著衙內事寡，便沒了王法。明日本官便將這幾日不守規矩的人報備上去，我管不了你們，刑部自然會管。」他教訓得莫名其妙，一人輕聲提醒：「傅少詹，這個還是午時二刻呢……」便又聽他劈頭罵道：「午時二刻又如何？朝廷不發這午時二刻的薪俸嗎？列位就不領這午時二刻的薪俸嗎？」他既然不說事由，眾人只當他無事生非，暗暗不滿，無一人答話。

傅光時環顧一周，終於破題道：「我手裡有件差事，誰去走一趟？」一人輕聲問道：「不知是何事？」傅光時見問話的仍是方才那人，不由皺眉道：「衙內公務，今日重陽，又恰逢殿下千秋。何相昨日上奏陛下，說歷來成例，殿下千秋當於延祚宮受群臣祝禱，今年他衙即不便，坊府總該出面致賀，方為臣子本分，陛下也已經恩允了。」

一面說著，一面不由暗罵何道然既多事且狡獪，一頭按著皇帝的旨意安排三司的鞫讞，一頭又對太子賣這種惠而不費的人情。心中正自憤憤，卻又聽那人道：「何相為詹事雖然日短，不忘出身，正是我等榜樣。不消說了，傅少詹定當玉成。少詹如今既是府中首揆，如此，我等便勞煩少詹代我等向殿下叩問安好。」傅光時恨得牙癢，瞪他一眼道：「本官是堂官，本部又多事務，怎麼脫身？這份向殿下請賀的奏呈已然擬好，你們各自具名，看看誰走一趟便是。」那個多話的人也不敢再接話，只是腹誹了一句：「這副禮崩樂壞的樣子，你本部還有個鬼的差事？」

眾人皆面露難色，太子被禁，定然一肚子的怨氣，此時去給他送這賀表，不是自討無趣又是什麼？何況不知送過了今年還有沒有明年，傅光時為人一向見風使舵，他既然公然畏首畏尾，有誰願意替他去出這個鋒頭？更何況太子如在其間有個好歹，私相授受的罪名，誰又能承擔得起？有了這幾層顧忌，一時無一人應聲。眾人一面打著哈哈，四處尋筆拖墨，磨菇著在賀壽奏呈上一一署名。

正無可奈何時，忽聞一人道：「少詹如不嫌下官位卑，下官情願辦理此差。」傅光時循聲看他一眼，驚喜道：「許主簿，你去好得很！都是同衙共事，說什麼你尊我卑的，哈哈。許主簿見了殿下，務請轉達，說我等皆在衙內遙賀殿下華誕。」眾人也都鬆了口氣，忙紛紛附和，道：「是，是，許主簿務請將話帶達，說衙中人人願往，只是去不得那麼許多人，未能親面向殿下致賀，我等心中甚感遺憾。」許昌平笑道：「是，卑職一定將諸位拳拳心意帶到。」

吳寵德也已經得到旨意，知道詹事府要來人，此刻見前來的不過是個穿綠袍的年輕官員，愈發不加客氣。許昌平只差連官靴都脫了下來，這才重新捧著賀表，一路跟人進入定權居住的內院。抬首看到那道黑漆院門，心中無端一凜。待穿過層層把守的金吾，一引路的內侍將他帶至門下，入室通稟道：「殿下，詹事府的許主簿求見。」

定權聞言，驚詫地從床上坐起，才發覺自己行動唐突，略清了清嗓子問道：「什麼許主簿？傅光時呢？」許昌平隔窗答道：「殿下，少詹本部事冗，衙內公推臣前來為殿下壽。」定權這才點頭道：「進來吧。」自己也整了整衣衫，走到了外室。

自中秋過後，許昌平未再見過太子，此刻會晤，只覺他除了略顯憔悴外，精神卻尚佳。一時無語，跪地向他叩首道：「微臣詹事府主簿許昌平謹代衙內同僚恭賀殿下華誕。」定權「嗯」一聲，接過他手中賀表，慢慢展開，又吩咐那內侍：「去把門敞開，本宮看不清楚。」見內侍應聲而去，又道：「許主簿請起吧。」許昌平輕聲答道：「臣這樣方好和殿下說話。」定權點頭，見內侍返回，又吩咐：「去斟茶來。」

內侍回道：「殿下，此處沒有熱水。」定權皺眉道：「那就問吳龐德去要。」內侍為難道：「可這裡……」定權不耐煩道：「你敞著門就是，外頭這麼多人，還怕出什麼事？況且許主簿來，不是聖旨嗎？不然吳龐德最懂得防微杜漸的道理，他怎麼就不跟來了？」他既然發作，那內侍只得唯唯道：「臣這就去。」

許昌平見他去遠，室內僅餘兩人，垂首低聲道：「殿下受苦了，臣死罪。」定權道：「不算什麼，你告訴我，外頭怎麼樣了？」許昌平答道：「聽聞昨日敕使已返。」定權道：「我也猜到了，長州換將的事情，一定還算順利。否則陛下今日不會賜宴，你也進不來。」停頓片刻，又壓低聲音道：「我是問你，外頭……」

許昌平亦低聲答道：「大事臣尚未敢輕舉妄動。臣今日一定過來，是想請問殿下一句話。」定權點頭道：「你說。」許昌平道：「中秋宴上，殿下為何便要一口認罪，咬定那首童謠是自己所傳？」定權微微一愣，方問道：「你這話是什麼意思？」

許昌平向院外看了一眼，才咬牙道：「臣有僭越的地方，還請殿下恕罪。」定權催促道：「你只管直說，眼下這個情形了，還講這些虛禮做什麼？」許昌平道：「是——臣想請問的便是，殿下屈尊到臣寒舍時，還只言此事不知何人所為，為何短短兩日，到了中秋，便認定陛下也一早知情？」定權一時被他問住，只覺腦內一片空白。

這許多天，諸事紛紜，接踵而至，自己也只是疲於奔命。況且中秋之事，自己其後不願多想，此刻再回憶當日情事，雖相隔不到一月，竟已覺得有些恍惚。經許昌平重新提起，千頭萬緒一起湧現，當日那點說不出來的怪異也再度湧上心頭。到底是因為皇帝宴前的喝斥，是因為叔祖宴上的亂言，是因為盧尚書的那幅字，還是因為齊王肆無忌憚的發難？當日所見一切，都似乎在告訴自己，是父親謀劃了這件事，但是到底因為什麼，自己一早便會先入為主，懷據了這樣的心思？

一件從未念及的事由隱隱浮出，定權不敢深想，不由面色發白，又問了一句：「你想說什麼？」許昌平低頭道：「他可曾和殿下說過些什麼？將軍？」定權掌心微有汗出，回憶前事，緩緩轉述道：「顧將軍說過，心中忐忑，覺得事情尚未開始。又說，陛下的性子，他比我要清楚。」聲音卻輕得如喃喃自語一般。

許昌平又追問：「殿下從臣家中回去，是十三日晌午，十三日午後或十四日，殿下又去了何處嗎？」定權心中已經一片木然，半晌方答道：「我又回了一趟將軍府中，把聽到的那些渾話都告訴了他。」許昌平道：「那將軍怎麼說？」定權緩緩搖首道：「他聽了，什麼都沒說，只是行走時，膝頭軟了一下。我……本宮扶住了他，便說要他放心，這件事情本宮會一力承擔，他還是，什麼話都沒有說……許昌平，你究竟是什麼意思！」

許昌平叩首道：「臣罪丘山。臣自殿下移駕以來，無一時一刻能夠安寢，寤寐思服，只是覺得事有蹊蹺。殿下，張尚書當廷拿出的那張字條上，又都寫了些什麼？」見他只是沉吟不語，又道：「請殿下務必明白告知，臣一心所繫唯王事而已，殿下若有一絲半毫閃失，臣當真便只有以死謝罪了。」定權嘆了口氣，仔細回想道：「依此名目，後日一過，必使江帆遠去，百舟皆沉。汝可密密告知諸人等。此事務密不可出錯。閱後付炬。」

許昌平眼前陡然一亮，忙問道：「真的只是這幾個字，沒有其他？」定權點頭道：「一字未添，一字未損。」許昌平連聲道：「如是便好，如是便好。」定權蹙眉道：「那確實是我寫的，我在朝堂上也已默認了。」許昌平道：「殿下平素與張尚書往來信中，可有直呼李江遠姓名的？」定權點頭道：「有過。」許昌平道：「那麼此事定然也是齊藩所為，陛下事前並不知情。若果是有了陛下的親旨，張尚書不提此事則已，既提了，又何以只是旁敲側擊……」定權心念一動，截斷他的話問道：「你是說張陸正他……這麼做又是為了什麼？」

話音剛落，方才的內侍已托著烹好的茶返回。許昌平眼看著他進了院門，心知已不及細說，只得匆匆低聲囑咐：「如臣所慮不差，殿下便不必憂心太過。至多在此處再靜居一月，定可毫髮無傷返回。」定權問道：「你怎麼知道？」許昌平道：「臣只是揣測——詹事府內諸般事務一切如常，待殿下鶴駕歸返，眾位同僚定要親自向殿下叩賀。」

定權微微失望，淡淡一笑道：「爾等心意我已知曉。許主簿請起吧，我如今也沒什麼可招待的，喝過了這盞茶再回去吧。」許昌平謝恩起身，接過內侍奉上的茶默默飲盡，便起身向定權辭行。定權亦知再無可私談的機會，只道：「勞動許主簿了。」許昌平也無話可說，再次撩袍跪倒，向定權叩首道：「臣告退，殿下保重。」定權點頭道：「多謝了。」一面拂袖進入內室。

許昌平暗嘆了口氣，也只得跟隨著那侍者離去。一路仔細思量定權說過的話，出了宗正寺門外時，竟覺兩腿都已經軟了。

第二十九章

歧路之哭

定權回到內室，一語不發，於榻上抱膝而坐。不知為何，耳邊卻一直迴響著那隻蟋蟀唧唧足足的叫聲，時遠時近，就是不止不歇。被牠聒噪不過，終於握拳向牆上狠狠擂下。

他未脫鞋便上床，阿寶已經覺得奇怪，此刻更加心驚，上前捧住他的右手查看，問道：「殿下？」定權甩開她的手，抬頭看了她一眼，過了半晌才發問道：「妳聽到了沒有？」阿寶遲疑道：「聽到什麼？」定權低語道：「妳聽見他說的話了嗎？」阿寶搖頭道：「妾沒有。」思忖半晌，才又低聲加了一句：「妾聽見，是許主簿來了。」定權卻沒有再說話，又埋頭沉思，阿寶也只得在一旁靜靜守候。

四下安靜得奇異，風不流，鳥不鳴，院內金吾不動，喘息心跳聲都如在耳邊。她的心頭突然狠狠跳了一下，不覺便有了一瞬恍惚，急忙轉頭，看見定權仍靜靜坐在自己身旁，才悄悄鬆了口氣。

不知呆坐了多久，直至聽到門響，阿寶怔忡抬首，看看門外，輕喚道：「殿下，請用晚膳。」見他置若罔聞，又落地走到他面前，勸道：「殿下今日早膳、午膳都沒有用好……」話猶未完，定權卻突然暴怒道：「滾！」那個送飯的內侍大驚，立刻伏跪於地請罪。阿寶默默上前，輕聲對他道：「先放著吧。」

直到月渡東牆，飲食全然冷透，定權仍然始終一口未動。那內侍來收碗時，見太子不食，只得又報到王慎處。王慎不免又帶了一干人趕來問詢，卻見定權已拉過一床被子，面向牆躺下了，便又向阿寶絮絮嘮叨了半晌，詢問定權是否當真身體不適，下午可又說過些什麼，若是睡起來想進膳，便只管吩咐等語。阿寶終於敷衍到他肯離開，回首看看定權，嘆了口氣，自己拎了本書倚桌翻看，又看不進去，不過尋個理由，不必尷尬相對而已。

定權卻並未能睡得安生，不住輾轉反側。阿寶見他焦躁，幾次話到嘴邊又壓了回去，終於還是忍不住詢問：「殿下，可是身上不適嗎？妾服侍殿下寬了衣再睡可好？」定權聞言，終於止住了動作，仍不言語。阿寶方自悔又多事，忽聞他低聲道：「阿寶，我覺得有些冷。」

阿寶放下書，起身道：「妾給殿下再添一床被子。」定權不知緣何略感失望，卻也沒有再多說，見她將自己床上的被褥搬了過來，又輕聲道：「我幫殿下暖暖手。」定權點點頭，道：「妳也坐過來。」待她在自己身邊坐下，便將雙手伸進了她的兩只袖管中。阿寶只覺他的雙手冷得如冰一般，不由微微蹙了蹙眉頭，問道：「殿下的手足，總是這麼易冷嗎？」定權點頭道：「我從小就有四逆的毛病，太醫也說是天生。開過方子，藥要經常吃，我沒有那個耐性，最後也就算了。」想想又道：「從前太子妃在的時候，還總記得此事。」

他從未提起過太子妃，阿寶想起蔻珠從前說過的話，輕聲道：「妾沒有那個福氣侍奉過娘娘。」定權淡淡笑了笑道：「是前年的事，太醫圍了滿滿一屋，從丑時到酉時，母子兩個還是都沒有保住。是個小世子，我在外頭好像還聽見他哭了一聲，可別人都說沒有，是我聽錯了。陛下連名字都已經擬好了，就叫蕭濟。」略略側了側身子，捉緊了阿寶的臂膊，道：「太子妃從前也總是這麼幫我暖手，要是那個孩子還在，早應該會叫爹爹了。」

阿寶低頭看他，他閉著眼睛靜靜蜷縮在自己身邊，周身上下已經沒有了絲毫戾氣，就還像剛剛束髮的少年一般，若不曾相知相處，卻怎麼也想像不出他也會有妻有子，為夫為父。她沉默了半晌才勸解道：「殿下還這麼青春，謝娘子也是，趙娘子也是，小郡王、小郡主都還會有的。」定權笑道：「我只要太子妃的孩子。我想過了，將來自己也有了孩子，便絕不會教他受半分的委屈。」他口中居然也會說出這樣的傻話，阿寶不由愣住了，還沒等想好怎麼回覆，便見一行眼淚已沿著他顴邊滑下。

定權亦不想掩飾，阿寶抽不開手，只得默默看著他肩頭抽動，半晌方聞他繼續說道：「他從來，都沒有記得過我的生日。因為逢節，小的時候，先是有家宴，後來大一點，是有宮宴。王翁一開始哄我，說那就是在給我慶祝生辰。只有舅舅和表哥，他們從來不說重陽，只說初九。有一年初九，是在寢宮外的浴池裡跟表哥一起喝酒，喝了一杯就醉了，他把我背上去的。有一年他帶我去了京中的瓦肆，可是他害怕舅舅，我害怕陛下，到了地方，我們在外面站了半天，互相抱怨了半天，還是沒有進去。更早，是舅舅把我頂在肩膀上，去看燈，吃酥酪，蜜酥食，和我愛吃的東西。所以直到現在，我還有一顆齲齒。」

見阿寶一笑，他也淡淡一笑，接著說道：「還有一年，舅舅奉命在京營裡。宮宴散了之後，我磨蹭不肯出宮，想見陛下一面。走過去，看見他在教大哥點茶。我在外面，站了一會，看了一會，知道自己進不去，就轉身走了。然後，後頭有人喊我的乳名，一把把我抱了起來，問我是男子漢，為什麼哭？他是騎了半夜馬回來的，見我一面之後，還要再騎半夜馬回去。」

定權自嘲笑笑道：「怎麼那麼傻？根本不用哭的，我還有舅舅。也根本不用羨慕大哥的，我還有舅舅。趙妃她們總在背後說我長得像舅舅，不像陛下。我還想，像舅舅又有什麼不好？人家都叫他『馬上潘安』，舅舅又會打仗，書又讀得好，我長大了就做他那樣的人。有一次，母親在午睡，我偷偷溜到府門口等舅舅來。聽見外頭有馬蹄聲，我真是高興，可是最後走進來的卻是父親。我一直害怕他，他總是板著臉，從不對我笑。那天他臉上又黑著，我嚇得轉身跑開，就聽他在後面喝了一聲：『蕭定權！』母親從來不那麼叫我，我回過頭，才說了一句：『我不叫蕭定權。』他突然就生了氣，一把抓起我，掉過手裡的馬鞭就往我身上亂打。我一面哭，一面喊母親、喊舅舅，他下手就越重。王常侍勸不過來，只得去將母親喊了起來。他這才放開了我，也不理睬母親，一個人甩袖就走了。」

他敘說到此處，忽然笑了，淚水不及收回，便從笑彎的眼角溢了出來。「父親和我最親近的，就是那一次，所以我才一直記得。從那以後，舅舅就是來也很少來看我了。可是我知道，他是心疼我的，除了先帝和母親，這世上就只有他真心疼我。」

阿寶忙牽袖去擦拭他的眼淚，卻被他一把推開，良久後才自己匆匆擦了一把臉，道：「先帝、母親、太子妃、盧先生，他們都不在了。只剩下舅舅一個人了。尊嚴被踐踏，清白被汙蔑，這些都算不了什麼，可保護不了他，我生不如死——我寧可這次和二伯一樣，死在了這裡，也絕不願意出去看見，絕不願意看見他……阿寶，妳明白嗎？」

阿寶搖了搖頭，片刻後又點了點頭，輕聲安慰：「我明白。」摸了摸他的手，見已略略溫熱，這才幫他細細將面上淚痕拭淨。定權拉過她的手，抬頭問道：「真是齊王叫妳來的嗎？妳真的姓顧嗎？妳真的叫作阿寶嗎？」阿寶臉色一白，方欲回答，便聽他喃喃低語：「不要說出來，說出來，我也許就真成孤家寡人了。」

定權早已疲憊不堪，此刻哭得眼痠，又喝了兩口水，過不了多久便沉沉睡去。阿寶卻再也難以安心，怕驚醒了他，也不敢動作。及至良久，方想起身時，才發覺自己的袖口已被他抓在了手中。再去摸他的手時，卻已再度冰冷如初。她心念一動，才愕然發現自己的一滴眼淚已經落了在他的手背上，便再也按捺不住，緊緊焐住那隻手，任由滂沱淚水，恣意奪眶而出。

人生於世，能夠順應此心，毫無顧忌地慟哭一場，本來就是奢侈。但是此夜，便隨它去吧。

阿寶抬起頭，用嘴脣輕輕觸了觸定權的眉頭，安然在他身側躺了下來。

原本就想錯了，所以才一直在為明日打算。直到此刻才明白，只要今晚是天道淨土，誰還會怕明朝水火滔天？

第三十章

日邊清夢

阿寶再睜開眼睛時，窗外還只有濛濛微光，身上也不知何時蓋上了被子。定權已經不在身旁，她急忙起身，內室外室皆無他的身影。遲疑了片刻，匆匆理了理鬢髮，順便整頓了一下衣裙，才推門外望。定權已經著好了衫履，負手站立於院中。聽見門響，回過頭來，臉上還微帶殘餘的疲憊，雙眼也依然微微紅腫，但望向她的神情已經平靜如初。

這是她再熟悉不過的皇太子殿下的眼神，那一汪凝滯的秋水，無光影，無波瀾，從中看不出半分喜怒。阿寶扶門的手慢慢滑落了下來，滑到裙邊，順勢握拳向定權恭恭敬敬一福，低聲道：「殿下。」定權收回目光，沒有答話。阿寶站立在門口，一時突然不知此身該進該退。

她終於還是輕輕退回了內室，坐回到床沿上，用手撫了撫被角。東西和人不同，猶隱隱帶著一脈淡薄的暖意。心中莫名翻起焦躁，她忽然收緊了手，卻不知到底想要抓住些什麼。那枕席終於還是冷了下來，變得和這屋內的一桌一椅、一磚一石再無分別。一道門檻，一個眼波，就是鴻溝和天涯。昨夜，真的已經過去了。

長州的天氣，說是肅殺晚秋，比較起京城冬日也所差無多。邊陲塞上，從城頭放目遠眺，可見連天枯黃敗草，朔風掠過，便低伏出一片慘白顏色。河道早已經枯涸，偶有積水的地方，也連著淤泥衰草一同凝成了冰層，隱藏在草下，唯獨風過時才間或微微閃出一道青光。一輪澹澹白日已經升起，萬里長空微茫，大片的流雲走得飛快，適才還積鬱在遠山巔上，一錯目便已壓到了城頭。遠處參差巒巘上白楊青檜鬱鬱蒼蒼，綠近於黑，回雁山的餘脈如龍潛一般前不見首，後不見尾，翻過山去便是無邊朔漠，這就是顧逢恩六、七年來見慣了的景色。

起自萬里之外長風扶搖而上城頭，振起了他身上玄色的斗篷，與城角旌旗一道獵獵有聲。他以手按劍，正跟隨在代理長州都督李明安的身後。這位二十六歲的副將，有著與皇太子同出一脈的俊秀容顏，只是久居塞外，臉上手上的肌膚已經黝黑發亮，襯得一雙眸子精光四射，炯炯有神。常年戎馬倥傯的軍中生涯，不必解甲，便可明白感知鎧甲下的精幹身軀。

李明安在兵部任員外郎時，也曾見過這位年輕副將數面，依稀記得彼時他的兄長顧承恩尚在，他留居京中，一行一止，分明還是一個儒雅書生。不想短短幾年時間，便生生又被顧思林鍛造成了一員剽悍猛將。此刻不必回頭，單聽那鎧甲的沉沉律動，便可想知此人步伐和內心的穩健端方。

李明安還是回過了頭，笑道：「顧將軍，今日還要勞將軍陪本鎮巡城，本鎮心下真是過意不去啊。」顧逢恩抱拳施禮道：「都督言重了，屬下不敢承當！」李明安道：「待令尊身體康和，不必他說，陛下自然馬上會有旨意，那時我依舊是回我的承州，此處本鎮也不過是代顧將軍看管一、兩個月罷了。」說話間一陣勁風再過城頭，扯開那幾面旌旗，翻飛其上的已然換作了「李」字。對著微茫白日，顧逢恩不由微瞇起了眼睛，道：「末將一向訥於言語，都督這麼說，末將便不知該如何回答了。」

李明安笑笑道：「訥於言則必敏於行，顧將軍的家風一貫如此，只是本將的話到底也是孟浪了——那幾個又是什麼人？」顧逢恩順他所指，看了片刻，答道：「這是這城內的黎民，出來割草餵馬。近來軍情安和，門禁也就不像戰時嚴謹。小民也要求生，只要不犯了朝廷的禁令，末將也就抬手放過了。」李明安仔細分辨，見果然皆是束髮右衽，這才笑道：「是了，本鎮方接手，不免要多動兩分心思，還請顧將軍休怪。」顧逢恩點頭道：「都督言重。」

李明安道：「顧將軍再過幾刻便要動身，還請回到城中再稍事歇息。此去路遙，將軍千萬保重，抵京後務請代本鎮向令尊致意。巳時再過去相送，說的可就都是場面上官話了，這幾句私語，本鎮就在此處先說了吧。」顧逢恩躬身抱拳道：「末將謝過都督厚意。」李明安點點頭道：「顧將軍請吧。」顧逢恩又告了聲退，才轉身離去。李明安直見他大踏步走遠，才喚過一名親兵吩咐：「你隨著那幾人，看看他們到底是不是居於城內。若是居於城內，平素又是做什麼的，總之，要一一打探清楚。」

親兵個把時辰後方才折返，回報那幾人果然只是城中小民，已在此居住了十數年，李明安這才放下心來。看看時辰將至，便起身跨馬出城門，顧逢恩一行人等早已在此等候。兩人又說了幾句惺惺話語，顧逢恩才道時辰不早，不俟駕而行。李明安亦不再挽留，泛泛叮囑了兩句。眼瞧著顧逢恩認鐙跨馬，帶著一路人馬和兩名敕使向城外馳去。待漫天揚塵再落定之時，早已看不見人影。

顧逢恩甫離長州城，李明安和承州刺史的奏疏便抄山道快馬馳達了京城。皇帝三日後收到奏報，看過後又遞到齊王手中，略略沉吟，問道：「小顧走得是不是有些太乾脆了？」齊王默默讀完，雙手遞還道：「聖旨頒詔天下，他又豈敢不遵？更何況……」頓了頓才接著道：「顧將軍如今還在京中。」皇帝知他話中有話，瞥了他一眼，也不點破，只道：「朕已有旨意給李明安，叫他諸事謹慎，只要過了這兩個月，朕便能安下心來了。此事上你還是多留意些。去吧。」

看著齊王遠去，才又命人喚來王慎問道：「太子近日可好？」王慎答道：「殿下一切安好。」皇帝道：「自重陽之後，又是十來天了，他就一直這麼鬧著意氣，還是不肯吃飯嗎？」王慎不由頭頂發麻，又跪地道：「殿下確實是脾胃不好，這幾日才不思飲食。」皇帝冷哼一聲道：「他脾胃不好，你便不會報給朕，叫太醫過去給他瞧瞧嗎？朕把兒子交到了你的手上，你就是這麼給朕辦的事？」王慎連連叩首道：「臣有負聖恩，請陛下治罪。」皇帝冷冷道：「罷了，你也不必再替他遮掩描補了。他的心思，朕清楚得很。」

王慎低首伏地，不敢再發一語，良久方聞皇帝又問道：「你問過大理寺那邊，把張陸正這些日子的口供都已經整理好了嗎？」王慎低聲答道：「陛下恕罪，此事臣並不清楚。」皇帝道：「你是他的阿公，怎麼會不替他留神著這些事情？」王慎忖度皇帝話中意思，不由驚出一身冷汗，忙撇清道：「聖上明察，殿下並沒有問過臣一個字，臣也未曾向殿下說過一個字。」

皇帝起身，在殿內來回踱了幾步，又思量了片刻，問道：「他如今整天都在做什麼？」王慎答道：「臣間或過去，殿下多是在讀書，字是每日都寫的。」皇帝點頭道：「你帶路，朕瞧瞧他去。」王慎一時疑心自己聽錯，半晌才回過神來答道：「臣遵旨。」爬起身來，吩咐準備肩輿，又服侍皇帝穿戴完畢，這才跟隨出門去。

皇帝似屬臨時起興，事前並沒有通知宗正寺，待吳龐德得報，命也不顧飛奔出來要迎駕時，御駕早已經過去了。他向前追出甚遠，趕上輿駕後立刻跪伏道邊，無非又說些接駕來遲，罪該萬死的套話。皇帝沒有耐心聽完，便打斷吩咐：「朕這邊不必你陪。」起駕離去，甩下吳龐德一人跪地，左思右想，自己是宗正寺卿，無論哪一條，此事都沒有撇開自己的道理。一時憤憤，當然並不敢與皇帝理論，爬起來在原地直站了半晌。

皇帝已經多年未至此地，一室一牆，卻仍覺有些模糊印象。一路走過，看見關押太子的庭院，竟覺心跳也漏掉了一拍。時隔二十年，門上原本烏亮的黑漆早已剝落得不成模樣，粉牆上也皆是斑駁雨漬，想來此處一直再也沒有修葺過。在門前下輿，也不用王慎相引，逕自走入。

十數名金吾忽見統帥，立刻齊嶄嶄地跪地行禮道：「臣等參見陛下！」定權正在室內呆坐，聽見外頭響動，趿上了鞋走到窗口一瞥，登時愣住了。阿寶雖不明就裡，卻也聽見天子駕臨，不由臉色發白望向定權。定權強自鎮靜，搖頭囑咐道：「不妨事──妳不要出去。」自己又整了整衣衫，便向外走去，正好在門前撞到王慎。王慎見他已露面，也不便再多說，便跟隨著一道又回到了院中御駕之前。

皇帝已在院中石凳上坐下，定權快步趨至皇帝面前撩袍跪倒，叩首道：「罪臣恭請陛下聖安。」許久不聞皇帝喚起，不免也有些恍惚，偷偷抬眼，卻果見皇帝袍襬便在眼前，又低下了頭去。王慎看看皇帝，忙不迭規勸道：「陛下，這外頭冰冷的，陛下還是進屋去……」話剛說了一半，便覺察失口，生生將後半句話嚥了回去。皇帝也不作理會，居高看了定權片刻，道：「起來吧。」又指著另一只石凳道：「坐吧。」

定權卻不起身，亦不回答。皇帝道：「你是在和朕賭氣？」定權抬起頭，望了皇帝一眼，默默搖了搖頭。皇帝嘆了口氣，道：「隨你吧。」說完這一句，又覺得無話可說。父子相對沉默了半晌，皇帝方開口道：「朕聽王慎說，你這幾天都吃不下東西，朕……回去叫幾個太醫來給你瞧瞧，不管怎麼樣，身子要緊，不要弄出什麼大事來。你素性畏寒，也叫他們將你從前吃的藥再煎幾服送過來。」定權嘴角動了動，卻依舊沒有說什麼。王慎急得在一旁暗暗跺腳，只怕他任性又上來，恨不得代他開口謝恩。

皇帝久不聞回話，抬頭去看定權，他微微垂著頭，只能看見頭頂髮髻。他素來十分愛修飾，一衣一飾皆要用心，這還是從小盧世瑜教導的「君子死而冠不免」的做派。即是此刻，一頭烏青頭髮還是整理得一絲不亂，只是關髻卻換做了一枚半舊的木簪，再看看他身上衣物，心下突然有些不是滋味。方沉吟著想再開口，忽聞定權輕聲問道：「陛下。」皇帝道：「你說。」

定權沉吟了片刻，突然抬頭問道：「二表兄是要回來了嗎？」皇帝聞言，掃了王慎一眼。王慎不由暗暗叫苦，不明白太子被關了幾天，心思為何忽然糊塗到了這般地步。正想著是否應該替他圓場，已聞皇帝答道：「不錯，走得快的話，還有六、七日便可到京了。」定權微笑道：「那就好，臣元服的時候，曾與他有約，同去南山逐兔。臣的弓馬不佳，也想等他再指點一下，不想他去了長州就沒再回來過，這也是三、四年的事了。」他忽然說出這樣的話來，皇帝一時思緒凝滯，又聞他輕輕喚了一聲：「爹爹。」他的聲線略微顫抖，似帶一線渴求暖意。皇帝心頭微微一動，不由問道：「怎麼？」

定權又是良久不語，皇帝亦不催促，直到他半晌抬頭，看了看南面天空，問道：「兒還能夠再去嗎？」皇帝微微抬了抬手，卻又放下，道：「你還想去的話，就去吧。」定權低聲道：「謝爹爹。」悄眼去看皇帝，見他面上神情頗為平和，暗暗積蓄了半晌的勇氣，猶豫良久，終還是開口說道：「爹爹，兒還想去長州看看。」皇帝聞言愣住，狐疑看了他半日，臉色也黑了下來，問道：「你想做什麼？」

他的反應，定權雖已料想到了八、九分，待真的親眼看見時，心中卻仍然失望到了極點，笑道：「沒有什麼，只是有人跟臣說過，長州的月色，和京中大不相同，臣想自己去看看，他說的是不是真話。」皇帝問道：「誰跟你說的？」定權笑道：「顧將軍也好，別人也好，誰說的都不要緊。臣真的只是想去看看，看看就回來。陛下不允，臣就不去了。」

皇帝尚未開口，便又聞定權道：「陛下當日問臣還有什麼話要說，臣一時糊塗，沒有說出來，陛下此刻還願意聽嗎？」皇帝道：「你說吧。」

定權望了一眼皇帝已現斑白的鬢髮，道：「他人或說『移孝入為忠』，或說『忠孝兩難全』。臣卻從來不必憂心於此，因為普天下只有臣一人，忠於國即為孝，孝事君即為忠。臣遵君父旨意，於此地自省，念及前事，所愧悔者，是自詡讀遍了聖賢書，最終卻還是做了不忠不孝之人。」

皇帝輕輕一笑，問道：「是嗎？」定權點頭道：「雷霆雨露莫非天恩。陛下要如何處置臣，臣都不敢有半分怨言。只是陛下，臣縱有天大罪責，陛下聖旨未下達前，終究還是陛下的臣子，是陛下的兒子。有一句話，罪臣於此處捫血叩報於君父，不知君父肯體察否？」

皇帝心內隱隱只覺不安，沉吟半晌，道：「說。」定權叩首道：「陛下，臣冤枉！」皇帝不由大驚，暗暗咬牙道：「你有什麼冤枉？」定權道：「臣自知素來行止不端，德行有虧，以致失愛於陛下，這都是臣咎由自取，絕不敢心存半分怨懟。可臣還是要說一句，八月十五的事情，確實不是臣所為。」

皇帝連月來的隱憂終於成真，此刻冷冷看了定權半日，忽道：「你抬起頭來！」見他恍若不聞，心中突起煩躁，伸手一把捏起他的下頷，強迫他仰起臉來。那雙像極了孝敬皇后的眼睛，正定定望向自己，其中竟然滿是驚慟和乞憐。皇帝從未見過這個兒子的這副神情，再抬首看了一眼他所居的宮室，門尚半開，不過午後，室內已一片黝黑，一時間胸中滯悶，喘促艱難，連眼前都略略有些眩暈。

他鬆手放開定權，慢慢用手壓住額頭，半晌方開口道：「給太子取紙筆過來，叫他想寫什麼，就寫好了遞給朕。」說罷便站起身來。定權膝行兩步向前，牽扯住皇帝袍角，仰首訴道：「陛下，黎庶有冤，尚可告於州縣；官吏有冤，尚可告於三司。兒臣有冤，卻只能求告於君父。若是當著君父之面，也不能申辯清楚，臣只求一死。」

皇帝伸出手去，自己亦不知是想扶起他還是想推開他，遲疑至半路又收回，心底竟隱約有了些怯意，思量許久，終於道：「太子……定權，你先回去吧，有話就寫成奏呈，叫王慎遞上來，朕會看。」定權心中早已涼到極處，死死拉著皇帝袍角，泣道：「陛下今日不來，臣此話絕不會出口。陛下不肯聽便去了，臣也不需什麼紙筆。臣還有最後這一句話，求陛下多留片刻，聽完了再去。陛下，父親！臣求你了！」說罷重重叩下頭去。

王慎驚恐望向這一父一子，見皇帝的右手竟在微微發抖，生怕他就勢一掌劈下。然而皇帝似乎並無此意，強自克制了半日後，終是平聲靜氣道：「你說。」

定權道：「陛下，臣愧忝儲君位，求陛下行廢黜事！只是陛下，一定要讓顧將軍回長州去，那裡的軍務離不得他。陛下也說過他是國之長城，如今外患仍未攘盡，怎可自毀長城！」

王慎一顆心都要跳出喉嚨，偷眼看著皇帝五官皆已扭曲，定權卻似不聞不見，仍自顧說道：「臣罪該萬死，四月間臣確是給顧將軍去過書信，臣只是看戰事艱難，督促他勉勵振奮！臣可廢可死之罪亦多，但母親和盧先生教的東西，臣終有不敢違、不曾忘的。請陛下即刻下旨，叫顧思林回去吧，李明安沒有那個本事，他是看不住長州的！」

皇帝愣了片刻才回過神來，突起一腳，狠狠將定權蹬翻在地，嫌惡罵道：「你這是瘋了嗎？」定權慢慢閉上了眼睛，只聽皇帝怒道：「他要是嫌這裡待得太安逸了，還有氣力和朕說這混帳話，就挪他到刑部去！」說罷提腳便走，王慎不敢答話，也忙跟了上去。

定權也不待人前來攙扶，站起身來，緩緩拍去衣上的浮土和草屑。阿寶隱約聽聞外頭的情形，上前正欲援手，已被他擋了回去。定權望著她淡淡一笑，道：「他不肯聽，我就是誤國罪人了。」

太子的申辯奏呈終究沒有遞上，皇帝卻一回到清遠殿，便發出敕書，先革除了張陸正一切職務，緊接著便抄檢了張家，又敕令三司連夜審問張陸正和杜蘅等一干罪員，接連諸事，先後不過半日。

兩日後，主審的大理寺卿終是將張陸正最終畫押的口供呈遞了上去，按照皇帝的旨意，雖是深夜，也即刻開宮門送入。皇帝已經睡下，披衣起身，方翻了一頁，臉色便已鐵青，匆匆看完供詞，一把狠狠摔到了地下，勃然大怒道：「亂臣！賊子！」

大理寺卿伏地顫抖，並不敢多發一言。陳謹慌忙上來扶皇帝坐下，為皇帝揉抹前胸，皇帝一把便將他推了個趔趄，指著他道：「去把齊王給朕喊過來！」他面色已難看到了極點，陳謹不敢多說，忙答應著離殿。

皇帝慢慢坐下，強自用左手掐住自己右手的虎口，想了半天，終於吐出了一句話：「派人去堵住顧逢恩，叫他趕快回長州，快去，要快。」

大理寺卿悄悄退至殿外，抬頭望了望東面天空。又近月朔，一彎下弦月，雖然形凋影瘦，卻也將這殿閣一簷一角都照映得清清白白。只是，張陸正臨了這一翻供，明日就又要變天了。

第三十一章

莫問當年

齊王定棠被陳謹匆匆喚起時，子時更鼓剛剛敲過。王府外的繁華街市，商鋪已多關張，但青樓酒肆上，猶有笙簫聲夾雜著笑謔聲，乘著九月底的寒風隱隱傳來。市井生活，自然也有其風致，只要朝廷不下令宵禁，就永遠有這樣徹夜笙歌的去處。因為皇帝催得急，定棠驅馬疾馳，街中無人不需清道，饒是如此，到達宮門前也過了一刻有餘。

早有內侍迎候在宮門口，看見他忙上前傳旨：「二殿下不必下馬了，陛下請二殿下速速進宮。」定棠得了這道旨意，越發心神不安，不及細問，便驅馬逕入。靜謐深夜，馬蹄踏在白玉御道上，夜間承職的內侍宮人皆不由偷偷張望，不知道究竟出了何等大事，竟許人策馬入宮。待定棠於永安門外翻身下馬時，才發覺手腳早已凍僵了，勉強被門外值守的內侍扶下馬來，雙腳沾地時還是不由打了個趔趄。

永安門外的內侍亦奉命守候在此，此刻忙將他引入晏安宮中。皇帝早已披衣站起，見他進來，還未等他行禮，便開口斥道：「你跪下！」定棠不明就裡，匆匆看了皇帝一眼，見他臉上神情也不知是急是怒，不敢多言，連忙撩袍跪倒。皇帝也無心再顧及其他，劈頭斥責道：「你若還未糊塗到極處，朕現在問你的話，務必如實回答。」定棠一愣，答道：「是。」皇帝問道：「八月十五的那樁事，是你嫁禍給太子的？」皇帝又提及此事，定棠心下不由緊緊一掣，愣了小半刻，方道：「陛下，臣冤枉！」皇帝冷眼看他半晌，將手中卷宗狠狠甩到他臉上，咬牙道：「冤枉？你自己看吧。」

定棠半邊臉被劈得發木，也顧不得許多，忙哆嗦著手將卷宗從地上拾起，尚未看完，臉色早已轉青，兀自半晌才回過神來，慌忙分辯道：「陛下，張陸正么麼小人，已在朝堂上當著天下人，將太子給他的密令拿了出來，現在又翻口覆舌誣賴到臣身上。一定是太子和他一早就謀劃好的。張陸正目無君父大逆不道，求陛下定要明察，還臣清白！」

皇帝高聲冷笑一聲，道：「朕有你們這樣的好兒子、好臣子，還要明察什麼？你也不用再扯上太子了，扯不扯上他，這一次朕都救不了你了。」定棠大驚道：「陛下何出此言？臣真的什麼都不知道——是不是有誰又跟陛下說了什麼？」皇帝別過臉去，向前踱了幾步，坐下道：「顧逢恩，朕已經派人叫他回長州了。」定棠聞言，如五雷貫頂一般，向前膝行了幾步，問道：「陛下這是為何？」

皇帝避開他，咬牙道：「朕當日問你，你不肯說實話，今日問你，你還是不說。朕已然告誡過你，太子是你的親兄弟，叫你顧念一絲半分手足之情。結果只是東風射馬耳，你一心只想早日扳倒了他，還給張陸正寫了一紙婚書，如今叫人家捏在手裡，一口死死咬定了是你。這是朕的過失——朕怎麼早就沒有發覺，你是如此愚不可及的東西！」

定棠又急又怕，用手背匆匆擦了一把眼角，向皇帝哭道：「陛下，臣糊塗，可太子寫的那張……」皇帝不待他說完，暴怒道：「太子寫的那張條子上，可有明白提到李柏舟的名字嗎？可有明白說要冤死李柏舟一家嗎？朕告訴你，從張家抄出來的，也都是這種語焉不詳的東西。他如今只要在殿上一喊冤，說這不過他們私底下洩憤的言語，你死無葬身之地！」

定棠已經嚇傻了，聽了這話才想明白個中利害，一時無法可想，只得上前抱住皇帝雙膝哭道：「兒該死，還求爹爹保全。」皇帝嫌惡地掙開他，起身指他道：「朕最後再問你一遍，中秋的事情是不是你所為？你好好想清楚了是想死還是想活，再回話吧。」定棠原本不是糊塗人，只是今夜事出太過突然，順著皇帝的意思想了半日，忽然明瞭了此事的前因後果，一時只覺手足都痠軟無力，喃喃道：「原來是顧思林……是太子和顧思林一道，將陛下和臣，都騙了。」一面奮力膝行至皇帝腳邊，連連叩首道：「臣罪該萬死，還望陛下念及父子之情，念在母親的面上，饒臣這一次吧。」

皇帝低頭看看這個兒子，心中忽覺失望到了極點，道：「你起來。朕饒不饒你還在其次，就看太子和顧思林饒不饒得了你了。顧思林敢這麼做，定然一早就部署周密成竹在胸，只等著你入甕了。顧逢恩還來得及回去，長州安然無事的話，你或許還有一線生機；長州要是出了事，朕也沒有辦法，你，好自為之吧。」

定棠還待哭喊分說，皇帝已冷面吩咐：「朕看不得這個，送齊王回去，有旨意前不許他再出府門一步。」兩旁內侍答應著上前，將定棠架出了殿去，走出許遠，猶聽見他哭嚷著呼喊陛下的聲音。皇帝手扶几案慢慢坐下，忽覺左肋下生疼，眼前燈燭也模糊成一團，剛剛疑心是頭腦又昏漲了，想用手去壓，可那隻手卻逕自到了眼角，拭了一把方知道，原來竟是眼中淚下。

他呆呆坐了半晌，吩咐：「去叫王慎，把他送過來。」一旁的內侍沒有聽清，斗膽問道：「陛下，是要請太子殿下過來嗎？」皇帝點頭道：「還有些東西，也一併去預備一下。」

定權這幾日睡覺不分晝夜，此刻剛剛睡熟。阿寶卻更加警覺，聽見門外有腳步聲，忙翻身而起，到外室略看了一眼，見滿院盡是提著大內燈籠的內使，忙喚醒定權道：「殿下，有人來了。」正說著，王慎已經逕自入內，不及見禮，便傳旨道：「陛下傳喚殿下即刻入宮。」聖旨此時下達，定權一時睡意全無，看了他一眼，小心問道：「這麼晚了，什麼事情？」王慎道：「臣一直都在宗正寺裡，宮內的事也不清楚。殿下不必憂心，聖旨是要臣親自護送殿下到晏安宮去的。」

定權一瞬間轉過四、五個念頭，念及即便是長州出事了，也絕不會這麼快便報進京城，想不出到底什麼事由，遲疑道：「我先換身衣裳再去見駕。」王慎急道：「殿下，這個時候還講究這些？」一面提了榻邊的一件團領襴袍，想是他睡前換下的，手忙腳亂幫他穿上，道：「殿下快移駕吧，陛下等著呢。」

兩人雖都不多說，卻皆神情慌張，阿寶默默站在一旁也不便插話。定權急步出門，忽然止步回首看了她一眼，只見她也正定定望向自己，朝她輕輕點了點頭，才抬腳離去。

肩輿早已等候在寺外，吳龐德滿面笑容站在一旁，舉手讓道：「殿下請升輿。」定權狐疑問道：「這不是御用的嗎？」王慎道：「這也是陛下吩咐的，殿下無須多慮，請快登輿。」定權疑惑加劇，但也不再追問，只得上了肩輿，由四人抬著，由宗正寺直到永安門外。

及下輿時，一路尾隨的王慎早已趕上前來，跟隨他走上晏安殿外玉階，見左右無人，突然於他耳邊低語：「聽說剛剛齊王是哭著叫人給架回去的，殿下回話之前，可都要想明白。」定權瞥他一眼，忽想起中秋他勸自己留宮請罪之事，心中一凜，一念瞬間閃過，咬牙問道：「你一早也是知道的？」王慎低頭道：「臣什麼都不知道，只知道要為了殿下好。」定權低嘆一聲不再多語，對一內侍道：「通報陛下，就說臣在殿外候宣。」內侍答道：「陛下有旨，殿下到了便請直入。」一面幫他開了殿門，將他引進殿內。

時隔一月重又踏進這堂皇宮室，被明亮燈燭一耀，定權不由一瞬舉袖掩住了眼睛。皇帝見他欲行禮，制止道：「不必了，你過來吧。」他的神情已經疲憊至極，臉色卻比往常要溫和了許多。定權方在猶豫，又聽他說道：「朕晚上沒有吃好，叫他們準備了些消夜。你來……陪陪朕？」定權低聲答應道：「是。」隨皇帝走到膳桌前，不由抬起頭看了皇帝一眼。皇帝也正在看他，此時亦笑道：「坐吧。」

定權謝恩坐定，親自盛了一碗羹奉給皇帝，皇帝接過，溫聲道：「太子揀喜歡的也多吃些。」雖然明知皇帝喚自己過來絕不是為了一頓飯，定權一時也不願多作他想，只答了一句：「謝陛下。」拿起羹匙，慢慢將半碗羹吃盡。皇帝默默看著他吃飯，自己也隨意用了兩、三匙，見他放手，才問道：「吃好了嗎？」定權點點頭，道：「是。」皇帝在燈下又細細打量了他片刻，方道：「三哥兒，朕有話要跟你說。」

皇帝終於破題，定權站起方要跪下，便聞他說道：「不是什麼要緊的事，你坐著聽就是了。」定權應了聲是，又默默坐了回去。皇帝問道：「朕剛剛已經問過齊王，中秋的事情了。」定權聞言，只是默不作聲，皇帝又道：「是朕冤枉你了。可是你怎麼當時一句分辯都沒有，非要等到現在才說。」定權答道：「是臣糊塗。」皇帝笑笑道：「你一向不是糊塗的人。李柏舟的案子，做得何等漂亮，不是張陸正提及，連朕也不知該怎麼查起了。」

皇帝說話並不避諱，定權一時無語可對，良久才勉強回答：「臣罪丘山。」皇帝道：「你不用拘束，這件事前次已經處分過你了，朕不想再追究。今夜朕與你只論父子，不講君臣。有什麼話，爹爹就直接問你了，你也不用拐彎抹角。

至於說真說假，爹爹也隨你的心意。」定權低頭道：「是，請爹爹下問。」皇帝沉吟了半晌，開口卻問道：「你有過幾個嫡親的手足，你知道嗎？」定權不解皇帝為何忽然問起此事，想了想道：「臣有五個兄弟，兩個妹妹。」皇帝搖頭道：「朕問的是和你一母所出的。」定權答道：「只有臣一人和，咸寧公主。」提到早夭的幼妹，不免難過，又不願教皇帝看出，便低下了頭來。

皇帝亦半晌不語，方又開口道：「顧思林沒有和你說過？」定權疑惑道：「說過什麼？」皇帝看了看殿外夜色，改口問道：「這次的事情，顧思林之前沒有同你說過？」定權臉色一白，思忖片刻後，忽道：「臣都是知道的，臣也是共謀。」皇帝平靜笑道：「你這麼說，朕也只能說一句，你的戲未免作得也太真了，朕竟然不知你還有這樣的本事。」定權低聲答道：「臣有罪。」皇帝道：「那你既然是共謀，為什麼前日還要告訴朕？」定權咬咬牙，答道：「是家國事，臣又害怕了。」

皇帝笑笑，向他招手，定權走至皇帝面前跪地。皇帝舉手，輕輕摸了摸他後腦的髮髻，低聲問道：「忠孝，難兩全？只是你的忠給了朕，孝卻是給了他。」定權蹙眉正欲開口，皇帝又道：「朕沒有要怪你的意思。你一直有多難，有多難過，朕都知道。」定權詫異地抬頭望向皇帝，只聽他又笑道：「你我如果只是君臣，或者只是父子，這事情都不會這樣棘手。爹爹對不住你，可是陛下沒有。你不在其位，便根本不會明白。阿寶。」

定權記事以來，父親從沒有呼喚過自己的乳名，也從未和自己說過如此親密的言語，此刻竟疑自己身處夢中——是作夢也從來沒有過的場景，一時心酸，無話可說。

皇帝沉默片刻又問道：「你說四月間給顧思林寫了信，是真的嗎？」定權默默點頭，皇帝已經冷下了臉，道：「不管你寫了些什麼，督戰也罷擾戰也罷，朕已經告誡過你，身為儲副擅預邊事，國法家法，父親陛下，都是饒不了你的，你知道嗎？」定權道：「臣明白。」皇帝又道：「只憑這件事，朕就可以廢了你的儲位，你知道嗎？」定權道：「臣明白。」皇帝點點頭，低聲道：「定權，爹爹是天子。有些事情，你不要怪爹爹無情。」回頭吩咐：「取過來。」

內侍答應一聲，將一早準備好的馬鞭捧上，皇帝也不查看，偏頭下令道：「跪下吧。」定權慢慢伏首，那內侍揚鞭便向他肩背上擊下，雖然深秋多穿了幾層衣物，終究擋不住沉沉撻楚。定權亦不言語，只是伏地咬著袖口微微發抖。不知笞撻幾何，皇帝回首見他衣裂血出，背脊上盡是縱橫笞痕，才開口吩咐：「可以了。」定權慢慢抬起頭來，一張臉孔早已青白難看，皇帝視猶不見，道：「這件事也就算了，再有下次，朕絕不會再輕饒。」定權勉強叩首答道：「臣謝陛下。」皇帝道：「這回的事情，既然你說了出來，還是交給你去辦。朕送你到顧思林家裡去，你告訴他，朕還是擔心邊事，已叫逢恩又回去了，再過幾日也會叫齊王回他的封地。其餘還該說些什麼，想必你也清楚，就不用朕再囑咐了吧？」

定權答道：「是。」皇帝點頭道：「你現在就去吧，兩個時辰之後，朕再接你回來。」定權又答了聲「是」，遲疑著請求道：「陛下，臣想更衣再過去。」皇帝淡淡一哂道：「更衣就不必了，只是還有一樣東西，委屈你先佩戴吧。」語音剛落，已有內侍將一副鐵鐐送入。

定權難以置信，慢慢站起，低聲訴道：「臣究竟還是儲君，陛下連這點體面都不肯留給臣了嗎？」皇帝道：「朕叫王慎用簷子送你過去，除了顧思林，誰都瞧不見你的樣子。」定權輕笑了一聲，定定望住皇帝道：「該說的臣全都會說，陛下又何必如此？」皇帝並不回應他的目光，只是疲憊地撫了撫額頭，道：「朕只是擔心你會說，他卻未必聽得進去。你去吧，快去吧。」

定權再沒有說話，默默低頭伸出雙手，任由那內侍給自己戴上了鐐銬，轉身出了殿門。與齊王一樣，走出許遠，猶可聽見那鐵鐐的清脆撞擊聲，於沉沉夜色中反覆折蕩。皇帝默默拭了一把眼睛，恍惚便覺得有人站在眼前，再睜眼時，卻又什麼都看不見了。不由輕輕一笑，喃喃自語道：「朕是真的老了。」

抬著皇太子的簷子悄悄落到顧思林府邸的後門時，已近丑時末刻。顧府的家人見一行人俱是宮中打扮，正不知是否應該見禮，王慎便吩咐：「快叫你家大人起來，就說皇太子殿下駕到了。」家人目瞪口呆朝簷子望了一眼，答應著飛奔而去。王慎打起轎簾，見定權臉色慘白，額上汗珠猶在不斷亂滾，擔憂問道：「殿下可還撐得住？」定權皺眉道：「把你身上衣服給我。」王慎低語道：「殿下，這成何體統？」定權冷笑道：「那我這麼進去，這麼跟將軍說話，就成了體統了？」

王慎遲疑了片刻，終是解下了外衣，輕輕為他搭在肩上。剛扶他下轎，回頭便見顧思林已經站在了門外，蹙眉道：「殿下？」定權上下打量了顧思林一番，問道：「舅舅的足疾怎樣了？」顧思林一愣，答道：「謝殿下掛念，臣賤恙已無大礙。」定權點點頭，道：「那就好，進去說話吧。」方一舉手，顧思林聽見鎖鍊響動，不由大驚道：「殿下，這是……」定權也不答話，只是扶著王慎一路慢慢走入廳內。

王慎扶定權坐好，又替他擦了擦額上汗水，才悄然退出。顧思林上前行禮，定權亦不事攙扶，只道：「舅舅請起，也坐吧。」他的臉色難看至極，顧思林蹙眉問道：「殿下可是哪裡不舒服？臣聽說殿下在宗正寺過得還好，可見到面，怎麼會是這個樣子？」他滿眼的關切神情，絕非能夠假裝出來的。定權鼻中一酸，道：「只是沒有睡好，不礙事的。」

顧思林狐疑打量他良久，方問道：「這衣服殿下穿不得，臣府中盡有新的，叫人取來給殿下替換吧。」定權道：「不叨擾了，舅舅坐下說話吧。」他王顧左右，顧思林到底還是忍不住向他脖頸上的一道傷痕探出手去，咬牙問道：「殿下，這又是怎麼回事？」定權側身從他指尖避開，怒道：「顧尚書，顧將軍，本宮跟你說的話，你沒有聽到嗎？」

他既然作色，顧思林終於嘆氣收手，落座後答道：「臣不敢。」想想終還是又加了一句：「何人如此放肆大膽，殿下放心，臣日後斷然放不過他。」定權冷笑道：「將軍好大口氣，誰有這麼大膽，將軍心裡還不清楚嗎？這樣的話說出來，也不怕僭越犯上了。不過也難說，或者將軍原本就不怕，只有本宮一個人，多操了這份閒心了。」

他話中意顧思林自然聽出了，正要開口，卻見他正欲用袖口掩住手上鐐銬，終再難以忍耐，跪地泣道：「殿下受委屈了，臣萬死難贖其罪。」定權看他半晌，搖頭笑道：「舅舅，其實你一早就知道了，中秋之事陛下並不知情，是不是？」顧思林叩首道：「臣罪當誅。」定權望著他的舉動，只覺心寒至極，道：「王慎一早知道，張陸正也知道，只怕是中秋宴上的叔祖都是清楚的，可你們卻偏偏瞞住了我。」

顧思林不敢抬頭，道：「臣等皆有死罪，只是臣等一心都是為了殿下，請殿下明鑑。」定權笑道：「不錯，你們全都是好心，全都是為了我。可最終的罪名卻是要我來擔的，後世史筆要怎麼寫我，你們不會替我打算。」顧思林抬起頭來，問道：「殿下何出此言？」定權道：「顧將軍，事到如今，就不要再瞞我了。你在長州城的安排，若不是已經縝密到萬無一失，又怎麼敢在千里之外做出這樣的事情？但本宮告訴你，陛下已經下旨叫表兄回去了。」

顧思林愣了片刻，方問道：「陛下是怎麼知道的？」定權冷冷道：「是本宮自己想明白了，告訴陛下的。你們不在乎那個虛名聲，我在乎！顧將軍，你實話對我說，凌河一戰，你是不是向朝廷謊瞞了軍情？是不是還有殘寇一不留神不曾剿盡，再過幾日看到長州易幟，就要趁亂攻城呢？」

顧思林從未見過太子用這種語氣同自己講過話，勉強喚了一聲：「殿下。」定權接著冷笑道：「我想，屆時李明安必定是調不動你顧將軍的一兵一卒，說不定還會以身殉國，長州失守的罪責就可以順勢推到他的身上，就連陛下在內，誰都多說不出半句話來。你顧將軍的勢力，全天下這才看得清楚，陛下只能叫你再回長州，那時長州仍舊是你的天下。張陸正這邊再一覆口，說是齊王指使嫁禍，陛下為保大局無恙，不得不處置了齊王，連帶著李柏舟的案子也徹底了斷，今後不會有人再敢提起來。舅舅，你這是一步步替我謀劃得滴水不漏，我是不是該好好地跟你道聲謝啊？」說罷站起身來，作勢便要下拜，顧思林慌忙膝行了幾步，扶住他雙腿道：「殿下這是想要了老臣的命嗎？」

定權一番折騰，痛得眼前一陣陣發黑，勉強定神道：「顧將軍，論私情我是你的外甥，看著舅舅跪在面前，那是大不應該。可是論君臣，本宮還是你的主君，臣下做錯了事情，本宮一樣難辭其咎。」顧思林一時不知該如何跟他解釋，只道：「殿下，萬般有罪，只在臣躬一人。殿下快請坐下，千萬不要傷了玉體。」

定權被他扶著重新坐好，聽他催湯催水，看著他蒼老面容，心中難過，其後話語再也說不出口，半晌才又問道：「舅舅，你告訴我，為何你當時就知道此事斷不是陛下所為？」見他低頭語塞，又道：「陛下今日問我，可知道自己有過幾個嫡親兄弟。舅舅，這話的意思你應該明白吧？你們都有事瞞著我，是母親的事情嗎？」

顧思林驚道：「陛下說了這話？」定權點頭道：「是。」此語一落，一室當中又是一片難堪靜默。

第三十二章

大都耦國

顧思林慢慢退了回去，一反常態，並不等太子發話，便自行坐了下來。無邊無垠的暗夜，沉沉堆壓在窗外，逼迫得廳內幾點搖晃燈燭，如同瀚海孤舟一般。若是站立在長州城頭，此刻就還能聽見敲擊金柝的聲音，營中的萬點軍火，那種別樣繁華，能夠讓最璀璨的星空都黯然失色。

北地的長風朗朗颯颯，一鼓作氣從回雁山之北襲來，風中挾帶著草場、戰馬和塵土的氣息，在那下面，還隱隱氤氳著一線微酸微腥，除了他，誰也分辨不出。那是鮮血的味道，來自虜寇，也來自帳中這些負羽從軍的大好兒郎。大戰過後，當戰士和敵人的屍體被分開移走，他們的鮮血卻早已混流，一同深滲入戰場的沙土和草根，再在某一個風起的日子，被裹挾著送回數百里外的長州城頭。

如果風再積存得厚些，能夠吹越長州，吹越承州，吹進關內，這些埋骨塞外的將士們或許就能夠回家看一看，他們滿頭白髮的高堂，他們新婚紅顏的妻子，他們總角稚弱的嬌兒。

京城裡不會有那樣的風，能夠穿越絕壁荒漠，送來萬里之外的資訊。京城的風，只能揚起弱柳，翻動華蓋，將飄零的落花送入御溝。只有想像自己的戰麾被長風獵獵振起，想像自己的眼前仍是驕兵悍將，厲馬金戈，顧思林的心才能稍稍平靜下來。然而當他睜開眼睛，面前依舊是四、五盞孤燈，燈下皇太子無語地打量著自己，那眼神就同他的生母一模一樣。

這實在是兩張太過肖似的面龐，玉碾作，雪堆成，眉目如畫，眼波如流。所以那個方及笄的少女，當和風吹動她澹澹碧色春衫時，當春陽耀亮她眉間兩頰新鮮鵝黃時，有一個十七歲的少年不禁投過了驚鴻一瞥，那其中滿是無法壓抑的驚喜和豔慕。顧思林記得如此清楚，那真的半分都無關乎她顯赫的家世，而純粹只是給予佳人的禮讚。

十七歲的寧王殿下，名鑑，上之三子，貴妃李氏所出，與顧玉山的獨子私交甚篤。

這實在是兩張太過肖似的臉龐，所以才讓今上皇帝多銜恨了這麼多年。一樣含疑抱怨的目光，於二十年後，又從自己另一個至親的眼中投來。二十年，不夠滄海移為桑田，卻能將人心煉作鐵石，摯友翻成仇讎，把最真誠的誓言講成最拙劣的笑話。

那時候，站在南山巔上，怎麼會想到今天竟然會是這樣？如果雨落真能上天，江河真能逆流，自己會否重新再做一次選擇？如果當初讓妹妹嫁給她心愛的人，顧家是否也一樣能夠將他扶上儲君的寶座，讓妹妹也一樣能夠成王妃，成為太子妃，成為皇后，最後成為皇太后？

如果真是那樣，他們的太子會不會自降世起就受到萬般寵愛，成為真正的天之驕子，而不是帶著一身傷痕，在深夜裡狼狽地坐在此處，小心翼翼地斡旋於那對曾經的密友之間？如果是那樣，這天下會不會真的便能夠君有禮，臣盡忠，父慈子孝，兄友弟恭？如果是那樣，顧氏的榮華，是不是也能和蕭氏的江山一樣久長？

人生如棋，落子無悔。

顧思林終於開口：「殿下本應該有個嫡親哥哥的。」定權的目光於燈下灼灼地投向了他，面色卻突然白得駭人。顧思林側過臉去不再看他，平淡道：「先皇后歸於寧王府的第二年，肅王也悄悄納了個侍婢，雖然沒有給她側妃的名分，卻有繫臂之寵。」定權不明白他究竟想說什麼，只覺身上傷口動與不動都痛得發僵，心中也莫名煩躁起來，幾度想開口催促，還是硬生生按捺了下去。

良久才聽顧思林繼續說道：「先皇后在室時，素來與她最親善，同行同止如同姊妹，最後卻並沒有把她列在隨嫁侍媵當中。直到一年之後，我才明白了其中的緣故。」定權愣了半晌，方將這兩句話的因果關聯大致在了一處，一股懼意隱隱從心底的最深處升騰了起來，不安地向後縮了縮，顫聲問道：「母親……皇后為什麼這麼做？」顧思林卻沒有答他的話，自顧說道：「皇初四年元月，寧王妃有娠。這於寧王是錦上添花的喜事，因為三月裡，先帝就囚禁了肅王，雖然還沒有旨意，可是天下人都知道，新的儲君必定是寧王無疑了。」

定權突然喊了一聲：「舅舅！」沒有下文，卻匕首般突兀地插進了顧思林支離破碎的憶述中。顧思林緩緩轉過頭，問道：「殿下還要接著聽下去嗎？」定權的手指緊緊地扣進了鐵鍊中，嘴唇顫抖數次，在吐出一個「不」字之前，木然地又點了點頭。顧思林看了他一眼，道：「五月底的一天，是在午後，王妃突然說要進宮向李貴妃請安，可被人送回來的時候，已經不省人事。寧王一直守到半夜……如果那個孩子沒有出事，就是陛下的長子，是殿下的長兄。六月，肅王自裁，寧王也納了頭兩個側妃，次年就有了殿下現在的兩個兄長。」

定權全身已沒有半分氣力，頭腦也越來越沉重，無法多作半分設想，呆呆問道：「這是怎麼回事？」顧思林緩緩搖了搖頭道：「寧王和臣其後才知道，王妃並沒有進宮，而是私下去了宗正寺。臣至今也不知道王妃是怎麼進去的，和那人又到底說了些什麼，只聽說出來時還是好好的，走到了院門外的臺階上，卻突然暈了過去。兩旁的宮人沒有攔住，讓她直摔了下去。王妃醒過來，一句話也沒有再提過此事，只是要臣悄悄送走肅王的那個侍婢。」

原來如此，原來也許連作歌之人都不清楚，這其中竟還有如此詭密的暗喻，原來那夜父親反常的暴怒，並不是在作戲。定權的手指攪進了鐵鍊中，越扣越緊，指尖掙出了一片失血的青白。終於啪的一聲輕響，食指的指甲連根拗斷於環扣之中，鮮血是過了片刻才突然迸發出的，濺得一身星星點點，皆是血痕。鐐銬隨著每一個輕微動作，沉沉撞擊出聲，玄鐵的冰冷，將他的雙手灼得生痛。

這本是死物，唯一的用途只在於昭示罪孽，自然不會給佩戴者保留半分廉恥。然而他此時一心想著的，是如果伸不出手來，就無法換下這身骯髒破損的衣裳。竭盡全力的掙扎，手上負載的罪孽卻仍巋然不動。到底有多沉重，到底有多牢固，為什麼就是，掙不開呢？

身上的傷痕將整個人在一瞬間撕裂成碎片，眼前的燈火漸漸黯淡了下來，他只能看見顧思林驚恐萬狀地撲到自己身前。急喘了幾口氣，用盡最後一絲力氣才說出了一句：「不要說了，我不相信。」

黑暗中有一線微茫的光明，是有人在輕輕呼喚自己：「阿寶，阿寶。」餘音繚繞散去，如同梵曲佛音。這是自己的乳名，母親握著自己的小手，在紙上寫下了這兩個字，笑著對自己說道：「這就是你的名字。」回過頭來，是父親陰沉的臉，他雖然害怕，卻還是鬼使神差地說了一句：「我不叫定權。」他想認真告訴父親，我不叫定權，我叫作阿寶。但是父親的撻伐落在了身上，耳邊是父親厲聲的斥責：「你叫蕭定權！」隔了十多年，在同樣的驚恐和疼痛中，他終於想起了自己哭嚷掙扎時沒有聽清的這句話。

我不是阿寶，我是蕭定權。

他終於睜開了眼睛，顧思林的聲音裡已經隱隱有了一絲哭意，狠命掐住他人中的手也漸漸無力地鬆開。定權漠然看著眼前之人，隱隱地聽見自己的聲音飄浮於半空：「為什麼從來，都沒有告訴過我？」顧思林搖頭道：「殿下，我怎能夠在人子面前，說出詆損他父母的話？」

不錯。顧思林在俯首下拜時再次想到——不錯，我怎能夠告訴身為人子的殿下，你的母親，一早便已經屬意肅王，卻被你的外公和我另嫁給他人。我怎能夠告訴你，你的母親睜開眼睛，對我說：「大哥，你送她回岳州，我自然會去向殿下請罪。可若是我聽到她也出了事，便立即自盡。大哥，你們終究還是不肯放過他，那就當此事是我今生求你的最後一樁事了。」我怎能夠告訴你，自那件事以後，趙妃已經專寵兩年有餘，是你的外公幾次三番告訴你的父親，他必須需要一個外孫，這才有了殿下。殿下，有些話，是一生一世都不能說出口的，只當是臣和臣的一族對不起你吧。

他必然不肯再說，定權也喪失了追問的興趣和勇氣，疲憊地看著他，問道：「這些事，都還有誰知道？」顧思林搖頭道：「沒有別人了，當時看守肅王的侍衛，服侍王妃的侍婢，一概都已經……不在了。」定權道：「趙氏母子呢？」顧思林道：「陛下要是不曾告訴過趙氏，她也無從得知。」定權頷首，喃喃道：「那齊王這次可真是做下了一件天大的蠢事。」顧思林不知如何對答，只低聲道：「是。」

定權慢慢艱難坐起，顧思林方想上前攙扶，卻被他目光中一點奇怪光芒嚇到，雙手停在了半途。定權自己端正坐好，道：「雖然陛下不提，可是我想一定不會有錯——張陸正今夜已經翻供。」顧思林答道：「是。」定權道：「陛下還說了，過幾日就讓齊藩回他的封地去。」顧思林答道：「是。」

定權看著他道：「我不知道下面的事你原本是怎麼打算的，但是現在長州不能再出半分差池，這話，也請告訴表兄。」顧思林一遲疑，皺眉道：「殿下，唯有此事，還需從長計議……」定權搖頭道：「不用計議了。本宮已經上奏天子，這次的事，本宮和你是同謀。」顧思林大驚道：「殿下，這是何故！」蕭定權看看他，淡淡一笑道：「我沒有別的能夠感激你的辦法。也沒有別的能夠懲罰你的辦法了。舅舅。」顧思林愣了片刻後，終於一聲低嘆，閉上了眼睛。

窗櫺上投映一坐一跪的影子，室內已經良久不聞人聲，王慎看看天色，終於不安叩了叩門框，低聲提醒道：「殿下。」顧思林終於打破沉默，道：「殿下保重。臣去請王常侍進來。」定權搖頭道：「不必了，我自己能走的。只是舅舅，我還要再問一句。肅王的那個侍婢，其時是不是已經有了身孕？」他突又問及此事，顧思林略做思忖，還是說了實話：「應該是。」定權點頭道：「舅舅將她送到了何處？」

顧思林不解他何以於此事如此關心，一愣回憶道：「她是郴州人，臣叫人送她回郴州家中。」定權身體微微一晃，暗暗咬緊了牙關，定神問道：「那個孩子呢？生了下來沒有？」顧思林道：「這個，臣不知道。」定權狐疑道：「舅舅，這麼大的事情，你會不知道？」顧思林道：「臣不敢欺君，臣是派人看住了她，但是兩個月後，她卻不知去向。臣亦不敢細查，怕走漏了風聲，叫……陛下知道了此事。」定權點頭道：「我明白了──想來就算是生得下來，也已經散落在民間，找不回來了。」顧思林無端又想起月前見到的那個年輕官員，雖明知世上再不會有這樣的巧合，心還是多跳了兩下，低聲答道：「是。」

定權默默出室，避開了王慎攙扶，大步向外走去。至院門前，終忍不住還是止步回望。就在這轉頭的瞬間，一念湧過心頭，他忙緊緊地握住了手中鐐鍊，可是晚了，它已經出來了，再也回不去了。就在不知所措時，一個冷冰冰的聲音已趁機自心底響起：你們的膽子也太大了，這是我蕭家的天下，還是你顧家的天下？那聲音是父親的，還是自己的？手指上的傷口，此刻才鑽心般疼痛起來，定權激靈靈打了個冷戰。

皇帝以手支頤坐在榻邊，良久後方朦朧闔眼，便又聽得一陣聲響醒轉過來。看見定權進殿，阻止他行禮道：「不必了。」又示意一旁內侍，內侍忙去上前，打開了定權手上鐐鍊，扶他在皇帝榻上坐下。他臉色青黃，難看至極，皇帝上前，虛撫了撫他頸上一道淺淺傷痕，低聲道：「朕就叫太醫來。」定權隨著他的動作微一顫抖，喚道：「陛下？」皇帝問道：「怎麼？」定權道：「我已跟顧將軍說了。」皇帝點點頭，道：「好。」又回頭吩咐：「去吧。」那內侍正欲離開，卻聞定權制止：「不用了，你下去。」皇帝和內侍都愣住了，良久還是那內侍遲疑開口：「陛下，這……」皇帝尚未發話，定權又道：「本宮有話要跟陛下說，叫你下去。」

皇帝捺著性子道：「等看過了，再說也不遲。」忽見他右手食指，已經腫脹成一片黑紫，皺眉問道：「這又是怎麼弄的？」定權笑笑道：「陛下賞賜的桎梏，臣一時無聊，用手撥弄著玩，不慎絞到了。」皇帝自然不信，微一遲疑方道：「那剛好也一併瞧瞧。」定權手扶著床沿慢慢站起，搖頭道：「陛下請坐，臣有事稟明陛下。陛下或許會做雷霆之怒，是故臣不敢求湯沃藥，只請陛下先將棰楚敲扑預備一旁，臣方敢開口。」他回來之後，言語行動皆荒唐放肆，皇帝也不免微微動怒，坐下道：「你先說，用不用得到那些東西，朕心裡自然有數。」定權答應了一聲，問道：「齊王這次的罪行，陛下打算怎麼處罰？」

這話出自臣下之口，自然是無禮之極，皇帝疑心自己聽錯，指著定權轉首問道：「太子剛剛說了什麼？」

一旁侍立的內官不敢開口，已聞定權又道：「臣是問，臣身為儲君，有了過錯，尚需陛下匡導教訓。齊藩不過一個宗室，犯下這等謀大逆亂行，按著國法家法又要如何處置？」

皇帝雖極力克制，兩手仍開始不住顫抖，半日裡才咬牙說出話來，問道：「你是仗了誰的勢，敢在朕的面前如此放肆！」

定權不改神色，道：「臣並非有意無禮，陛下已經說了，過幾日要讓齊王之藩。可是臣想，按著本朝家法，齊王早已婚禮，之藩是本分之舉。如果此外便沒了懲處，只恐內外上下人心不服。」

皇帝兩太陽穴處突突亂跳，怒到極處，反倒笑出聲來，道：「那朕倒想請教你的令旨，此事要怎麼處置方好？」

定權淡淡一笑，抬首望著皇帝，輕聲道：「陛下，當初陛下相信此事是臣所為時，又是打算怎麼處置臣的？此事還需陛下定奪，臣不敢置喙。」

皇帝默默看他半晌，問道：「你還有話嗎？」

定權道：「是。」

皇帝道：「一併都說出來吧。」

定權道：「臣還想，五弟也已經行過了冠禮，恐怕就藩的事情，也該交代宗正寺多加留心了，趙地的王府，亦要早做修葺。再過一、兩年他也娶了王妃，安排起來方不致臨時忙亂，使儀典不周。」

皇帝點頭道：「不錯，你都打算好了，還要來問朕做什麼？」定權道：「此事也需陛下定奪，臣並不敢置喙。」皇帝冷笑道：「還有話嗎？」定權搖首道：「沒有了。」

皇帝咬牙看他半日，忽然洩氣道：「朕不打你，也不罰你。再過幾日你還要上朝，先回去好好歇著吧。朕會叫太醫過去，讓他好好給你瞧瞧傷。你去吧，朕也乏了，想歇了。」

定權卻愣住了，片刻後方問：「陛下就不問問臣為什麼要說這些話嗎？」

皇帝搖頭道：「你們一個個的心思，朕不想知道。」

定權黯然一笑，道：「陛下，臣今夜從顧將軍那裡回來，路上忽然想起了盧先生以前教過的書。陛下只聽過大哥，從來沒有聽過臣背書，今天臣背給陛下聽，好嗎？」見皇帝沉默不語，自顧慢慢誦道：「太子將戰，狐突諫曰：不可，昔辛伯諗周桓公云：『內寵並后，外寵二政，嬖子配適，大都耦國，亂之本也。』[2]周公弗從，故及於難。今亂本成矣，立可必乎？孝而安民，子其圖之。」

皇帝突然睜開了眼睛，打量他良久，道：「你再說一遍。」定權抬頭道：「內寵並后，外寵二政，嬖子配適，大都耦國，亂之本也。」皇帝問道：「盧世瑜教過你，這是什麼意思嗎？」定權答道：「是。」皇帝點點頭，道：「朕知道了。天快亮了，你回去吧，讓朕再想一想，再想一想。」

2 出自《左傳・閔公二年》。寵妾（待遇）等同於王后，寵臣等同於正卿，庶子等同於嫡子，地方等同於中央，這些都是禍亂的根本。

第三十三章

我朱孔陽

定權出了晏安宮，向前又走了兩步，右膝一軟，忽然跌跪在了地上。王慎等候在殿外，忙和另一名內侍上前相扶。定權用手撐了撐地面，只覺一身上下都已經脫力，這才咬牙在他耳邊低聲道：「王常侍，我走不動了。」話雖平淡，王慎卻深知以他的性子，不是難過到了極點，斷不會講出這樣的話來。看看就停在階下的簷子，心中一酸，道：「殿下若不嫌棄，老臣背殿下下去吧。」

定權微微一哂，道：「這裡人多，何需勞動到常侍？」王慎道：「臣怕他們不知道輕重。殿下不必擔心，老臣答應過先皇后，就是拚了這道性命，也要將殿下好好送到地方的。」定權默然東望，時近破曉，弓月不知幾時已落下，白日卻還並沒有升起，在這月與日的交替間，最後一抹夜色深沉得如同膠住一般，望不見黎明來到的跡象。

他收回了目光，終於吩咐身邊的一個內侍：「你來背本宮一程吧。」那內侍微微一愣，忙應道：「是。」蹲跪下來，將定權負起，王慎等人在一旁扶持，一步步送他下了御階。定權於那內侍背上淡淡一笑，道：「阿公，我這已經是第三回叫人家背回去了。」他突然說起這話，王慎只得默默點了點頭，道：「是。」定權虛弱笑道：「頭一次還是我小的時候，為了些許小事，把五弟半邊額頭都打破了，弄得他現在還留著道疤。陛下罰我跪在延祚宮的丹墀前面，跪了整整半天，最後還是阿公把我背回去的。阿公還記不記得？」

已時隔多年，又不是什麼大事，王慎回憶了半晌才想了起來，回答：「殿下還記得。」定權喃喃道：「記得，我全都記得的。」又低聲道：「我可比從前重多了，只怕阿公已經背不動了。」他的聲音愈來愈小，王慎一時沒有聽清，抬眼見他已經靜靜地閉上了眼睛，似乎連多說一句的氣力都沒有了，心下焦急，連聲催促那個內侍道：「快走，快走！」

幾乎與開門聲響同時，定權於半夢醒間已聽見一個聲音問道：「殿下？是殿下嗎？」音色走調，分辨不清究竟是誰，恍惚半日，才隱約想起阿寶還留在室內。想著要同她說句什麼，張了兩次嘴，究竟沒能發出半點聲音來。

王慎安頓好定權，也顧不上阿寶，又急匆匆跑動連聲催促熱水。阿寶這才回過神來，跌跌撞撞入室，見定權的襴袍已經解開扔於一旁，貼身的中單上皆是縱橫血路。一路顛簸，髮髻已近散亂，幾綹亂髮披下擋住了側臉，掩蔽了他此刻的神情。方想再上前去，見他似乎略略動了動手指，不知是痛楚還是乏力，終究連手腕都沒有抬起來，忙附耳問道：「殿下要什麼？」

定權的嘴角牽扯了一下，仍然沒有發出聲音。王慎已親自提著一壺熱水進入，阿寶心念一動，低聲詢問道：「殿下要水？」定權微微點點頭，王慎忙道：「我就去取茶盞。」阿寶並沒有回應，將他提進來的水傾倒於銅盆中，又取出巾帕，於盆中浸溼，忍燙絞乾，默默坐回定權身旁，將他臉上頸上細細揩拭乾淨，又擦了擦他兩手掌心。這才拔除他頭上髮簪，將已被汗水黏結的頭髮用玉梳一梳開，慢慢攏好。

她舉動奇怪，捧茶折返的王慎一時呆住了，問道：「殿下不是要水喝嗎？」阿寶仔細幫定權將髮髻重新於頂心結好，又檢查兩鬢並無散落碎髮，才輕聲回答：「殿下此刻不想喝水，常侍先請放下吧。」低頭湊在定權耳旁道：「殿下先睡吧，等太醫過來給殿下看過了，妾再為殿下更衣。」

定權暗暗舒了口氣，周圍一切早已模糊，目既不清，耳復不明，日夜混沌成一團，悲喜亦無關緊要。只有她的一雙手，隨著自己的心意而動，一點一點，將那副業身軀慢慢地重新收拾乾淨。即便其中包裹著的，不過是一注汙血，數根痴骨，是幾世淤積的罪孽，是一顆早已腐敗的人心，他仍希望那皮囊是潔淨的，因為這已是他最潔淨的東西了。

那雙手就像自己的一樣，他想說的一切，不必說出口，她就如同清楚聽到了。那顆腐敗人心中的聲音再次響起，想要提醒他：她實在聰明過了，你是不能留下她的。但這皮囊此時卻已經沒有半分氣力，既不願反駁，亦不願附和。既如此，便隨它去吧，定權默默闔上了眼睛。

阿寶守著定權，見他終於昏睡了過去，才抬頭問道：「王常侍，太醫會過來吧？」王慎一愣答道：「是，就來。」阿寶也沒有再詢問，輕輕幫定權搭上一床被子，又拉起他的右手細細察看。王慎於離室前卻悄悄打量了她一眼，這個由侍婢而嬪御的少女，靜靜坐在孤燈下，從頭至腳，並沒有任何出奇的地方。

皇帝是被一陣嚶嚶哭聲吵醒的，睜開眼時帳外已經一片大白，回憶起成晚紛繁亂夢，伸手按了按額頭，問道：「誰在外面？」陳謹忙打起了帳幔扶他起身，陪笑回答：「陛下醒了——娘娘來向陛下請安。」皇后果然正跪在床前，簪珥不戴，脂粉不施，彷彿一夜間蒼老了十歲的模樣。皇帝不由皺眉問道：「妳這是做什麼？快起來，叫人看見成什麼樣子？」皇后匆匆拭了一把眼淚，也顧不上多言其他，問道：「陛下，棠兒他——」

皇帝打斷她冷笑道：「妳的耳報倒快。」抬眼瞥一眼陳謹，陳謹忙垂下了頭去。皇帝起身向前走了兩步，虛托了皇后一把，道：「起來說話。」皇后難辨他面上顏色，亦不敢多作忤逆，只得起身吩咐宮人取過衣服，親自服侍皇帝穿戴好，又蹲下身將他袍襬細細拉扯平直，終於沒有忍住，就勢又跪了下來，掩泣問道：「棠兒，陛下打算怎麼處置他？」皇帝嘆了口氣，目光轉向窗外，道：「這話不該妳問的，妳回去吧。」

皇后搖頭哽咽道：「棠兒犯錯，是妾素來教養不善，妾請陛下責罰，只是棠兒，求陛下再給他一個改過的機會吧。」皇帝心下不知緣何忽覺厭煩至極，冷笑道：「皇后說這話是什麼意思？子不教父之過，總是朕這個當爹的差了模樣，他們底下一個個才都這麼不長進。朕養出的好兒子，不勞皇后代朕受過——還有，這次的事情，不牽扯到妳已經是萬幸，妳還拿得出什麼臉面再給別人討情？」

皇后與他夫妻二十載，從未自他口中聽過如此絕情的言語，被堵得半晌都說不上話來，皇帝已經抬腳出了寢殿。陳謹看了皇后一眼，匆匆跟上前去，問道：「陛下要去何處？臣去吩咐輿輦。」

皇帝不過不願與皇后多作糾纏，被陳謹一問卻愣住了，忽覺天下之大，卻並沒有一個可去之處，亦沒有一個想見之人，一時覺得萬事萬物乏味透頂，半晌才緩緩吩咐：「去清遠宮吧。」

不過一夜之間，顧逢恩又被調回長州，齊府門口也站滿了隸屬於控鶴衛的金吾衛士。冬雷震震夏雨雪，眾人亦不會如此驚怖。上意天心究竟如何，已不是凡人能夠猜測出來的了。

無須眾臣惴惴太久，次日早朝上大理寺卿便向皇帝報告了李柏舟案的複讞結果。總結下來，不過寥寥數語：齊王所指，張氏所誣，事出有因，查無實據。李案仍就原審，皇太子操行清白如水。

所謂回天轉日，也不過如此而已。

眾臣悄悄打量著皇帝，屏住呼吸等待他怒斥大理寺或是張陸正，皇太子或是齊王。只有如此，他們才能一擁而上，為自己的主君在這片金碧輝煌的疆場上奮力搏殺，或凱歌還朝，或馬革裹屍，或流芳百世，或遺臭萬年。他們一個個整頓起峨冠廣袖的鎧甲，牙笏玉帶的兵器，正在摩拳擦掌躍躍欲試，只待皇帝陛下擂動戰鼓，一聲令下，就要叫金殿上血流漂櫓。

此役一畢，誰為王誰為寇，誰是堂堂正正的君子，誰是身敗名裂的小人，方可明白見出分曉。可奇怪的是，天顏卻沒有絲毫的怒意和訝異，皇帝陛下只是帶著一絲疲憊的神情，用手指無聊地輕輕叩擊著御案，彷彿這個結果是他一早就想要的，此刻需要他考慮的，不過是應該如何處置本案的兩個惡之淵藪，也許只要安置好了他們，已經敗壞的綱紀就能匡扶入正軌。

這樣的天子是他們從未見過的，於是滿朝忽而緘口，再無一人質疑張陸正既然早與齊王暗通款曲誣陷儲君，為何又會臨陣反戈；無一人質疑太子既一身清白，於當日早朝上卻沒有隻字分辯；無人質疑小顧將軍已經走到了半道，為何卻又忽然折回了長州。

也許從首至尾，事情都再簡單不過。天下太平，海晏河清，主上英明，儲副仁孝。只是一個亂臣，一個逆子，不自量力以卵擊石，犯下了這欺君罔上、顛覆綱常的罪行。只要祓除了荊棘鴟鴞，餘下的正人君子依舊可行康莊大道，聽鸞鳳諧鳴。

靖寧二年末的這樁驚天大案，就在天子曖昧的沉默中開始悄然收煞。其中諸多情事，永成懸疑。

高高在上的天子掃了一眼魚魚臣工，一聲冷笑，下旨道：「去請皇太子過來。」

定權此日一反常態，一早醒來，便令阿寶端湯洗臉，又重新整結過髮髻。初冬的清晨，屋中尚未攏炭盆，又陰又冷。阿寶一覺睡起，昨晚被中好不容易聚斂起的一絲暖意已經蕩然無存，呵了呵手指，又摸摸定權身上，也是一樣冰涼。定權笑問她：「可是冷得很？我反正這麼躺著不能動，身上也早僵掉了，反倒不覺得。」阿寶扶著他慢慢坐起，小心幫他穿好了衣服，見他舉手抬頭之間，仍在皺眉強忍痛楚，一面幫他整結衣帶，一面問道：「殿下的傷尚未收口，還是靜養為佳，何苦這麼……為難玉體？」

定權咬牙笑道：「妳想說我何苦這麼多事就直說，妳且等著看——給我穿上鞋，現在是什麼時候了？」阿寶看看窗外，答道：「這裡沒日沒夜的，誰知道到了什麼時辰？外頭還是黑著的，想是未交辰時吧，殿下坐著吧，又站起來幹什麼？」定權坐回，笑道：「妳如今索性也沒上沒下起來了。」阿寶睨他一眼，道：「這既不是講理的地方，也不是講禮的地方，妾有得罪，殿下寬恕吧。」定權一笑道：「虎落平陽被妳欺，妳過來坐。」

阿寶輕嘆了口氣，於他身邊坐下問道：「覺得好些了沒有？」定權道：「手上還好，身上的傷一直亂跳著疼，蹭著衣服，就愈發不舒服了。有時想想自己也覺得好笑。阿寶，妳可聽說過古往今來，有我這麼沒體面的儲君？」阿寶偏頭看了看，道：「頭兩三日就是這樣，殿下再忍忍，好在現在已經冷極了，不會生出炎瘡就好得快了。」定權嘲笑她道：「真是久病成良醫，倒叫妳也有說嘴教訓的機會了。」

阿寶面色一沉，道：「妾是不愛去想這些事的，殿下不願意聽，妾還樂得不說。」定權噗哧一聲笑了出來，道：「好大的膽子，妳就欺我傷病纏身，整治不了妳嗎？我就無權無勢，單比力氣妳也贏不過我吧，不然就試試看？」阿寶卻無心與他調笑，沉默了半晌嘆氣道：「妾哪有那個膽量，不過是瞧著殿下今天高興，說兩句平常不敢出口的話而已。」

定權一愣，突然伸手端起她下頷道：「本宮無事端坐在大牢裡，還有什麼可高興的事情？」阿寶偏了偏頭，卻沒能躲得開他的桎梏，只得答道：「妾是瞧著殿下神色和悅，胡亂猜的，猜錯了，是妾沒有眼力。」定權細細打量她半晌，見她目光始終迴避至一側，撤回手輕嘆道：「阿寶，妳還是不肯和我說實話，那何必又定要跟過來？」

阿寶慢慢捧起定權右手，放至自己的左胸上，低聲詢問道：「殿下，它是在跳嗎？」定權點點頭，道：「妳想說什麼？」阿寶低頭愛惜地撫了撫那隻手，笑道：「殿下今天起得這麼早，又說叫我等著看，我想，要等的不外聖旨而已。殿下冤屈得雪，重入廟堂，想必心裡還不至於不豫，妾就是說兩三句輕狂話，殿下大概也不會放在心上。只是殿下，這樣的實話我說出了口，殿下又會怎麼想我？我的心殿下摸得到，殿下的心事，我卻不敢去揣測。」

定權緩緩抽回手，笑道：「這樣的話，也只有妳能說給我聽了吧？你們一個個都太聰明了，我這是在害怕啊。」阿寶抬頭問道：「真的？」定權並沒有回答，只是默默伸出手，將她的頭攬至胸前。阿寶靜靜伏在他懷內，聽著他的勻淨心跳，與淡淡的呼吸聲絲絲合扣，綿綿不斷，於耳畔起落。自己的一心也漸漸寂靜了下來，靜到極處，歡喜隨之而生，不必修道，它就已經在那裡了——萬法皆出自然，又何須苦證真偽？

當王慎帶著宣旨的內使入室，正一頭撞上了這個尷尬場面，躲閃不及，只得轉頭迴避道：「殿下，敕使來傳旨。」定權不以為忤，方才慢慢放開了手。阿寶抬起頭，亦不迴避，默默托著定權臂膊，攙扶他跪好，自己也就勢跪在了他身旁。

敕使清了清嗓子，道：「陛下口敕，請殿下前往垂拱殿參加朝會。」定權艱難俯身示意道：「臣遵旨。」敕使滿臉堆笑上前，與阿寶一道將他扶起，道：「殿下請吧。」定權皺眉，問道：「本宮穿什麼衣服過去？」敕使一愣，想了半日道：「陛下並沒特別吩咐，殿下這麼過去就好。」

定權笑了笑，走回榻前坐下，將袍襬在膝上細細搭好，問道：「陛下可有旨意，要處分我？」敕使陪笑道：「殿下這是在講笑了。」定權蹙眉道：「本宮並沒有和使君說笑，使君但言一句有還是沒有？」敕使碰了個軟釘子，只得恭謹答道：「回殿下，陛下沒有這樣的旨意。」定權道：「既沒有旨意，本宮怎可一身布衣上國家明堂？請使君回稟陛下，就說臣亂頭粗服，不敢褻瀆國體朝儀再生罪愆。」

此言既出，不單敕使，連王慎也急了，規勸道：「殿下的朝服，最近的都放在延祚宮內，這一來一去，至少大半個時辰。陛下還在朝上等著，百官也都在恭候著殿下，還請殿下勿拘常禮，速速移駕。」

定權含笑道：「王常侍，本宮並非是講究儀表，是怕失了體統。我若有罪，陛下自會降旨。既然陛下未下旨，本宮就還是皇太子，這麼科頭跣足走到垂拱正殿上，只怕眾臣都恥於認我這個儲君，何況陛下？還是勞煩這位使君回稟一句，就說本宮更換禮服，不敢稍作延遲，即刻就奉旨前往。」

王慎方想再開口，忽見他面上神情並非賭氣玩笑，心中忽然明瞭，思想了片刻，跺腳答應道：「請殿下稍待，臣這就叫人去取。」定權微微一笑，不再說話，偏過頭去看向窗外。雖然宗正寺和垂拱殿相隔天遠，雖則早朝已經開始了近一個時辰，但是他還是聽見了沉沉朝鐘於耳畔響起。而他，從沒有一刻，覺得這聲音如此悅耳動聽。

垂拱殿內諸臣守著一語不發的皇帝，站得兩腿發木，終於等來了皇太子。在有司「皇太子入殿」的提點下，眾人目光皆毫不避忌地迎向了已逾月未見的儲君。皇太子於大殿正門緩緩步入，冠遠遊，衣朱明，手捧桓圭，腰束玉帶。

清異的面孔雖仍顯蒼白，卻波瀾不興，足下步履也沉穩端方至極，彷彿只是從延祚宮剛剛走出來，而之前不過是去聽了一席筵講，赴了一場宮宴。他們預謀想看的一切都沒有看到，皇太子已經穿過了朝堂，走到墀下向皇帝俯身下拜。

以頭觸地的那一瞬間，身上的傷口因為大幅度的牽動再次齊齊撕裂，但是無人看得見層層錦緞掩蓋下的那滿身傷痕，無人知道皇太子的雙手正在微微顫抖，他年輕的身體內正有鮮血慢慢湧出。就如同無人知道他曾經因為驚怕在暗夜裡痛哭失聲，因為寒冷在一個僕婢的袖管中暖過雙手。

但這些都不要緊，要緊的是他們看見了這一身錦繡公服。犀簪上的鮮明紅纓正於他白皙的耳垂邊搖動，革帶鎦金的銙尾折射起點點微芒光彩，四色綬帶上所結的玉環隨著下拜的動作撞擊出清越響聲，而烏舄的鞋底不曾沾染半粒塵埃。如此的繁瑣，也如此的堂皇。朝堂無外乎是，天下無外乎是，你穿上了錦繡，便是王侯；戴起了枷鎖，便是罪囚。

定權朗聲報道：「臣蕭定權叩見陛下。」皇帝自他進殿伊始，便在默默打量，此刻見他行禮已畢，也開口道：「平身吧。」

先王大道，聖人危言，君君臣臣，父父子子，無上莊嚴，無上完滿。

第三十四章

錦瑟華年

皇帝目視著太子站起，恭謹地執起了圭笏。他掩飾得實在太漂亮了，不是慘白的臉色正在背叛出賣他，幾乎便稱得上天衣無縫。只可惜何面化土，潘鬢成灰，現世的檀郎已經不能夠再施朱敷粉，否則粉墨登場，豈非更加圓滿？只怕那樣，連自己也要一同被騙倒了。

皇帝嘴角晃出了一抹含糊笑意，又如凝霜逢日一般轉瞬消逝得無影無蹤。他懶懶地振了振袖角，開口示意道：「邢卿，把你們審出來的東西也讀給皇太子聽聽。」大理寺卿應了一聲「遵旨」，又略略清了清嗓子，將適才的奏報又照本宣科從頭誦讀了一遍。

他的聲音落下，一片潮紅卻自太子兩顴上慢慢湧起。皇帝看著他問道：「皇太子怎麼說？」滿朝一片鴉雀無聲，眾臣各自懷據了一番心思，等待皇帝或太子某人開口打破這一片弔詭氣氛。良久才見定權忽又撲通一聲跪倒，稽首泣道：「陛下，臣有罪當誅。」眾臣中似有一陣微微的騷動湧起，卻又在頃刻間沉寂了下來。皇帝嘴角一勾，問道：「列位臣工，皇太子說的話，你們誰聽得明白？」

夾板氣難受，眾臣既不解天心所思，也看不見太子神情，一個個索性低頭，兩眼平望著手中笏板，生怕皇帝點到自己頭上。皇帝環顧一周，目光又落回定權身上，笑道：「皇太子的微言大義，看來是無人能夠體會了，那就只能勞卿再闡述一番，列位臣工洗耳恭聽。」

定權並未難堪，慢慢抬起頭來，答道：「前月廿七，聖諭斥責臣行止不端德質有虧。臣捫心自問，竟無一語可以自辯。君父光明燭照，臣既行虧心之事，又安敢妄圖逃脫天心洞察？」

「臣所愧悔無極者，莫過於疏修德行親近佞小，竊恐臣母已殤，陛下憎臣鄙陋，欲有廢立之意。素日懷據此念，或有與廷臣筆墨往來，私語洩憤妄言悖論之舉。是日張逆據此誣指，臣竟私疑為君父授意，非但不據實奏報，反行拔簪摜纓，惡言犯上，喪心病狂之舉。昏昧狂悖至此，猶不知失君父之仰庇，而中宵小之下懷。」

「天子聖哲，非但不以大逆罪臣，反諭令呵護恩佑。臣居宗正寺內自省，深知身戴重罪，李案實或不實，亦無可恕之理。不想今日陛下又令三司言明事情委屈，對臣之保全厚愛無以復加。天恩如三春白日，臣之私心卻似階下幽苔。為臣為子，臣皆無面目可對君父；誅言誅心，臣所犯皆是不赦之罪。今日叩報於君父天下前，只求陛下重治臣不敬不孝之罪，以為天下為臣為子者戒。」

皇太子說話間已經滿面淚跡，最終竟至於聲噎氣堵，雖極力壓抑，也再也說不下去，只是伏地飲泣，眾人也只能看見他肩頭聳動之態。

皇帝的嘴角抽動了一下，忽然又覺得無聊無奈之至。太子順腮而下的淚水，他看得清楚，也不得不承認，這樣一副皮相當眾落起淚來，不知幾人會暗裡動容。可他不能理解的是，如果這眼淚，既無關乎歡喜，也無關乎悲哀，無關乎感奮也無關乎驚懼，那它究竟是緣何而來？自那幽深眼眸中淌出的淚水，卻與眼眸的主人沒有半分瓜葛，難道真的只是跟天雨一樣？難道人心真的深似天心？

皇帝站起身，寡淡道：「本朝沒有誅心之罪，你只要自己說得明白，就好。」說罷拂袖而去。有司呆了半日，直看著皇帝走進後殿，陳謹也跟了上去，才回過神，暗暗擦了把汗唱道：「散朝！」

定權慢慢站起，淚痕宛然，卻於抬頭的一瞬，漫不經心地掃過了眾人。他的目光最終落在了本該屬於武德侯的位置，東面與之相對處素日應該站立著兩位親王。只是今天，全部都空缺著。

皇太子就站在殿中，他不走，無人敢先行。文臣首位的中書令何道然終於微微挪了挪身子，低聲呼喚道：「殿下。」他既然以身作則，餘人或情願或不情願也都躬身行禮，誦道：「殿下！」

定權並不回答，也不看眾人，點點頭轉身走出垂拱殿。眾人這才不約而同暗舒了一口氣，悄無聲息跟出。王慎仍守候於殿外，見他出來忙追上前問道：「殿下？」定權道：「回去吧。」王慎問道：「回延祚宮還是西苑？」定權微笑道：「宗正寺。」王慎大驚道：「這是怎麼說的？」定權已先行下了御階，邊走邊道：「陛下還沒有旨意，我不回宗正寺回哪裡？」

大理寺卿慢慢踱出永定門，素與他親善的吏部左侍郎朱緣偷偷跟上前去，低聲笑問道：「邢廷尉，二殿下今天可沒有露面呀。」大理寺卿笑亦非笑，道：「他一個藩王，按制本就不該參加朝會的，不來又有什麼可奇怪的？」朱緣又問道：「邢廷尉，那麼張尚書現下……」大理寺卿板起臉道：「朱侍郎，有些事情還是少打聽好。侍郎只安心升遷，那時本官再為侍郎致賀，不好嗎？」朱緣一笑道：「廷尉這話，下官就不明白了。」

大理寺卿冷笑一聲道：「朱侍郎何苦跟我端架子，我不妨問侍郎一聲，殿下今日那番話，侍郎若是聽明白了，就答我一句，青宮的本事，較之此人怎樣？」說罷伸出兩指悄悄一比，朱緣不防他問得明白，沉默了半晌方嘆道：「一龍一豬，安可作比？」大理寺卿笑道：「侍郎早心知肚明，又何必再來問我？」一時兩人無語，見有人走近，便也各自走開。

皇帝回到內殿枯坐半晌，方問陳謹道：「外頭都散了？」陳謹答道：「是，都散了。」皇帝道：「太子呢？」陳謹面色微微一滯，道：「殿下也回去了。」皇帝問道：「他回到哪裡去了？」陳謹低聲道：「陛下沒有旨意，殿下還是回宗正寺去了。」皇帝點頭，道：「叫他別麻煩了，到朕這裡來。」陳謹不敢忤逆，卻稍作遲疑，雖只片刻，已經被皇帝發覺了，問道：「怎麼了？」陳謹忙垂頭道：「臣這就去。」

皇帝狐疑地看了他一眼，忽然問道：「你有什麼事得罪他了？」陳謹撲通一聲跪倒，連連叩首道：「臣死罪，中秋晚上，臣向殿下宣了陛下的口諭，殿下當時雷霆震怒，罵……中斥了臣。請陛下為臣做主，臣當真只是傳了陛下的口諭。」皇帝嫌憎地擺了擺手道：「休拿這話來髒了朕的耳朵，快滾吧。」陳謹不敢多言，只得又磕了個頭悄悄退出。

定權被人中道追回，再入殿時尚未更衣，跪倒向皇帝頓首行禮，直到直起身子，皇帝也並不叫起，只是沉默打量他的面孔。定權不敢與他對視，終於又將頭微微垂下。皇帝無聲一笑，道：「本朝若是有誅心之罪……」話只半句，再無下文，定權卻低聲回答：「臣知道。」

皇帝起身踱了兩步，走到他身邊，將手按在他的肩上，笑道：「朕的太子，果真是長大了，朕都不敢不等著你束帶入朝了。」他的手正壓在一道傷口上，定權不由倒抽了一口冷氣，半晌方勉強開口道：「陛下，臣是怕失了體統，再惹陛下生氣。」皇帝隨手扳起他下頷，看看他仍然紅腫的雙眼冷笑道：「你會失了體統？早朝那番話，說得何等得體！微言大義滴水不漏，朕心，甚慰啊。」

定權背上傷口被他牽扯得一陣劇痛，一時不作他想便掙脫了皇帝的手，道：「臣謝陛下誇讚。」皇帝眼中閃過一絲驚怒，看了他半日方道：「算了，朕叫你過來，不是為了聽你這些散話的。事情既然挑開了，你還是先搬回延祚宮去。宗正寺裡，仔細也別落下了什麼東西。」定權答道：「臣叩謝陛下隆恩。」皇帝點頭道：「去吧，今日是廿四，你身上的傷還未癒，禁不起連日折騰。朕叫祕書臺發文，廿七日的常參就暫停一次。這幾日無他事，你好生養養，朕這邊也不必過來問安，省得再勞累到了。」

皇帝停朝，無非是要在顧逢恩折返長州之前，不再給朝臣當面彈劾齊王的機會，但聽到最後一句，定權還是微微一驚，只得又俯首道：「陛下愛惜，臣銜感不盡，只是勞累一語，臣萬萬承當不起。」皇帝道：「朕不過隨口說說，沒有別的意思，你又何必事事如此用心？難不成朕以後在你面前說話，還要字斟句酌不成？」定權輕輕咬牙，低頭道：「臣知罪。」皇帝揮手道：「去吧。」

因為有了皇帝口敕，定權從清遠殿出來，便逕自回了延祚宮。細細回想皇帝剛才的話，知道他雖為早朝上自己的言行惱火，卻也指摘不出大的紕漏來——如是便好，畢竟本朝是沒有誅意之罪的。

定權嘴角泛起了一抹冷笑，伸手打開案上文具匣，想去取鏜紙的金刀，一手卻摸到了一件荷包樣的東西，定睛看時，不由愣住了。這是自己送給阿寶的端五符袋，她出走去找許昌平之前，連著衣物又一起送進了宮來，自己當時隨手扔在此處，不是什麼要緊東西，其後便忘到了九霄雲外。符袋束口的五色絲線仍舊鮮明奪目，畢竟不是使用朱筆，「風煙」二字的墨色卻微微褪色了。

這驅災厄、保平安的好口彩，現在看來，真如一股風、一陣煙一般，射得雙眼隱隱痠痛。

那個眉目清秀的少女捧著自己的手，抬頭笑道：「我的心殿下摸得到，殿下的心事，我卻不敢去揣測。」可是他的心思，她卻到底看得比誰都明白。

妳究竟是什麼人？緣何會來到我的身邊？那金鈿明滅的光彩，是妳在笑還是我眼花？頰畔起落的紅雲，是妳有心還是我多情？妳說給我聽的那些話，到底是偽是實？妳袖管中的那線暖意，究竟是幻是真？阿寶啊，脫去朝上的那身衣服，我其實也只是個凡人。棰楚加身，一樣會讓我感到疼痛；難明長夜，一樣會讓我感到害怕；滿院殘陽，一樣會讓我感到孤寂；鬢發朔風，一樣會讓我感到寒冷。神佛並不眷愛於我，沒有給我三目慧眼，能夠看穿這些喧擾世態，紛繁人心。就像此刻，我也一樣會猶豫徬徨，因為我不知該拿妳如何。

拖了這麼久，這件事情也該有個了結了，最簡單的那個辦法，其實他心中一直都清楚不過。當斷不斷反受其亂，這個道理，盧先生不知跟他講過多少次。她當時其實是不應該跟來的，宮牆外有高空長川，大漠瀚海，有鶯聲鶴唳，雪滿群山；這片他無緣親近的壯麗江山，她本可以親眼見到，如果那樣，她不知道自己會有多麼羨慕。

定權走到窗前極目東望，從那裡看不見延祚宮，從這裡一樣也看不見宗正寺，可就在這宮牆的某個角落，有一個人或許還在真心等候著他回去。定權慢慢捏緊了手中的符袋，食指突然跳躍著作痛，就像那指尖上也生出了一顆心一般。

王慎的聲音忽在他身後響起：「殿下。」定權一驚，收回了目光，回頭道：「你幾時進來的？」王慎已經斥退左右，看他悄悄將符袋藏起，低聲道：「殿下，顧將軍剛託人帶話來，讓臣轉告殿下，張家的小娘子自盡了。」定權皺眉問道：「什麼張娘子？」王慎嘆了口氣，道：「是張陸正張尚書的女公子，就是他私下許給齊王的。」定權愣了半晌，一手慢慢扣上了窗格，再一用力，新裱上的厚重棉紙悄然破裂，初冬清冷的風灌了進來，他也微微清明了一些。望著那破漏之處，問道：「怎麼回事？」

王慎低聲道：「臣也不清楚，只聽說張大人和齊王有婚姻之約，此次從張府中抄出了齊王的婚書，上面的生辰八字正是女公子的——這也是兩人同謀的鐵證。」定權點點頭，道：「我知道了，孟直這是，不想叫我為難。」王慎只得回答了一句：「是。」定權道：「你去吧，告訴將軍，就說本宮已經明白了。把本宮今日早朝上說的話也告訴他。」王慎低頭道：「將軍已經知道了。」定權訝異地望了他一眼，問道：「將軍說什麼了沒有？」王慎道：「將軍只說，殿下英明。」定權淡淡一笑，道：「去吧。」

王慎方欲轉身離去，又聞定權問道：「張公子今年芳齡，你知道嗎？」王慎一愣後答道：「聽說是十六歲。」定權轉過頭去，再沒有說話，王慎等待半日，便也悄悄退下。

定權於殿內呆立良久，忽然輕笑自語道：「有福之人，傷春悲秋，今後都免了。」一旁的內侍以為他有話要吩咐，忙趨上前道：「臣有罪，沒有聽清殿下的令旨。」定權淡淡道：「沒什麼，你去告訴宗正寺卿，我落了件要緊東西在他那裡，讓他給我送回來。」

吳龐德得了太子令旨，立刻忙前跑後，親自安排好了輿轎將阿寶送至東宮。阿寶初次到延祚宮，被內侍引領著進入皇太子的寢殿。他已經重新敷好了藥，側臥於層層錦茵中，周遭四、五個妝金佩玉的內人，或捧茶，或奉水；又有四、五個身著錦緞的內臣，正恭謹地侍立待命。見她入室，皆起身行禮道：「臣等請顧娘子安。」

離禦爐日尚有六、七日，殿中已經圍出了暖閣，閣中四角都放置著鎦金炭盆，一室之內，陶然暖意撲面襲來。兩楹間一對三尺多高的金狻猊，緩緩吐出迦南香氣，這是太子最喜愛的沉香品，西府中亦常使用，然而於這堂皇殿閣中再點起來，卻多了一層說不上的奇異況味，或許是因為凜冽藥氣夾雜在其間的緣故。

阿寶只覺渾身都起了些不自在，遠遠止住了腳步。定權的聲音彷彿是極遠處傳過來的，帶著一絲慵懶，也有一絲喑啞：「請顧娘子上前吧，你們都下去。」十餘人一起斂裾行禮，依次退出，卻連半分聲響也沒有發出。阿寶遲疑地走上前，喚道：「殿下？」定權懶洋洋地笑了一聲，微微抬了抬下頷，示意道：「妳來了？坐吧。」

他的臥榻上三面圍著描金畫屏，春夏秋景的金綠山水各據一角。數層四經絞羅帷幄，以朱紅色流蘇虛束半垂於兩側。榻上鋪陳的茵褥，皆是極品吳綾，因為側臥，一只官窯蓮花枕也被推至一旁。定權此時只穿著一身玉帶白色的中衣，衣上絲光如同水波一般，順著他修長的身體流淌而下。雖然只是一恍惚，這不堪的繁華卻已經刺痛了她的雙眼。

她只是靜靜站立在那裡，他笑問道：「怎麼了？」阿寶低聲答道：「妾尚未更衣。」定權也不再強求，問道：「於去時想來時，是覺得恍如隔世？」阿寶輕輕點頭，道：「是。」定權嘆了口氣，良久方問道：「阿寶，妳今年是十六歲？」阿寶不解他為何突然問起這個，答道：「到了臘月間，就滿十七了。」定權道：「妳再靠過來些。」阿寶依言上前，在他的榻前半蹲跪下來。

定權伸手輕輕摸了摸她的面頰，少女的肌膚便如寶珠一般，無須脂粉，便隱隱流動著光華。手中的觸感，是任何錦緞都無法比擬的溫軟絲滑，他感嘆道：「這麼好的年紀。」阿寶噗哧一笑，道：「殿下就是千歲，也不用說這樣老氣橫秋的話。」定權微微一哂，道：「我這是有感而發。阿寶，妳自己不照照鏡子，看看這年紀有多好。想到有朝一日，綠鬢紅顏終會變作鶴髮雞皮，妳難道不會害怕嗎？」

阿寶的笑容慢慢地僵硬在他的手指下，良久後才答道：「我不害怕。」定權笑著搖頭道：「花可重開，鬢不再綠。人人皆知，人人皆懼，怎麼到了妳這裡，就能夠不一樣呢？」阿寶遲疑地伸手，撫了撫他的鬢角——這伸手就可以觸及的人，竟然就是自己的良人。她的心突然重重往下一沉，笑道：「因為我知道，我是活不到那一天的。」她笑得這麼坦然，也說得這麼平淡，彷似那是他們都早已知道的事情，或許這就是他們都早已知道的事情。

定權移開了視線，枕邊小巧的翠葉金華膽瓶中，正斜斜插著一枝大紅的松子山茶。他突然想起了張陸正的長子，去年四月的那場宮宴上，二十六歲的新科進士，襆頭上簪著一朵大紅色的芍藥，帶著少年意氣的笑容，仰首飲盡了天子賜下的御酒。於他仰首舉杯的那一瞬間，自己心內竟隱隱生出了些許妒忌。著青袍，騎白馬，瓊林赴宴，御苑簪花，夾道萬姓歡呼，不是因為權勢，而是傾心嘆服；樓頭美人相招，不是為了纏頭，而是年少風流。他那時斷然不會想到，這錦繡前程會在一夜間化為風煙；親生妹妹，也會在一夜間粉面成土。都是這麼好的年紀，都是因為自己。那位女公子的模樣，想來跟眼前人相差無多吧？只是不知道這筆罪過，到頭來到底該算到誰的頭上。

定權從枕函中摸出了一物，交還給阿寶。阿寶略略一驚，將符袋托在手中，突然渾身顫抖不可遏止。定權嘆了口氣道：「本來就是給了妳的，現在還是給妳。妳只要好生當妳的顧才人，不要再攪和別的事情，本宮保妳的平安。」

這一對少年夫妻，在錦繡世界中一臥一跪，相對無言。都還是亭亭春柳的身軀，頭髮黑得發綠，肌膚就像新絲。這是鬼神都可以饒恕的年紀，但是所謂情話，卻只能說到了這裡。有些承諾，有些願景，好比與子偕老，好比琴瑟在御，他們永遠沒有勇氣，也沒有福氣說出口。

如是我聞，不可說，不可說。

第三十五章

十年樹木

靖寧二年九月廿七日的早朝，已經暫停了一次。兩日後祕書臺接著傳諭省部，言聖躬違和，三十日的常參再次取消。皇帝陛下在晏安宮中靜養，太子離開宗正寺駕返東宮後也大病一場，終日臥床。按廿四日常朝上三司的審結奏報，齊王所犯大逆之罪，可是數日已過，除了府門口多站了幾個禁軍將官，並未見皇帝明旨處分；連帶著逆臣張陸正，也依然好端端地坐在刑部大牢中。

三省六部京中上下一片難言的詭祕沉寂，誰也不願意打破這來之不易的勉強平穩局面。只有御史臺幾個不知死活的言官，或上奏道張陸正突然翻供絕不合常理，如此結案疑處甚多。或道既是三司審定，陛下宜早日召部議處，以安天下。但無論是替齊王喊冤，還是代太子出頭，所有章疏皆被留中，如投石入泥塘，連半分回聲都沒有討到。如此一來，有識之人人皆已看清，皇帝陛下如此拖延，一定是在等候著什麼消息。那消息將會如夏日傍晚的驚雷，破壞這一片沒有蟬嘶沒有鳥鳴的混沌天地，帶來耀眼奪目的電光，振聾發聵的巨響，和一場驚天暴雨。那消息究竟是什麼，眾人並不清楚，他們只知道，往北面看便是長州，皇帝陛下在廿二日向那裡派出了敕使。

十月朔當日，未交辰時，東方天空仍是一片沉沉漆黑。冬日清晨的朔風穿過簷角廊道，席捲出陣陣尖銳哨聲。殿外點點宮燈的火苗卻不為所動，仍如未央長夜中一般，於籠罩內安靜執著地跳躍。眾人多在長夢之中，皇太子此時卻早已經穿戴整齊，恭立於晏安宮外。值守內臣輕輕開啟殿門，向他搖了搖頭道：「殿下，陛下還未醒呢。」定權笑道：「不礙事，我就在此處等候。」那內臣想想又道：「殿下要等，便請到側殿來，外面天寒地凍，陛下得知定會怪罪臣等失職。」定權微笑道：「不必了，不要驚擾到陛下。」那內臣悄悄嘆了口氣，只得折返殿內。

本日陳謹當值，見他返回，皺眉問道：「太子殿下今天又來了？」那內臣答道：「是。」陳謹點點頭，那內臣見他神色和氣，悄聲問道：「陳翁，陛下日日說不見，連我這做臣下的，都覺得過意不去，殿下還日日要過來。」陳謹冷哼一聲道：「又不是你兒子，你有什麼好過意不去的？」那內臣尷尬一笑道：「我只是看外頭冷，殿下這一站又是一、兩個時辰。這下次再傳話，能不能換個人出去……」陳謹瞪了他一眼，問道：「剛說了不是你兒子，你還上趕著心疼起來了？要不你陪他一起站著去？」那內臣見他越說越離譜，搖頭推辭道：「還是不了吧。」

直待東方漸白，皇帝終於醒了，陳謹扶他起身，笑問道：「陛下歇得還好？」悄悄打量他一眼，才又道：「殿下一早就過來請安了。」皇帝點頭道：「知道了，叫他回去吧。」陳謹一面幫他穿鞋，一面陪笑道：「殿下卯時二刻就到了，連側殿都不肯進，就在外頭站了半日。」皇帝道：「你想說什麼？」陳謹笑道：「臣就是多兩句嘴，把外頭的事說給陛下聽聽。」皇帝披衣起身，道：「朕早就說過，叫他好好養著病，這幾天就不必過來了。你出去問問他，這話他聽不明白嗎？還是說，他無事可做就又想多了，以為朕故意在說反話？」

陳謹忙跪地回道：「陛下，這話臣絕不敢再說了。連著上回的事情，臣可就真是死罪了。」皇帝引袖掩去了一個呵欠，道：「你不用隔三岔五在朕跟前說這些混帳話，太子果真就跟你有潑天的仇？還是誰叫你這麼說的？」陳謹面色一白，叩首道：「陛下聖明，知道臣實在是膽小，不敢再惹殿下動怒了，還求陛下體恤開恩。」皇帝冷笑道：「你也不用害怕，朕還在，他不敢先拿了你怎麼樣。你要擔心朕萬歲以後的事，不妨就跟王慎學學，讓太子也能叫你一聲阿公，不就成了？」說罷一笑拂袖而去。

一旁小內侍見陳謹久跪不起，以為他嚇住了，連忙上前攙扶。一錯目見陳謹面上神情詭異如含笑一般，竟生生打了個寒噤。陳謹瞥他一眼，問道：「你怎麼了？」那小黃門笑道：「臣有些內急，陳翁莫怪。」陳謹點點頭，道：「那麼就你去吧，你出去跟殿下說，陛下讓他回去。」

定權得了旨意，也並未多言，只回覆道：「請替臣上奏陛下，臣恭請陛下萬壽金安。」說罷向殿中行禮，東宮內侍這才扶他起身離去。

返回延祚宮，及至用過早膳，定權忽而想起一事，轉頭吩咐身邊宮人道：「去看看顧娘子起來了嗎，叫她到暖閣來。」那宮人應聲出去。片刻之後，阿寶便隨她進了暖閣，見定權展臂立於閣中，兩宮人正在侍奉他更衣，斂裾行禮道：「妾給殿下請安。」定權笑笑點頭，問道：「還住得慣嗎？妳那邊今天才攏了炭盆，前兩天夜裡風大，可覺得冷了？」阿寶笑道：「不冷的。」

定權擺擺手，令兩名宮人退下。阿寶笑著走上前，將他兩手按了下來，嗔道：「只顧搭著虛架子，不知道疼嗎？」一面幫他穿好了夾袍。定權皺眉笑道：「妳倒是輕些，要是方才那兩個人也是這樣，我早就叫人拖下去打了，妳如今真是……」阿寶揚首笑道：「真是怎麼？」定權笑道：「真是恃寵生驕了，本宮得好好想想再尋個什麼由頭給妳點顏色看看，不然連家都齊不了，還怎麼治國平天下？」

他是信口調笑的言語，阿寶雙頰卻一瞬間紅得旖旎，襯托得眉心雙頰的翠色花鈿越發明豔醒目。閣內原本溫暖如春，定權略一恍惚，竟覺春花綻放，簾外似有鶯語呢喃，不由伸手摸了摸她的面頰，笑道：「萬紅叢中一點綠，動人春色不需多。」阿寶不語，代他圍好了玉帶，掉過頭便往外走。

定權好笑地道：「站住！回來。」見她不為所動，只得自己走了兩步上去，在她耳邊低語道：「兩句話妳就聽不得了，日後要怎麼做夫妻？」他仍沒有正經言語，阿寶頭也不回，提腳剛要離去，便已經往後跌入了定權懷中。她慢慢抬起頭來，見他眼角含笑，眉目舒展，與平素的模樣全然不同，年少風流到了極致，竟無一語再可形容。

一顆心突然怦然躍動，聲音大得嚇人。她什麼都顧不得了，只是害怕他也聽見，連著掙扎了兩下，渾身卻都已經痠軟了下來。定權低下頭看她，她時常會臉紅，那副模樣不能說不是可憐可笑又可愛的，只是此刻卻仍然不尋常之極，連雙眼瞼上都跟塗了一層胭脂一般。一雙清澄眸子，也亮得如同兩注春水，風過時被吹皺了，春陽投在那層波瀾上，一閃一耀，躍動的竟全都是睦睦情意。這大概是做不了假的吧？他卻忽然間愣住了，呆呆放開了雙手。

兩人尷尬對立半晌，定權終於清了清嗓子道：「叫妳過來，是想帶妳去個地方。」一面轉身便走，阿寶等他走出幾步後，方默默跟隨。及出殿幾個內侍忙迎了過來，定權擺手道：「我到後面走走，不用人跟著。」又吩咐一宮人道：「去給顧娘子取件大衣裳來，送到太子林那邊去。」

阿寶面頰仍舊熾熱，被殿外冷風一激，走出許久才逐漸冷卻，這才開口問道：「太子林是什麼地方？」雖已悄悄清了半日喉嚨，此話說出，仍隱隱帶著一線走音，心中也不由暗暗懊悔。定權卻似並未在意，笑道：「妳看見就知道了。」

兩人一前一後一路走去，越過穿殿，終於抵達延祚宮後殿最北的一片空地。他處地面皆鋪青石，唯獨此處用白玉欄杆圍出一大片裸土，其中散植著六、七株側柏，最大的已經參天，小的不過十數年的樹齡，一臂可以環抱。時已隆冬，他處的草木早已搖落殆盡，唯有此處尚餘一片黯淡綠色。定權走進圍欄，伸手摸了摸那棵小樹的灰白樹皮，向阿寶笑道：「這就是我種的。」

阿寶走上前，好奇地問道：「這裡就是？」定權點頭道：「不錯。」阿寶仰頭望望那株側柏，修修直立，只覺它可愛非常，問道：「我能摸摸它嗎？」定權笑道：「不能。」阿寶朝他皺了皺鼻子，剛伸出一手去碰了碰樹幹，恰逢一片鬆動樹皮跌落，嚇了一跳收回了手。

定權笑道：「摸壞了吧？看妳怎麼賠我？」見她面露嗔色，笑著向她講解道：「本朝自太宗皇帝始，就有個不成文的規矩。凡在延祚宮內住過的儲君，一定要到這裡來種一棵側柏，宮裡人私底下就把這裡叫作太子林。」見她露出疑惑神情，又笑道：「妳已經看出來了，是不是？」阿寶扳著指頭算道：「不算太祖皇帝，加上今上，也應當只有四棵樹。」定權點點頭，向前走了兩步，指著一株樹幹稍粗的樹道：「這是文宗皇帝的太子，因失德被廢為了庶人。」又指著其旁一株道：「這是我的大伯父恭懷太子，先帝的定顯七年因病薨逝的。這棵和我那棵差不多大，是陛下的，他只比我早種了幾年。」

阿寶輕聲呼喚道：「殿下。」定權笑道：「歷朝歷代，太子都比皇帝要多，這是一定的事。只不知道我的那棵樹，日後會不會也成了多餘。」阿寶偏頭看了看欄杆邊那棵最小的側柏，默默走到他身邊，兩手顫抖不止，遲疑半日，終於咬牙輕輕握住了他的右手。定權訝異地看了她一眼，卻也並沒有避開。兩隻手皆是冰冷的，只是此刻，卻連對方手指上每一個微小的顫動都能夠清楚察覺。

靜默良久，定權終於開口道：「今天一早，我去給陛下請安，陛下還是不肯見我。我站在晏安宮外頭，又餓又冷，風颳得渾身生疼，手腳全都木了，還要聽那些小人暗中指指點點，忍不下去的時候，真是恨不得掉頭就走。我心裡明白，陛下是不會見我的，可是到了晚上，我還是要去。」阿寶沒有接話，微微地握緊了他的手。

定權笑道：「他們想讓我像這棵樹一樣，在角落裡慢慢枯死，我是不會遂了他們的心願的。阿寶，妳不是想看白鶴嗎？等到春天，天氣暖和了，草也長出來了，咱們就到妳說過的那地方去。那時候站在山頂上，就可以看到萬里江山，美得跟畫一樣。如果有朝一日，有朝一日……我還要去趟長州。」他雖說是在和她說話，卻更似自語，到了最後，聲音竟帶哽咽。但一雙眸子，卻於這黯淡冬日陡然亮了起來，灼灼的就像燃燒的兩簇小小火苗。阿寶幾欲落淚，只答了一句：「好。」

送衣的宮人早已站在了遠處，猶豫良久不敢近前。這樣遠遠看去，是一對璧人，正攜手而立，喁喁私語。顧才人得到的寵愛，已是闔宮皆知。

直到初五日的傍晚，定權再去昏省，皇帝仍然不肯接見。但剛折返延祚宮，王慎後腳便跟了過來，向他傳達了皇帝的口諭，言明日早朝，陛下敕令太子務必參加。定權接旨伏拜起身，問道：「敕使從長州回來了？顧逢恩已經回了長州？長州安否？顧將軍知道了嗎？」他雖然思慮機敏謹慎，但連續四句問話皆切中要害，王慎還是於心底感嘆了一聲，回道：「昨晚就已經回來了，和陛下在晏安宮說了小半個時辰。小顧將軍已於廿九日到了，直到廿九日止，安然無事。」

定權略一思忖，又問：「那顧將軍那裡呢？他可曾知曉？」王慎嘆氣道：「殿下休提此事，今天收到了中書省報上來的奏疏，就是殿下站在殿外的那時候，陛下還正雷霆震怒。」定權蹙眉問道：「什麼奏疏？」王慎嘆氣道：「還能有什麼？一日之內四百六十八份，皆是要求嚴懲齊王和張陸正的。至於顧將軍清不清楚，老臣還就真不好說了。」定權只是笑了一聲，點頭道：「我知道了。」看著王慎離去，終又嘆了口氣。

王慎回到晏安宮覆了旨，皇帝只問道：「太子可說什麼了？」王慎答道：「殿下就是接了旨，然後問了一句，敕使是不是回來了。」皇帝笑道：「他沒有問別的？沒有問他舅舅知道了嗎？」王慎忙撇清道：「沒有，殿下聽說敕使已回，只說了句，好。就再沒有別的話了。」皇帝也不再追問，也只是笑了一聲。不過瞬間，王慎卻陡覺這對父子，有時竟相似得令人毛骨悚然。

次日朝會，因自延祚宮出席，定權倒是比往日偃起了一刻。卯時末刻至垂拱殿，文武臣工早已經分班站定，見他進來一起行禮道：「臣等拜見太子殿下。」定權點頭回意，逕自至殿中東首站立。皇帝依舊是辰時抵達，眾臣行禮後方站起身來，便一一出列，或婉和，或激烈，或引經據典，或危言直諫。所為者，皆為正君綱明臣紀，請求皇帝早日嚴懲兩個亂臣賊子。說到激烈處，竟有皇帝若是不肯納諫，便要將性命兌在金殿上的意思。

定權細細辨認，這些人中或有與自己親厚的，或有平素根本不曾交往的，或有相傳與三王暗通款曲的。一時間亦分不清他們到底是敵是友，所求為何，偷眼覷看皇帝，他卻依舊神色如常危坐於上。

眾臣直鬧了一個多時辰，皇帝見再無人說話，才吩咐王慎道：「宣旨吧。」他早有準備，眾人一時皆屏住了呼吸，聖旨卻不過寥寥數語：齊王欺嫡配適，朕躬難辭其咎，陰自省察，知為上下尊卑分位未正之故。茲剝奪齊王親王爵，降郡王，著即日去京之藩。皇太子恭謹仁孝，朕心甚慰。案中前吏部尚書張陸正之處置，今全權交由皇太子辦理，著三司用心輔弼。

定權默默聽完，心內不由冷冷一哂。萬言不及一杯水，父親對他這個兄長的處置，說到底還是輕描淡寫至極。皇帝於明發上諭上說出這引咎自責的話語，臣下若是再不依不饒，說得難聽些便有脅迫君上的嫌疑了。是故聖旨讀完，雖無一人口稱遵旨，卻也再無一人出列反駁。他明知此時不該做如是想，但究竟忍不住還是想起：如果這次張陸正真的變節，那麼今日，自己在這聖諭上的下場又會是怎樣？

定權慢慢放下了桓圭，雖奮力克制，右手還是不住微微顫抖。再不甘心又能如何？他的舅舅和父親，一面是疾如風，一面是徐如林；一面侵略如火，一面卻不動如山。比起他們來，自己的道行果真還是淺薄得很。

定權終於咬牙跪倒，低聲道：「陛下聖明，臣領旨謝恩。」見太子帶頭，眾臣也各抱著一門心思，紛紛俯首。

皇帝四顧一周，又道：「一個藩王和一個三品堂官，居然就敢攜起手來誣詬儲君，真是國朝百年，聞所未聞。近日以來，朕夙夜難安，所慮者何？不過為端正國本，太子曾經跟朕說過：嬖子配適，大都耦國，這些都是動亂本源。太子居宮外，本是當時權宜之舉。不料如此一來，春坊不在側，詹府如虛設，佞臣小人乘虛而入，調唆妄語，離間天家骨肉。儲君如不是心生憂懼，又怎會有這次的禍事？」

定權聽到此處，已經暗覺不妙，果然皇帝繼續說道：「朕想，東宮還是移回延祚宮。自即日起，東宮隸屬上下官員，朕要親自一一篩選審查，絕不使國本之側，再存半個佞幸之徒。太子乃天下之本，朕正本清源，即自此事開始——太子，你以為如何？」

李案已經完結，移宮是遲早的事情，也是預料中的事情，定權只是未曾想到，此事居然在朝堂上提起，並且如此突然，出列道：「陛下，臣謝陛下隆恩，只是……」皇帝看他一眼，笑問道：「太子有什麼話要說？」他的語氣溫和，定權卻已經出了一身冷汗。沉默良久，心知於情於理，此事都再無可回環的餘地，只得硬著頭皮謝恩道：「臣遵旨。」皇帝滿意地笑了笑，起身道：「今日朝會便到此處罷，朝下賜宴，眾卿各自去領用。」

定權悻悻回到東宮，呆坐半晌，又站起身來，繞殿走了一遭。宮室雖不陌生，觸目所及卻沒有一張熟識面孔。思及今後，且不說交通事，就是日日的晨昏定省，已是叫人鬱悶難言。踱了半晌，終於問道：「王常侍呢？」一個內侍離開半日，回來回覆道：「王常侍正在陛下身邊服侍，一時過不來。」定權點頭道：「你去看著，一得了空，就叫他來這裡見我。」

久等王慎不至，在此無法可想，舉目又不見舊人，定權自覺無聊，終於還是信步走到了阿寶在後苑的居所。見她也一樣窮極無聊閒坐發呆，隨口說道：「妳就是念念書，也比這麼枯坐著強。」話已出口，才想起已不是在西苑，她這裡並沒有書，又道：「我叫人送些過來。」隨意打量了一下閣內的擺設，問道：「還住得慣嗎？本宮過來的時候，看著東邊還有幾處朝陽的閣子，妳要想換，就趕快換過去。」阿寶點頭道：「這裡就很好了，為什麼要換？」

定權倚在她的榻上，看著她笑道：「妳可先選好了，等那幾位都搬進來了，妳再跟本宮說，本宮可就不管這些閒事了。」阿寶笑道：「她們又來做什麼？」定權笑道：「許妳來還不許她們也來？妳也太霸道了吧？」阿寶嗔道：「殿下！」

定權嘆了口氣，正色道：「陛下讓我搬回這裡，良娣她們自然也要跟過來。阿寶，妳說這裡好還是西府裡好？」阿寶思想了片刻，道：「妾在哪邊，都是一樣的。」定權笑道：「怎麼能夠一樣？進了這裡，紅拂再想夜奔，可是半點指望都沒有了。」

阿寶面上略略變色，半晌才回過神道：「成事不說，遂事不諫。君無戲言，殿下不記得了嗎？」她輕怒薄嗔，定權卻並不生氣，隨口笑道：「本宮記得，本宮也不是那個意思，本宮只是想說，李靖日後出了事，還指望紅拂再援手呢。」

阿寶方欲回答，一個宮人入閣報道：「殿下，王常侍已在正殿等候。」定權起身道：「我這就去。」未及相送，他已經匆匆離去，阿寶走到窗前，望著他的背影，良久才緩緩點了點頭。

王慎的神態也頗為焦慮，看見定權不及行禮，問道：「殿下是要問移宮的事？這個臣也是早朝上才知道的。」定權搖頭道：「這樁事既然不能轉圜，不如索性休提。我是問另一樁事，張陸正現在是在刑部？」王慎點頭道：「是，張尚書和兩位公子都在。」定權道：「本宮無論如何要去見他一面，請阿公安排妥當。」王慎跺腳急道：「這是什麼時候？殿下就別再裹亂了，有什麼要緊的事，臣等代辦就是了。」定權淡淡一笑，道：「沒什麼要緊事，可你們也代不了。」

第三十六章

百歲有涯

風停了，人也定了，當整個延祚宮內外一片沉寂時，就可以聽見更漏水滴的聲音，順著銅漏嘴，一點一點滴下，綿綿如簷間春雨。顧才人放下手中書冊，起身慢慢走至几前，伸出一隻手掌來，輕輕封住了更漏的漏嘴，抬首望向窗外。窗外是深不見底的夜色，壺中的木箭也已經指過了亥時。她移開手掌，那聚堵在掌心的光陰之水又開始重新下墜，冰冷地，沉重地，淌過指縫，滴落到銅盤上，積成一汪小小水潭，在燭光照不到的地方，蕩漾著深淵才具有的青黑色光。

阿寶隨意在裙上拭去了掌中水漬，轉身走入內室，於妝檯前無賴坐下。兩側宮人欲上前服侍，她輕聲吩咐：「不必了。」看著她們都退了出去，這才一個人慢慢卸載了簪珥，又將一頭青絲解散，放到了肩上。發了片刻呆，方欲起身就寢時，忽見眉間頰上數枚花形金鈿仍未摘除，及待舉手，又滯澀於半途——這是他最喜歡看的東西。就在這一刻，她終於明白了自己的心思。那樣的明白，就像隔岸觀火一樣。

清晨起身，當對著銅鏡仔細貼上這小小花黃的時候，究竟是想起了什麼，才會莫名地喜悅？白日頻頻向窗外顧盼，又究竟是在盼著什麼，書中的字句都模糊成了一團？傍晚時風停了，這顆心緣何也隨著天色黯淡下來？閉上雙眼，他的眉目清楚得彷彿就在身邊。他言笑晏晏，嘴角彎成了一道難以描畫的精緻弧線；他又不笑了，眉間有了一道直立的折痕，忍不住伸出手就能撫平。睜開眼，又似隔著幾世人生，他不過是輪迴轉世後剩下的一個模糊影子，他長什麼模樣，穿什麼衣服，脾氣好不好，竟然半分也記不真切了——這世上真的存在這麼一個人嗎？街市的午後，西苑的黃昏，宗正寺的暗夜，他不來時，這些就只是她自己支離的幻夢；他來了，站立在眼前，它們才會驀然生動起來。

原來這就是相思，這就是愛悅，原來這就是室邇人遐的煎熬，是求之不得的痛苦。原來事到如今，自己想要的東西已經越來越多，不單想活下去，還想見到他，想給他暖手，想陪他說話，想和他再去看一次鶴翔青天。因為有了這些期待，這些妄念，所以驚怕的東西也越來越多，怕他生氣，怕他難過，怕真的看不到烏髮成霜的那一日，怕自己還想要更多。

銅鏡中的少女朝著她冷冷一笑，那笑容裡的嘲諷之意錐子一般刺痛了她的心。連這鏡花水月的虛無之人都清楚，這世上最荒唐的奢念也莫過於此。神佛雖慈悲無邊，倘若得知，恐怕也只會掩口葫蘆，嗤之以鼻。

阿寶伸出雙手，掩蓋住了鏡中人嘲笑的嘴臉，默默低下頭去。至良久忽聞身後有人喚道：「顧娘子？」她驚覺回頭，是一個面生的年少內臣，不知幾時已經入室。放下了手，狐疑問道：「你是什麼人，有什麼事？」小內臣微笑道：「臣長安，是太子殿下的近侍——殿下遣臣過來看看娘子。」阿寶未及細審，心中竟然已是一片壓抑不住的喜樂，微笑道：「殿下怎麼說？」長安笑道：「無事。殿下只是向娘子請安，順帶讓臣上奏娘子得知，娘子府上，一切安好。」

阿寶的笑容慢慢僵在了臉上，上下仔細打量了他良久，方回過神來顫聲問道：「你說什麼？」長安笑道：「殿下知道娘子謹慎，特地叫臣帶了封信來，請娘子金目御覽。」說罷從袖管中抽出了一封用函套封好的書信，揭開封泥，交到阿寶手中。阿寶遲疑著接過，抖著手三、四次才打開了封套，展信觀看，其上只有數字：臣楷恭請東宮側妃顧氏金安。後加私印，並非用朱，而是用墨，就如事前約定好的一樣。

長安默默看了阿寶一眼，笑問道：「娘子看仔細了？」阿寶半晌方點頭道：「確是五殿下親筆。」長安笑著從她手指間將信紙取回，重新封入了函套中，轉身走到燭臺前，揭下燈罩，連著函套一同就火，眼看著燒盡了，方回頭道：「娘子看清楚了就好。殿下說素來疏於問安，還請娘子見諒。」阿寶勉強展唇一笑道：「殿下折殺妾了。」

長安笑道：「娘子這話，臣自然也會轉達給殿下。殿下還有一事，想請娘子示下。」阿寶沉默半晌，低聲道：「五殿下有何鈞令，使君明說就是。」長安道：「也不是大事，不過是從八月十五到今日，這前前後後事中情由，殿下還未曾全然想明白。太子殿下可曾跟娘子說過些什麼，或者娘子都見過些什麼，知道些什麼，殿下還要請娘子賜教。」

阿寶的右手不可遏止地顫抖了一下，眼前失去了燈罩的燭火突突躍動，亮得刺目椎心。一滴殷紅燭淚突然滑下，被阻止在燭臺上，慢慢凝成了淚塚。

她沒由來地想起了太子的那雙眼睛，也是灼灼的火苗，略一靠近，就燙得人生疼。他的淚水是冰冷的，可是他冰冷的淚水一樣會灼傷人。

她終於抬起頭，低聲道：「那就煩請使君將妾的話回奏給五殿下吧。」長安笑道：「這個殿下也囑咐過，怕是臣腦袋不靈光，口齒也笨拙，倘或會錯了娘子的意，或是說得不清爽，豈不辜負了娘子？還是煩請娘子賜下墨寶，殿下亦是感激不盡。」阿寶冷冷一哂，亦不委蛇多言，道：「五殿下的話，妾自當遵從。只是殿下如果過來，撞見了豈非大事？」

長安笑道：「娘子只管放心，太子殿下今晚不在殿內。」阿寶一愣問道：「殿下去了何處？」長安道：「這臣就不清楚了，還想來請教娘子呢。」阿寶嘆了口氣道：「既如此，你研墨吧。」長安連忙拖筆鋪紙，眼看著阿寶執筆，頃刻寫滿了兩三頁信箋，未及晾乾便匆匆封好，囑咐道：「千萬仔細，若是教人抄了出來，是死罪。」

長安將信函細細收入懷內，道：「這個臣省得。」說著又摸出了一個小小紙包，交到阿寶手中。阿寶隔紙一撚，心中突的一跳，猛抬頭咬牙問道：「這是什麼東西？」長安笑道：「娘子放心，殿下一向仁孝，怎敢起這大逆不道的念頭？這是殿下孝敬娘子的，請娘子日常服用。」說著拈起妝檯上的一支一點油金簪，道：「一次挑一個簪頭，用水送下便可。」阿寶疑惑抬首，道：「我沒有病，這是什麼藥？」

長安仍就帶著那抹溫吞笑意，慢條斯理道：「殿下知道太子殿下如今寵愛娘子，娘子現在雖無恙，只是怕長此以往，難免有生病的時候，豈不礙事？服了這藥，便不必憂心了。」阿寶方明白過來趙王是怕自己懷娠異心，淡淡一笑道：「五殿下考慮周全，妾先在此處謝過厚意。」長安躬身道：「娘子若是沒有別的吩咐，臣便先告退了。」阿寶半日方點頭道：「去吧。」長安出門前又打量了她一眼，只見她右邊的蛾眉如蝴蝶的觸鬚一般，輕輕地揚了一下，然後安靜了下來，彷彿一切都沒有發生過，那張波瀾不驚的臉龐，就如同懸浮在半空的一朵白色曇花。

果如長安所言，太子此日並不在延祚宮內。王慎雖極力不解緣何他年紀愈長，行事舉止比較起幼時來卻愈加任性，但終究拗不過他，只得趁定權向皇帝請旨，言明回西府料理各項事宜的機會，安排打點好了刑部大獄上下一干人等，又千叮萬囑，要他只揀要緊話說，切莫逗留過久，若叫陛下發覺，便是大為不妥云云。定權也脾氣頗好，一一答應下來。

午時回到西苑，也來不及聽周循一通哭天搶地，從九天神佛謝到列祖列宗的囉嗦，先吩咐將之前派去查探許昌平家世的侍臣叫出，囑咐他道：「你這就帶幾個人再去一趟岳州。我讓周常侍從庫裡支錢給你，多少不拘，但定要尋找個妥當地方，把那人一家上下好好安置起來。之後派個人回來報個信，你就不要回了，守在那裡好生照看住他們，等著我的旨意再行事。」侍臣領旨方欲轉身退出，便聞定權又問道：「站下，你想好此事要怎麼辦了嗎？」

侍臣回答：「岳州的郡守是將軍故舊，有了父母官幫手，此事當不難辦。」定權搖頭道：「我就是告訴你，此事萬萬不可驚動地方官，你們的行跡舉動，也萬萬不能傳到將軍耳朵裡。倘若是辦壞了差事，你們也再不必回來見我了，聽明白了嗎？」

那侍臣細細琢磨了片刻，方答應道：「是，臣謹遵令旨。」定權這才點了點頭，道：「有勞你了，此事辦妥，本宮去跟兵部說，調你入禁軍，先從百戶做起吧。」那侍臣連忙下拜道：「謝殿下！」定權揮手道：「你去安排好人手，把錢領到，今日便上路吧。」

眼看他出去，才又喚過周循，未待他開口哭訴，搶先道：「這幾天的事情，想必你們也聽說了。聖旨讓我即日就移宮，良娣她們自然是要去的，她們的事情，你先安排妥當。另有幾個平素可用的人，本宮想把他們調入東宮衛，以後有事，到底是故人用得安心。」略作停頓，方看著他道：「至於你，原本就是宮裡出來的，本宮會向陛下請旨，若陛下恩准，讓你回延祚宮去主事，那自然是求之不得的事情。只是我擔心，延祚宮上下都會換成陛下的人，留不留你，我是做不了主了。若是如此，你也不必再攪和進來了，領些養老錢回家去吧。你跟著我一場，別的什麼沒得到，總也得叫你有個善終。」

周循被這番話說得半晌沒了言語，良久方哭訴道：「臣本是百無一用的人，怎麼敢再貪戀高位，只要能留在殿下身邊端茶送水，才算是臣的善終。」定權淡淡一笑，道：「你不是個糊塗人，怎麼盡說這些糊塗話？去吧，都去吧，我歇息片刻，還要再去見一個糊塗人。」

王慎差人同刑部獄官疏通的時候，自然並未說明來人便是皇太子。然而一干精明人等皆心知肚明，是以此日戌時，當一頂簷子悄悄停駐在刑部大牢的後牆外，從轎上下來一個衣著尋常的年輕公子時，獄官嘴上雖不言，行動舉止仍然恭謹到了十二分。小心翼翼引領他穿門過戶，待進入牢獄深處，又生怕囹圄景象、差裡晦氣觸得他不快。幾次欲開口，見他面色，皆生生嚥了回去。

及至到達關押張陸正的獄門前，定權側首低聲下令道：「把鎖打開。」獄官遲疑道：「閣下，沒有聖旨，下官是絕不敢開門的。」張陸正聽見外面言語，起身看去，頓時愣住了。定權向他輕輕點了點頭，又對獄官道：「不開門也罷，那便煩請暫且迴避，我有幾句話要單獨問人犯。」獄官仍是搖頭道：「閣下，此處沒有這樣的規矩。閣下不是奉旨問案，依著哪條綱紀，也沒有能夠與犯官獨處的道理。也請閣下體諒下官的難處，並非閣下擅權多事，只是閣下日過隨身夾帶了什麼違禁的物品，傳遞給了犯官，惹出差錯來，那下官的上司下屬、家人老小，都要受到牽累，便是閣下自己，也脫不了關係。」語罷向他深深一揖。

定權望著這七品小吏，卻並沒有作怒，正色道：「我真是只有幾句話，沒有旁的心思，更說不上連累一語，煩請千萬行個方便。」獄官猶疑良久，方道：「若是閣下執意如此，請恕下官無禮。」定權微微一笑，展開雙手，道：「請吧。」獄官愣了片刻，低聲答道：「下官僭越了。」

張陸正扶著一根木柵，慢慢跪下，眼看著獄官細細查檢了太子一身上下，這才躬身道：「請閣下長話短說。」待他退出，定權轉過身來，見張陸正一身桎梏，忙上前兩步，隔著獄門托他手道：「孟直快請起來。」見他執意不肯起身，別無他法，只得蹲下身來，方欲開口，才發覺不過兩月，他一頭零亂頭髮卻已盡是灰白之色。

他年方過半百，按理尚不至於如此，定權一時卻怎麼也回想不出他從前是否也是這樣，半晌失語，才聞張陸正道：「殿下來，是外頭有什麼事？陛下知否？將軍知否？」定權失神笑道：「無事。陛下不知，將軍亦不知。」張陸正面色逐漸沉了下來，道：「那便請殿下速速回宮吧，此處不是殿下該來的地方。」說罷起身欲走，卻被定權一把抓住了手腕，低聲道：「孟直，盧先生從前，也是用這話把我趕走的。」張陸正微微一愣，道：「殿下。」

定權將他一隻手握在手中，直言道：「孟直，陛下已經下旨，你的案子交到了我的手上。」張陸正點點頭，低聲道：「這個臣也料到了。」定權低聲道：「孟直，你放心，你的大女公子已適，此事與她無干。你的二公子剛過十五歲，我會盡力斡旋，如能減等改判充軍流徙，我就叫人送他到長州去。有顧將軍的照拂，不能說少吃些苦，也至少給你張家留下一條血胤。」張陸正眼中淚光一閃，卻只說了一句：「臣謝殿下。」定權點頭道：「我對不起你一家，可如今說這話也已經是徒然。我此來並無他事，只想當面謝過孟直。」說罷站起身，仔仔細細整頓簪纓衣裳，對著張陸正端正拱手躬身下拜。張陸正亦不偏避，也跪正了身子，叩下頭去。

君臣兩人良久方直立起身，定權勉強笑道：「孟直可還有別的事情要安排，我勉力而為。」張陸正側過頭去，思量良久，方道：「臣有僭越一語，欲報於殿下。殿下只當將死之人，言語昏昧，請折節辱聽吧。」定權惻然道：「孟直有話便請直說，我但無不從。」因為關押重犯，此地燈火通明，耀得人竟有些頭暈目眩。

張陸正望著他在燈火下熠熠生輝光潔面龐，想起自己的三個兒女，心中如斧鋸刀割般疼痛，良久方開口道：「八月節前，那首歌謠剛在京中流傳之時，顧將軍便派人給臣送來了一封書信。並非將軍所寫，而是殿下的親筆手書。」定權皺眉問道：「什麼？」張陸正道：「安軍未報平，和之如何，深可為念也。」定權嘆氣道：「不錯。原來顧將軍並沒有棄掉，還攜帶回了京城。」張陸正道：「臣看了這封書信，心中喜樂至極。有如此賢德儲君，是萬民福祉。臣能侍奉如此聖主，不虛此生。」定權低聲道：「孟直，你不要再說了。」張陸正道：「臣說這話並非是為了頌聖，而是求殿下納諫。」定權點頭道：「好。」

張陸正直視他雙眼，正色道：「唯願殿下為天下蒼生計，此後萬不可再生此宋襄之仁。殿下出身嫡長，天縱英明，懷據王氣，聖君之資已彰顯無遺。只是可惜，卻被盧尚書生生誤了。」定權難以置信，失語半晌才問道：「孟直何出此言？」張陸正道：「盧世瑜不過一腐儒耳，就算是讀遍聖賢教誨，到頭來卻只能保全一身名聲，不得惠澤萬民。此臣深不以為然也，竊念先帝以他為儲副帝師，便是大大地失策。」盧世瑜非但是定權的老師，也是張陸正的座主，他這幾句話裡，非但辱及了先師，更是詬詈了先帝，定權疑心自己聽錯，半晌方低聲斥道：「孟直！」

張陸正慢慢搖首，道：「人之將死，其言亦善。若臣此生還能夠再見殿下一面，今日也斷然不會將這話說出口。殿下欲成就帝王事業，則四月、九月之事，萬再不可行。若非四月之事，又焉能生出八月之事？長州就算一時相安，只要李明安尚在，只要陛下削兵罷將之意未止，長州城遲早還要大亂。殿下止得住此次，還能夠止得住下次嗎？徒留遺憾，徒留後患而已。殿下心中抱負，臣也略知一二。若是殿下執意要學盧尚書，臣無話可說。臣只怕後世修史，無人會知道殿下本心，殿下只能落下個優柔寡斷、瞻前畏後的惡名。臣雖不敏，也曾聞天子之孝異乎庶人。若是殿下心中尚存著我朝天下，祖宗江山，億兆黎庶，那臣便勸殿下，先捨小節，再成大孝。」

定權的面色白如片紙，半晌方開口道：「孟直，你不必擔心，我明白你的意思，只是……」張陸正嘆了口氣，道：「殿下，臣深知，有些事情，殿下是不為也，非不能也。只是如果到頭來，這萬里江山，落入他人之手，殿下才真正是辜負了先帝，辜負了孝敬皇后，辜負了盧尚書，也辜負了臣躬。」

定權良久方緩緩點頭，起身道：「本宮明白，全都明白。孟直，本宮應承你，真有萬里同風的那一日，本宮修史，你張陸正仍舊是正人君子，是孤直忠臣，你張家一門都是。」張陸正兩手突然死死抓住了獄門木柵，顫聲問道：「此話當真？」定權頷首道：「是。」兩行濁淚自張陸正腮邊慢慢滾下，半日方道：「謝殿下。」

定權不忍再看，轉身欲走，忽聞張陸正道：「殿下，還有一樁小事，臣覺得有些蹊蹺。」定權駐足道：「孟直請講。」張陸正低聲道：「八月廿七朝會前日，齊王來臣家中，曾用過一張手書，字跡竟與金錯刀有八、九分相像，卻不知是何人作偽。殿下日後無事，可細細查訪，切莫讓宵小之徒鑽了空子。」定權只覺此事聽來隱隱有些耳熟，一時卻無法清晰記起，點頭道：「我知道了，孟直請……」「保重」二字如何也說不出口，此話便只說了半截，再無下文。

他垂首呆立半晌，方舉手擊了擊掌。適才的獄官聞聲而出，聽他吩咐：「走吧。」

那獄官直將定權送至輦旁，一旁侍從連忙打起簾子，定權方欲上轎，忽又駐足回首，問那獄官道：「你可知道我是誰？」獄官笑道：「恕下官眼拙，還請閣下明示。」定權略笑了笑，便不再言語，躬身上轎。

其時宮門早已下鑰，但未得皇帝允許，並不便留宿宮外，定權換過了衣服，也只得吩咐車駕，再折返回宮。一路悄悄向外張望，街市依舊熙攘，點點明燈隨風擺動，搖得人眼裡心裡一片暖意。晚歸的商販、士人、婦孺，人人面上俱一脈平和。已經過了亥時，他們的步履卻並不急促，想來是因為家居左近，無論何時歸去，都有應門之人。

定權倚著篷子內壁，伸手撫了撫額頭，忽然覺得毫無意趣。這普天之下，何以只有自己一人，可以還宮，可以過府，卻獨獨不能回家？他自然想起了阿寶，就是這樣一個晚上，不知她用什麼辦法，一個孤身少女，竟然就尋到了許昌平的府上。聽說她出西苑時執過一張勘合，幾層侍衛居然都看作了自己的手書。當時並未細細詢問明白，姑且信過了她勾填摩畫一說。今夜聽張陸正這麼一提，卻忽覺事情遠沒有這麼簡單。

他其實並不願疑心她的，他告訴自己其實是不願再疑心她的。他想起了當日的言語：「妳只要安生當妳的顧才人，本宮保妳的平安。」不由彎彎嘴脣，冷冷一哂。

太子奉旨還宮，已閉宮門終究還是打開了，只是不免又請了聖旨記了檔。

定權問知皇帝已然睡下，倒是暗暗舒了口氣。且不論明日怎樣，至少今夜不必再多費口舌了。

回到延祚宮正殿的暖閣，一眾宮人忙上前來服侍他更衣。定權自己結繫好中衣衣帶，吩咐：「去瞧瞧顧才人在做什麼。」宮人離去片刻，回來報道：「殿下，顧娘子已經歇下了。」定權上前兩步，翻身倒在了榻上，淡淡道：「那就去叫醒她，告訴她不必妝飾，即刻到我這裡來。」

第三十七章

露鷺羅紈

阿寶隨著提燈的宮人穿過延祚宮後殿遊廊的時候，正下著漫天漫地的霜。半爿上弦月清冷光輝流下，讓人錯覺四處都被潑溼了。垂獸脊上，瓦當沿上，玉石欄杆雕花上，探生於階下的衰草葉尖上，都閃爍著一點一點星辰一般的華彩，好像凝結其上的，不是霜，而是露。她不由向上提了提長裙，彷彿怕被那廊下的白露沾溼了裙襬。

她悄悄向四周張望，眼神機警得如同一隻將要踏冰過河的狐狸。於這片寂寂天地之間，只剩她和兩個無聲無息的宮人。她們一直在行走，但她們的衣裙卻似沒有觸及地面，沒有腳步聲，沒有衣料摩挲的窸窣聲，沒有環珮撞擊的叮咚聲。宮燈和枯枝都在搖曳，鐵馬於簷角下來回晃動，但是聽不見風聲。這一片詭祕的寂靜中，她自然也聽不出堅冰破碎前那細微的徵兆聲。

這景象她定是於何處見過，十六載人生，必定有過類似的情景，才會使她覺得如此熟悉。她竭力回想，卻毫無成果。或許這是從前的夢魘，或許此刻仍身處夢中。她試圖喊叫，卻發不出一絲聲音，就像被一隻無形之手生生扼住了咽喉。

瑟瑟風過，翻動了她的衣袂，她哆嗦著用手將衣裾又壓了下去。是如此真實的夢境，她甚至可以感覺到寒風帶著金屬的質感，如冰冷利刃斜斜切割進肌膚，而身上的絲帛涼得就像一掛秋水。夢中的少年正在向她招手，可是她不能理解他幻化的手勢的意思。這道路何處是盡頭，這夢境何時是盡頭，她徒有好奇之心，卻為見識之侷促所約束，卻為造化之廣袤所迷惑，永無法判斷。為何偏偏是今夜夢魘，難道是因為她終於做下了虧心之事？雖說暗室密謀，四目之外再無人見，但是盤踞在梁間閣角的鬼神卻終究有知，趁著她驚惶害怕、無暇抵抗的時機，乘虛而入，再次布置下了這樣的魘鎮，讓她在日落之後也再不得片刻安寧？

阿寶無可奈何地顫抖了一下，她抬起頭，廊脊上的獸首，在宮燈昏黃的光暈下，正在露齒猙獰而笑。它們的眼神，和草葉一樣，也泛著冰冷的白光。在這座陰沉的伏魔殿裡，在她的身前身後，看得到看不到的地方，都是這樣閃閃爍爍的白色眼睛。

秉燈宮人回首巧笑道：「顧娘子，當心足下。」阿寶生生被她驚得一跳，半晌方問道：「這是何處？」宮人看她面上神情，微覺詫異，回答：「前面便是殿下的寢宮。」阿寶自覺心跳過快，竟同惡夢驚醒時無二，沒由來地止住了腳步。宮人更是訝異，小聲問道：「顧娘子，何事？」阿寶茫然看了她一眼，問道：「是殿下叫我過來的？」

她雖在東宮居住時日不長，但是上下人等也皆知她性格溫柔，待下頗為寬和。這名宮人一聽，竟噗哧一聲笑了出來，道：「夜長夢多，娘子想是睡糊塗了，這半日都沒緩過神來。不是殿下宣詔，小人縱有天大膽子，敢帶著娘子半夜隨意在宮中走動嗎？」阿寶勉強笑笑，道：「正是，教妳看笑話了——殿下可曾說了什麼，我都不記得了。」宮人笑道：「殿下現在殿中，並不曾說什麼，只是吩咐我們請娘子過去。」

阿寶點點頭，不再言語，提裙上了玉階。這位宮人不明就裡，疑心她素來得太子盛寵，是以並不太過重視承恩奉詔之事，卻未察覺她抬手從鬢邊摸下了一支短短的金花釵，悄悄地掩入了袖中。兩人於玉階頂端稍作駐足，縵立遠視，天地間仍是那片令人絕望的茫茫白色。

還未行至暖閣，洋洋暖意便撲面襲來，如拳頭一般，狠狠砸在入室者冰冷的肌膚上，擊得半邊面頰皆生麻木之感。阿寶一時頭暈眼花，定睛半晌才看清了眼前景象。皇太子著白紗中單，半披散頭髮，一隻手肘隨意地憑靠在隱几上，袍襬下露出的雙足未著鞋襪，居然赤裸，儼然一個居家者所能達到的最舒適的姿態。

她悄悄舒了口氣，盡力凝神下拜，輕聲道：「妾恭請殿下金安。」定權定然是聽見了，卻暫時沒有理會她，伸手摘下了面前一只狻猊香爐的爐蓋，又揭開一旁的定窯瓜稜香盒，用一只小小竹杓從其中取出一杓如赤棕色藥膏模樣的香脂。香脂質地濃稠有如蜜糖，以杓挑起，猶自絲絲縷縷牽連不清。他以鮮有的耐心，靜靜等待杓沿的脂膏一滴滴淌淨，方將所取香膏仔細放置於香爐中的雲母隔片上。又觀察了片刻，這才合上了爐蓋。直至此時，一縷淡薄的白色香煙方從狻猊口中嫋嫋吐出。

阿寶偏頭看他，他在寫字的時候，讀書的時候，點茶的時候，做一切這些瑣碎小事的時候，神情總是認真到了極處，以至於執拗。至於執拗，便帶上了一份稚子一般的天真神情。這微微蹙眉的樣子，就像是個尋常紈褲子弟，除了自己心愛的那一點小玩意，世間餘下一切便皆可棄之不顧。這副模樣不能說不是可笑可愛的，阿寶不由想笑時，一眼瞥到了爐蓋上吞雲吐霧的金狻猊，那與廊下同樣的獸首，止不住一哆嗦，默默垂下了頭去。

定權舒了口氣，這才抬起頭笑道：「我不叫妳妳自己不會起來？在這裡還穿這麼多，請寬寬衣，不覺得熱嗎？」

他和顏悅色，阿寶暗暗舒了口氣，扶膝站起。定權笑道：「妳坐吧。我沒別的事情，只是睡不著，想找個人說說話。可是擾了妳的好夢？」阿寶也微微一笑，搖頭道：「妾也還沒有睡著。」定權點點頭，將那只盛香脂的盒子又仔細封好，方招手道：「妳近前來些——顧娘子可知這是什麼香？」

阿寶知道太子一向慣用的印纂香、凝和香、牙香、君香多是沉香，臣佐使也不過數味，形制則多為香餅、香丸和花樣，像這種蜜膏狀的香方卻是少見，搖了搖頭，敷衍道：「妾見識淺薄，不辨名香。」

定權抬頭望她，溫和笑道：「君香還是黑角沉，用半兩，丁香一分，鬱金半分，小麥麩炒至赤色。臘茶末一錢，麝香一字，韶粉一米粒，白蜜一盞。先將麝香細研，取臘茶一半，泡成茶湯，靜置，取上層澄清者調入麝香，再依次加沉香、丁香、鬱金，再加餘下的一半臘茶和韶粉細研，再加白蜜調成稀稠得宜的溼膏，入砂瓶器，窖藏，歷時越久越佳——這是我剛去西苑時親手調好儲存的，這次搬家，順便叫人起了出來，已經有一、二……三年了吧。這是擬梅花香[3]，妳聞聞，是不是？」

不需他說，暖閣中早已暗香幽浮，如置身百樹千樹梅林間。

阿寶點頭答道：「是梅花香。」

定權道：「這個方子，除了黑角沉香，沒有什麼珍稀的香材。只是等待的這些時間，是不容易的。這和梅花一樣，香自苦寒來。」

他的手肘慢慢離開了隱几，慢慢直起了身子，以這樣一個端莊謹慎的姿勢，安靜而耐心地凝視她。他似因慵懶而有所猶豫，但最終還是朝近在咫尺的她伸出了手去，低低嘆息道：「阿寶，妳和我，也是一樣。」

他的聲音是一字一字咂下去的，最後只剩一口氣，輕輕吹入她耳中，如一聲靡靡嘆息，又像七弦琴，一曲已盡，餘音卻還水波一樣嫋嫋依依，繾綣於彈奏者的指尖。聲氣入耳，阿寶只覺得半邊頭腦都僵住了，迷亂中伸手亂推，這才發覺他的雙手已經探入了自己的衣領中。脅下的衣帶不知何時已被解開，一遲疑間，碧色上襦便悄然滑落到了肩下，再一遲疑，便從她的肩頭墜落地面。

3 香方出自宋陳敬《陳氏香譜·韓魏公濃梅香》。

而始作俑者，再次嘆息道：「阿寶，我和妳，也是一樣。」

這麼一句話，令她的心跳驟停。一室都充滿著濃郁花香，她的心中卻空蕩蕩的，悵然如同丟失了什麼重要的東西。離得太近，反而看不清楚。只見他一雙點漆似的眸子，黑得怪異，亮得怪異。

她清晰地覺察到，一滴冰冷的汗，從頸窩開始，順著自己灼燙的脊骨慢慢滑下，在中途即為他的雙手攔截。那一雙手，緣著支撐她身體的脊柱緩緩游移，然後分道揚鑣，其一向下攬住了她的腰肢，其一向上扶住了她的脖頸。直至他溫暖的嘴唇輕輕地貼上了她的耳垂，她才驀然省悟過來，今夜自己已經墮入了另一個夢魘，只是適才的如玄冰，此刻的卻如烈火。

在頭腦尚未全然清醒之前，她纖細的雙手已經決絕地抵擋住了他貼近的胸膛，試圖將自己與那不知真偽的情愫遠遠隔離，可是用盡全力，他依然巋然不動。右手掌心下，他一顆心正在沉緩地律動，就如在宗正寺時一樣，依舊那樣平靜，那樣從容，所以她分辨不出他的心跳究竟有沒有加快一分——因為她的緣故。

定權慢慢捉住了她的雙手，她左手的掌心中赫然多出了兩點朱砂痣，細細辨別，才能看出那是血痕，傷處猶新。他懷疑的目光終於停駐於她鬢畔的金釵上，那兩股的距離，正與這痕跡大致相當。於是他清楚地看到，眼前的這個女子，因為懼怕黑夜迷惑了她一向警敏的心思，在進殿的前一刻，是怎樣毫不猶豫地將這並不尖利的釵尾狠狠地刺進了自己血肉中。

或者，她也不是因為懼怕黑暗，她真正懼怕的不過是他。她的一顆心從看到他的那一刻起，便上不著天，下不臨地，孤懸於半空。她的後背出汗，手指不可抑制地顫抖。她害怕思想無意中變成有形跡的語言，她害怕動作無意中又成為語言的背叛。所以她一言一詞都要思索明白才敢出口，一顰一笑都要計算精準才敢作為。他看懂了她，可自己的掌心卻突然莫名地疼了一下。這樣的心思，他實在是太清楚了——這不過是每次去見父親時，他自己的樣子。

她的手離開了他的胸膛，所以已經無法感知他的心是如何在他的胸膛內重重一跳。她的手即使沒有離開他，她也無法感知，他的身體深處，就似牽扯到了某根經絡一樣，開始隱隱生痛。他低聲詢問：「阿寶，妳在害怕什麼？」她沒有答話，細瘦的手腕在他的掌握中瑟瑟顫抖。

他曾經握著這雙手寫過字，也曾握著這雙手求過暖；這雙手或許欺騙過他，這雙手也或許扶持過他。他想起一句古老的詩：執子之手。此刻，他實在無法斷言，自己明日是否還能握到這雙手，明年是否還能握到這雙手，十年後二十年後是否還能握到這雙手。人世間有多少事，並不是靠他一個人的虔心努力，便可以達成。

不過一念，他的心突然軟了一塊，有鮮血從心中的坍塌處汩汩淌過，牽連得四肢百骸皆似瘐似痳，如醉如痴。合歡被，枕畔香，寂寂天地間，兩人雙手相握，再沒有別的聲音。於這一刻，他竟然再一次想從這無常世間留住一樣東西，就像幼時想留住母親靨邊金鈿的光輝，稍長想留住妻子臉上最後那一抹血色。

定權抬起了頭，將伊人鬢旁的那支金釵一把扯下，擲落於地。阿寶受驚道：「殿下，不可如此……」話未完，定權已經打橫抱起了她，逕直朝暖閣中臥榻走去。

他將不住掙扎的阿寶輕輕放在了榻上，幫她脫了腳上的鞋，見她睜著一雙清明杏眼驚懼地看著自己，轉身在榻邊坐了下來，溫聲道：「妳挪進去些，咱們好好說話。」阿寶遲疑片刻，終是動了動身子，給他移出了一席之地。定權提腳上榻，將雙手枕在頭下，側首瞥見她背靠的那面描金山水的枕屏，信口開河，笑道：「不愛江山，怎麼也該愛個美人。我這又算什麼？」

她聽著他說這樣不走心的玩笑話，眼神溫柔而哀傷。但她嘴角的笑容怪異，如諷刺，也如憐憫。垂下了眼簾，這樣看出去，滿目全是星星點點的華彩。金色的是香爐，碧色的是茵褥，朱色的是帷幄，被漸入佳境的香氣襯托，這一場紙醉金迷的繁華好夢。

她想起了從前讀過的那些詩句：「河中之水向東流，洛陽女兒名莫愁……十五嫁於盧家婦，十六生兒字阿侯。盧家蘭室桂為梁，中有鬱金蘇合香。頭上金釵十二行，足下絲履五文章。」那時候，對著白紙黑字，怎麼能想見真正的蘭室桂梁是什麼模樣？又何從得知，自己十六歲這一年，會在金階白玉堂上，鬱金蘇合香中，陪伴這個蕭郎？那時的她，要怎麼明白，其實自己的蕭郎沒有青春狂放，自憐碧玉親教舞的福氣；而自己，也沒有在一旁帶著大度的笑容擊節觀賞，其實暗自拈酸吃醋的福氣。她不知道絲履下踩的將是薄冰，頭上的金釵有朝一日會與匕首無異。至於那個名叫阿俟的孩子，今生今世都成了夢中也不敢有的妄念。

她想起了此刻還靜靜地躺在自己妝奩中的那包藥粉，於是在他的眼中，她脣畔笑容中的憐憫加深，諷刺也加深。

如果人生，真可如詩文一樣優美，一樣凝煉，過濾掉一切妨礙優雅的雜質，那麼詩中的她可以年華老去，她的蕭郎可以繼續愛憐別的碧玉美人。她可寂寞，可怨恨，可指責他負情薄倖，將年少時在觀月賞花、賭書潑茶時的誓言完全忘在腦後。但在前篇當中，他們彼此一定都傾心相信過那個誓言，他們一定兩情繾綣，把此刻這樣的春宵，看成真正的千金不換。

詩外同床異夢的少年夫婦，各自想著各自的心事，都沒有察覺閣內早已經靜默得難堪。半晌定權方開口問道：「齊王馬上就要去國了，妳知道了嗎？」阿寶回過神，見他似乎話入正港，略作思忖，小心應付道：「殿下說了，妾便知道了。」定權點點頭，又道：「妳不是說過妳家人在他那裡嗎？我想法子找到他們，讓你們完聚，好不好？」

阿寶不料他突然提起了此事，一時也拿捏不準他究竟是何心意，呆了片刻，才低低答道：「好。」話既出口，才自覺失言，忙又努力提起一個補過的笑顏，道：「謝殿下。」定權沒有忽略掉她這微小的情愫，笑道：「可是妳並不喜歡，阿寶。」未再給她開口彌補的機會，他翻身面向她，認真提議道：「除了這事，妳若是還有什麼難處，不妨說給我聽。我這個太子雖做得不體面至極，卻到底還是太子。妳說了，我會替妳想法子。」

阿寶料不到此話竟會出自他口，惶恐抬頭，卻見他雙眸中的誠摯之意，竟如真實一般。她的一顆心越沉越低，越沉越涼，他究竟都知道了什麼？為什麼偏偏要選在今夜說這樣的話？是那封書信被截住了，還是那個名叫長安的內侍原本就是他的派遣？一念既出，她覺得一口氣壓在喉底怎麼也吐不出來，伸手撫了撫脖頸上的金珠項鍊，如同撫摸一副貴重的鎖鐐，她無力而惶然地搖搖頭，半晌才低聲說道：「沒有了，妾……謝過殿下大恩。」語罷似乎是要起身行禮，一手卻被定權握住了。

定權偏過頭，用拇指輕輕撫了撫她掌心中的傷痕，低聲道：「妳不忙著說，可回去細細想想，再來告訴我聽。我應承妳，不管怎麼，我都是能擔待的。現下，我只想問妳一件事。」阿寶凝神半日，才勉強笑答：「妾沒有別的事情，要勞煩到殿下了。」頓了片刻，又點頭道：「殿下請問。」定權半撐起身子，微微向內移了移，將頭枕到了她的腿上，卻始終未曾放開她的手。張陸正的那句話，他已經想了整整一個晚上，此刻猶豫良久，問出口來，那言語卻是：「端七的那個晚上，妳究竟……為什麼要出西府，去找許主簿？」

他把臉埋在了阿寶的銷金裙中，他的聲音喃喃即如私語一般，其間的一絲顫抖渴求，她沒有察覺，他也沒有察覺。

阿寶低頭看他，將覆在他頰上的幾綹亂髮抿到了耳後，順手輕輕捏了捏他柔軟的耳垂。她忽然發現，他耳珠的底部，長著一粒孤零零的小小黑痣，甚是可愛。相書上說但凡耳下生痣，便都是手軟心慈之人，她此刻想了起來，便不由微微一笑。

是那樣的一個午後，日光是褪色後的暗黃，將他們走過的街市染成了舊夢的顏色。街市上喁喁人聲隱去，有了一縷夏日的風，風中攜帶著不知來自何處的梔子花香。他們不知道宮中出了大事，還在街上悠然行走。淡淡梔子味的風拂起了他儒衫的袖口，他於無聲的熱鬧人群中左顧右盼。她確實有那麼一刻，因為失神而失誤，把他看成了一個平常的書生。

心再一次不可遏止地作痛，不知是為了曾經那個根本不存在的書生，還是為了眼前他眸中的一點殷切光芒。她想起自己揭開那首〈式微〉，在西苑的宮門前猶疑良久；想起他替她畫眉的溫柔舉止，可是睜開眼後，看到的金屬的冷光；想起就在她終於感恩不盡，將金釵送入胸膛時，那本應終止這場災厄的匕首卻又從中折作了兩截，死生大事，在一瞬間陡然就變成了一個拙劣的玩笑。

這些能觸摸得到的東西，到底也都是幻影誑言，更何況原本就是虛無憑依？他的眼睛，她不敢再去看，裡面的那種光，她未曾見過，所以也辨不出真偽，她只是本能地覺得害怕。

還有，此情此境，對比移情，她也無法讓自己不想起一個舊日的美人。然而任由她再努力地回想，那個麗人的面容和聲音，都已經模糊，就像世上從未有過這麼一個人，而只曾出現在她的幻夢中。

有些話，有些事，有些人，他不會懂，也不會信。有些話，有些事，有些人，她不敢懂，也不敢信。

她終於笑著開口：「其實另外還有個緣故——妾是夜出宮時，聽到了杜鵑叫。」定權不解道：「怎麼說？」阿寶道：「古人說杜鵑的叫聲是『不如歸去』，妾怎麼聽著卻一點都不像？」定權道：「那是因為古人說話和今人不同，如今聽去自然不是那個聲音了。」阿寶微笑道：「原來如此，那就是了——妾就是沒有聽出來，所以才出去了的。」

她似玩笑，又似非玩笑，然而她的態度已經足夠明確，有的時候，要緊的並不是一個人說了什麼，而是她不肯說什麼。定權默然點了點頭，慢慢地放開了手，任由它從她的膝頭滑落到了榻上，這才發覺自己的掌心中已經滿是汗水。他最先想到的，竟然是毫不相干的事情：不知自己的汗水，會不會螫痛她的傷口？他隱約覺得這念頭有些熟悉，蹙眉思忖良久，才記了起來。

在婚禮那一夜，自己悄悄問枕邊那個剛剛成為少婦的溫婉女子：「我有沒有弄疼了妳？」還未待她答話，他卻覺得自己的頰上先熱了起來，便伸過手去笨拙地摟住了太子妃，他新婚的結髮妻子。

想起這前塵故事，還未及感傷，他的心中已掠過了一絲警覺和懼怕。他從阿寶的腿上抬起了頭來，自己扯過一床被子，轉過身去，閉目道：「我不過想起來隨口問問。睡吧，我累了。」阿寶低聲道：「殿下安寢，妾便告退了。」定權疲憊地道：「不必了，妳今夜就宿在這裡吧，叫人再取一件寢衣過來。外頭天氣太冷，妳不要再惹出病來。」

阿寶遲疑片刻，陪笑道：「妾怕打擾殿下清眠……」話音未落，卻見定權呼的一聲起身，一雙眸子死死盯住了自己，廊下的獸眼再度不合時宜地湧上心中，還未回過神來，她一雙手已經緊緊護住了自己的身體。定權唇角邊牽起了一個諷刺的笑意，半晌方頷首淡淡道：「我叫人送妳回去。」

阿寶默默地穿上了鞋，定權翻身下榻，從一旁衣架上取下了一領剛剛換下的披風，親自幫阿寶披好，點頭道：「去吧。」阿寶方想行禮，見他已經轉身，只得低低應了一聲：「是。」一面悄悄退了出去。

兩名宮人見她離去，入殿為太子奉茶，見太子赤足站立於金磚地面，不由吃驚，一人上前道：「殿下，當心受涼。」定權回頭冷冷一笑，隨手將說話的宮人推倒在了榻上。餘人愣了片刻，直至一聲清脆的裂帛聲起，方回過神來，連忙悄然退了出去，兀自心跳不止。

阿寶走出殿外，抬首東望，那爿半月已不可見，只餘一道黯淡天河劃過半空，燈火為風熄滅，周圍暗了許多，也沒有了先前那道詭異的白光。不過是一個尋常的冬夜，風的呼嘯聲被簷角劈開，拉長，就好像遠處地方有人在哭泣。但是她並不害怕，能夠聽得見聲音，她才能確定，自己終於走出了今夜的夢魘。

她信步下了玉階，卻並沒有走上返回閣子的長廊。執燈的宮人正在暗暗納罕，卻見顧才人已經愈走愈快，最後竟逕自向後殿的廣場奔跑而去。那件玄色披風，不知隸屬何人，穿在她身上過長過大，此刻奔走起來，被風扯起，似是一片低矮的暗雲，要融入前方的深沉夜色。

兩宮人互看一眼，同時回過神來，忙邊追逐邊呼喚道：「顧娘子，當心腳下！」阿寶卻似充耳不聞，只是一意孤行。兩宮人一路跟隨，腳下不住打滑，便落後了她許多。抬首望她，卻仍似御風而行愈去愈遠，直至消失於視線當中。

數名巡夜的東宮衛衛士，深夜中忽見一人在廣場上疾走，連忙上前幾步，截住了來人，喝問道：「什麼人？」卻見一個年輕女子停下腳步，喘息著慢慢抬起頭來，她的鬢髮早已淩亂不堪，嘴脣也凍得青白，神態卻頗為平靜，沉聲喝道：「退下！我是東宮側妃顧氏。」幾人被她凜冽聲氣驚嚇住，又見後面幾個宮人口呼「娘子」的聲音，連忙施禮道：「臣失禮。只是不知娘子……」話未說完，她已又從他們身邊逃逸，向殿後跑去。

她的身前身後都是無垠暗夜，寒風在耳邊嗚咽，眼睛被風射得痠痛。一身上下，從肌膚到五內，都已經凝成了堅脆的冰霜。如果在此刻滑倒，她大概也會跌得粉碎，再也無法收拾還原，就像那只越窯瓷瓶。但是那又如何，世上一切有形物終將化塵化土，幾百年的瓷器如此，幾十年的人生亦如此。

越過了那道宮牆，她終於明白了自己想找的東西。她放緩了腳步，跨越過玉石欄杆，雖然只來過一次，她還是一眼認出了角落裡那株小樹，它的樹幹還未及一抱之粗。她伸手摸了摸樹皮，其上已經結滿了白霜，冷硬如玄鐵。她展臂抱住了它，哆嗦著把半邊臉貼到了上面，慢慢滑跪至塵埃。

今夜他的那個眼神，大概是真的，雖然她沒有半點憑據。她知道自己拒絕的究竟是什麼，今後他們還會有肌膚之親，但是兩心相印的機會也許只有這一次。她親自關上了這扇門，她終將後悔，她此刻已在後悔，可是如果再選一次，她仍舊會這樣做。她想起了他常說的那句話：「我就是這樣的人，自己也沒有辦法。」其實她也是這樣的人，他們本是何其相似，他們本該何其般配。

趕到太子林前的宮人和侍衛呆住了，他們沒有處理眼前情況的經驗。顧才人正跪在樹下失聲慟哭，她的眼中沒有淚水，在這滴水成冰的寒夜，淚水在落下之前就被封凍在了眼眶中。

定權稍稍理了理衣襟，對枕邊的宮人道：「本宮要歇息了，妳先下去吧。」

宮人默默起身來，伸手撫了撫肩頭瘀傷，勉強穿回了方才撕裂的衣衫，猶豫良久，方大著膽子低聲說道：「殿下，妾名叫瓊佩。」定權閉著眼睛，懶懶地「嗯」了一聲。宮人等了片刻，再不聞他有其餘言語，遂起身悄悄退了出去。

定權一夜沉睡，臨拂曉時似是聽見有人叫起，也未加理會。待得睜開眼睛，才發覺辰時已經過半，早誤了晨定時辰。突然又想起昨夜回宮遲了，不知今日還有怎樣的口舌，一時編造不出合適情由，只覺頭痛欲裂。欲藉天寒告病，又怕皇帝認真詢問起來，反而徒增麻煩，更加無趣。猶豫了片刻，只得起身更衣，硬著頭皮向晏安宮趕去。

及至殿門外，方欲遣人通報，便見殿中走出一個紫袍玉帶的人來。那是已經獲罪，本該於府中自省，等候離京的齊王。定權的臉色登時黑了下來。

第三十八章

薄暮心動

兄弟兩人已經彌月未曾相見，此時此地遇到，定棠面上倒並無特別尷尬的神情，看了看定權神色，一哂後朝他微微一躬，平淡叫了一聲：「殿下。」定權目視他良久，微笑問道：「大哥是來向陛下請安嗎？」定棠亦笑道：「是，陛下已經起身，正在用早膳。殿下請入殿吧，臣先告辭了。」話剛說完，側過頭去輕輕咳了兩聲。定權又靜靜打量了他片刻，方點頭笑道：「大哥好去，天氣寒冷，大哥多保重。」說罷不再理會他，逕自入殿。

皇帝果如定棠所言在用早膳。定權問過安後便侍立一旁，既不聞皇帝問話，便也樂得不再開口。或許是沒有睡足，此刻聞著滿桌肴核氣味，覺得胃裡倒海翻江的難受，終忍不住嫌惡偏過了頭去。正滿心滿腹大不受用，忽聞皇帝發問道：「你的事情都處置妥當了嗎？」

定權回神，才發覺皇帝用膳已畢正欲起身，忙答道：「是。」皇帝點點頭，亦不詢問他晚歸之事，只道：「知道了，你先回去，今晚也不必過這裡來了。」

定權見他欲走，忙趨前兩步道：「還有一樁事，臣須向陛下請旨。」皇帝駐足道：「你說。」定權道：「報本宮的內侍押班周循，先前也是從宮中出去的，現下臣還宮，依舊還是想用他。」皇帝皺眉想了片刻，問道：「就是從前侍奉你母親的那個周循嗎？」

定權倒不曾想到皇帝還記得這麼明白，低頭道：「正是。」皇帝沉默了片刻道：「既是你用得慣的人，便隨著你的意思吧。這種瑣屑事，以後不必一一報朕了，你自己拿捏定奪即可。」定權又答了聲「是」，方忖度再說些謝恩套話，見皇帝已經提足去了，便只得向著他的背影行禮退下。

回到延祚宮，思及今日皇帝的言語行動皆與往素不同，定權心中大感疑惑，亦不知齊王究竟同皇帝說了些什麼，又從皇帝那裡討得了什麼旨意，左右想不清爽，只得又喚人叫來了王慎。王慎入殿時，定權已經用罷早膳，挽袖正在暖閣內親自點茶，聽見他進入，屏退了眾人，亦不起身，亦不抬頭，開門見山地問道：「廣川郡王今早入宮了，阿公可知道這事？」

王慎想不起朝廷內還有這號人物，半日才明白過來他說的是齊王所領的新銜，不由也變了臉色，想了想方回道：「臣不知──是陛下的旨意嗎？」

風爐上銀茶瓶中水已沸騰，定權將已碾好的些少茶末投入一只油滴建盞，注入瓶中沸水，調和茶末直至如濃膏油狀，才微笑道：「我若是知道，便不來勞煩阿公了。不單是這件事情，我還有事相求阿公。」說話間，左手持瓶逡巡，已經將沸湯幾次點入茶膏，右手同時執茶筅擊拂，須臾盞中已現潔白乳花。

隨手遞給王慎，見他又是躬身又是擺手，也不強讓，抬起頭徐徐笑道：「阿公，今晨我去康寧殿問省，見陛下眉宇間神色鬱鬱，貌甚疲憊，心中頗感不安。雖沒有問起，卻也大略能揣測出一二分的緣由。陛下雖春秋鼎盛，外朝內宮的事情畢竟還是太過繁瑣了些，總有精神照顧不到的地方，便須勞動阿公盡心扶持，為陛下分憂分勞，我這做兒臣的便銜感不盡了。」

王慎不知他究竟想說什麼，但是已經十數年未見他如兒時這般撒嬌撒痴的情態，後背不由微微冒汗，連連點頭應道：「殿下言重，老臣萬不敢當。」

定權晃了晃手中的茶盞，見適才還蓬勃的茶乳已漸消散，微一蹙眉後又莞爾一笑，道：「阿公現在清遠殿，那裡的事本宮向來是放一萬個心的。只是我想康寧殿裡，也得有些臣子的心意眼目在方好，我不能時時侍奉在陛下身邊，阿公只當是全我的孝心吧。譬如今日之事，若是蕭定棠那樣的亂臣賊子又起了什麼悖逆心思，我又不知，不及阻勸，再像中秋那樣，惹得陛下傷神動氣不說，國中內外也不得安寧。再出了一點差池，我怎麼跟天下人交代？」

王慎聽得張口結舌，輕聲道：「殿下，如今留在康寧殿裡的皆是陛下遴選的親臣。莫說臣沒有那個本事，便是有的話，殿下這也是……」一時瓶中水又響，將他後半句話壓了下去。定權將茶瓶移開，指著眼前的茶床風爐笑問道：「阿公瞧瞧我這幾件物事怎麼樣？」王慎不知他打岔又要說什麼，隨意瞥了一眼，見都是些極尋常的東西，敷衍道：「臣並不懂這些，但既是能入殿下青眼，自然是極好，極好。」

定權笑道：「好是真好，極是不極。這也算是幾件舊物了，還是我從前在此處讀書的時候，盧先生留下來的。便是這茶道，也還是他教我的。」眼瞧著王慎面上變了顏色，才又笑問道：「阿公將適才的話說完，我這又是什麼？」王慎呆呆望著他執盞的右手，沉默了半晌，才嘆了口氣道：「既是殿下一片仁孝之心，臣竭盡全力便是。」定權笑道：「多謝阿公玉成，我今早請了陛下的旨意，周常侍依舊是回延祚宮來。你們是多年同僚，若需些什麼，儘管差人來找他取用便是。」

言語時已經另取過了一只兔毫盞，依前如法炮製，笑嘻嘻地對王慎道：「阿公品品我的手藝，比之陛下，比之廣川郡如何？」王慎此次卻不再推託，接過了那盞茶，站立半晌，忽如飲酒一般一飲而盡。

定權望著他出殿，面上的笑容已如盞中乳花一樣，一點點消盡。慢慢正身跽坐於地，見手中油滴盞內已現青白水腳，只嘗了一口，揚手便將茶潑在了竹編茶床上，任憑碧澄茶湯一滴滴從竹篾的縫隙中滴下，沿著磚縫隨地亂淌，浸溼了他的一角袍襬。

他雙手捧著溫熱的空茶盞，怔怔地望著風爐上的茶瓶。淡白色的水氣和清澈茶香還是同從前一模一樣，透過水霧看過去，這延祚宮也依舊是十年前的延祚宮，只是他有心無力，無論如何都點不出咬盞不退的鮮白湯花了。茶盞在他手中漸漸涼了下去，瓶中也發出了嘶嘶的聲音，似是水就要煎乾了。

定權方懶懶想著到底要不要去救這茶瓶，還是索性隨著它就這麼燒下去，看看最終會燒出什麼結果，忽聞暖閣外頭一陣腳步紛亂，又似是有人說話，只得皺眉問道：「什麼事？」一內侍忙近前回道：「殿下，顧才人閣中的內人來報，說是顧娘子病了。」定權微微一愣，問道：「什麼病發作得這麼急？」此內侍亦聽說他素來寵愛這位側妃，此刻陪笑道：「恐是昨晚受了風寒，今晨便有些發熱，現下卻是熱得厲害了，殿下要不要移駕過去看看？」定權按了按麻木的膝蓋，起身吩咐：「將這東西挪走——去找個太醫給她瞧瞧。日後待謝良娣來了，後宮事一概報她處置。」內侍見他面上神情頗為淡漠，並不似要多作叮囑的樣子，只得答應了一聲退下。

直等到天色將暮，王慎才重返延祚宮，向定權回報道：「陛下今晨確實召了廣川郡王入宮，且賜他在宴安宮用了早膳。」定權眉心一跳，問道：「都說了些什麼？」王慎嘆了口氣，回道：「看樣子，似是郡王向陛下遞了奏呈，上報郡王側妃已有了五個月的身孕。老臣聽說太醫診斷，郡王側妃素來有腎氣不足、氣血兩虛的毛病，本難載養胎兒，起先已經滑過二胎，殿下也是知道的。此次又正在五月這個關節上，郡王顧慮遠行顛簸，路上難以照料周全，恐生不虞，故而向陛下請求遄行，待得世子降世，再行之藩。」定權冷哼一聲，咬牙笑道：「側妃？他倒是做得出上好打算，到底是孽子重孽子。陛下怎麼說？」

他這話說得刻毒至極，連帶皇帝都一筆掃了進去，王慎暗暗嘆氣，低聲回道：「陛下叫他三日後便動身，攜王妃一同上路。」定權聞言，倒是愣了半晌，才自嘲笑道：「我怎就忘了，陛下一向都是先要替他打算的。」

王慎自覺無言以對，索性不語。兩人對面良久，才聞定權發話道：「阿公先請回吧，今晨託付阿公之事，還望盡心。」一面自己托著臂膊，逕自走到殿門檻上坐了，面孔朝外，也不再理會王慎。

冬日的灰白天色含混曖昧，一如現下的時局，可一丸落陽卻濃墨重彩，紅得乾淨俐落，彷彿一枚空印鑿在了被玷汙的畫紙上，蘸的是上好朱砂，絲毫都不曾向外洇浸。殿外的廊柱經夕照投射，在地上拖出一條條巨大的暗影，中有一條正好打中定權前胸，那影子猶似帶著廊柱的重量，壓得他只覺胸口抑鬱難當。他連忙避走開來，心口卻仍然一陣疼似一陣，發作得厲害時，竟覺得透不過氣來。

閣內宮人見他以肘撐牆，疑心他身體不適，欲上前相詢，忽聞定權沉聲下令道：「開窗。」幾人相對一愣，不知他所指，也不敢多問，只得將閣內的窗格一一支起。便見他仍舊頹然坐倒在門檻上，神情如同入定。

定權仔細躲避那黑影，一面目望晏安宮方向。望得久了，便憶起了自己從寧王府甫入禁宮的時候，有一遭去給皇帝請安，在帷幕外忽然看見兄長身在殿中，而父親正在教他點茶。自己一向只覺父親平居事務繁忙，以至通常十日半月都見不到面，卻從來沒有想過他居然也有這般消閒的時刻。

父親手把手地教導兄長，教他怎樣持瓶點湯，怎樣轉腕運筅，怎樣在一湯二湯乃至七湯後分辨乳花和水痕的色澤，直到他們手中盞內鮮白色的咬盞湯花終於如雲霧般升騰而起。他的脣邊雖無笑容，可舒展的眉頭卻能明明白白地昭示心中的歡愉，那是為人父母者和愛子相處時自然而生的歡愉。

他在他們不能察覺的遠處，站了片刻，看了片刻，便默默轉身走開。那時候年紀小，卻也已經懂得了，自己若是現在進去，只會打擾了他們父子間難得的安逸。

天色已經向晚，他一個人偷偷跑到位於外宮的中書省，因為知道盧世瑜今夜會在那裡值守。他請求盧先生教他如何點茶，盧先生雖感吃驚，可是也搬出了供省內值宿官員使用的一套茶具，將所有步驟手法一一傳授給他，並不時在一旁提點：「殿下，手腕尚需用力，筅柄可再傾斜。」他其實很希望老師能夠親手糾正他的錯誤，然而他只據守一旁，語氣和緩耐心，態度不厭其煩，卻自始至終沒有伸過手來。

總還是隔著一層，總還是缺了些什麼，心內那種空蕩蕩的感覺，一直延續，直至今日的傍晚。

十三年前，在中書省的值房內，盧世瑜一面等待水沸，一面發問：「今日給殿下講過的書可都明白了？」但凡是跟老師在一起，便必然要應對他無休無止的提問和詰責，這也是自己平素害怕見他的原因。可是不知為何，今日卻只想和他同處一室，於是只能答道：「是。」果不出所料，老師要求他背誦和講解早晨學習的《論語》章節。當老師皺眉傾聽的時候，他突然很擔心他會不滿意。

看著老師點頭微笑，他才終於鬆了口氣。他雙手恭恭敬敬地接過老師遞過來的茶盞，一面啜，一面小心翼翼地提出了使自己疑惑很久的問題：「先生，孔聖人的爹爹是誰？」盧世瑜微微一愣，旋即答道：「聖人之父是魯大夫叔梁紇。」他於是又問：「聽說聖人的爹爹是與人野合才生下了聖人，先生，什麼叫作野合？」盧世瑜聞言，登時改變了臉色，厲聲問道：「殿下這話是聽何人說的？」

他被嚇壞了，囁嚅了片刻，終於老實答道：「我是從《太史公書》中看到的。」盧世瑜神情這才稍稍緩和，但仍是正色教導他道：「聖人之學，可治國安天下，可修身養正氣，殿下身為國儲，此二者不可偏於一，不可失於一。殿下一言一語皆關係萬世宗祧，一步一行皆為黎民表率，尤宜時時參省自察。臣請問殿下，依照聖人之言，該當如何自省？」

這並不是他來尋找老師的初衷，此刻白白受了一通教訓，也只好悻悻地答道：「子曰：『見賢思齊焉，見不賢而內自省也。』子曰：『已矣乎，吾未見能見其過而內自訟者也。』曾子曰：『吾日三省吾身，為人謀而不忠乎？與朋友交而不信乎？傳不習乎？』……」

盧世瑜不依不饒，繼續責問：「那殿下可知今日自己說錯了什麼話，做錯了什麼事？」

他已經大約意識到「野合」並不是個正人君子應當談論的字眼，只得低頭作答：「是，我不該言誹聖人，也不該獨自到此來見先生。」

盧世瑜這才點頭道：「既如此，請殿下速回東宮吧。」

那次的交談，最終又演變成了一次說教的晚課。其實他最想知道的並沒有問出口：聖人三歲的時候，就沒有了父親，那麼他的心中也會同凡人一樣感到孤寂嗎？當聖人感到孤寂之時，當聖人的心中空蕩蕩的時候，他又該當如何去化解？

這疑惑，在聖人書中，尋不出答案。再後來，盧先生也遺他而去，他就更沒有機會，也沒有對象可以問出口了。

遠在蜀地的二兄，現在膝下僅有三女，四弟早殤，而自己的世子甫生即喪，若是齊王側妃此次產子，便是皇帝的長孫，他可以想見皇帝的心中是如何期盼這個孩子。但是，即便如此，為了保全齊王，他卻連這都可以捨去。想到此處，定權心內不由冷笑，卻自覺沒有半分底氣。

他一壁極力躲避著那游移的日影，一壁卻已叫那日影逼入了牆角，再也避無可避，只得任由暗影碾過全身。極目而去，那盞渾圓落日已經墮入殿堂簷角。宙無盡，宇無極，四野八荒，玄黃莽蒼，北溟之外猶有北溟，青雲之上猶有青雲，這都是凡夫俗子的目力永遠無法窮盡的。

然而比廊影更陰沉，比落日更熾烈，比這天地更空茫的，卻是凡人腔子裡一顆空落落的心。他突然懊悔，若是當初沒有問出先頭的那句渾話來，老師會不會已經解答了他的問題？

此時日色全隱，定權暗暗舒了口氣，站起身來，他終又熬過了這一日中最難挨的時光。四周站滿了人，幾十雙眼睛都落在他的身上，但是卻沒有一雙能夠看得出他適才心中所思。在他們面前他依舊是威嚴主君，依舊是端方君子。雖然只有他自己知道，為了遏制那無邊無垠，痛徹心扉，上不可告父母，下不可示妻兒的孤獨，他是使用了怎樣的方法才逼迫得自己不致哭喊出聲。那臂膊內側指甲掐出的血痕大約今生無人能見，亦包括那人在內。

第三十九章

一樹江頭

趙王定楷來到晏安宮門前時，皇帝午睡猶未起身。陳謹得報忙迎出殿去，上前喊了一聲：「五殿下。」定楷抬頭看他，一副剛剛哭過的模樣，眼圈下的桃花紅潮直暈到了兩顴上，勉強點了點頭，低聲問道：「陳翁，陛下尚未起身嗎？」陳謹笑道：「是。五殿下覲見，可先到側殿等候，外頭的風冰冷。」

定楷道了聲謝，卻並無遵從之意。陳謹苦勸無果，只得陪他在風中站立了片刻，潲得一身篩糠一般哆嗦，他體態雖然有些肥胖，其實並不耐寒，偷看了定楷一眼，見他只顧呆立，終於忍不住長吁短嘆道：「只留著幾個小孩子在裡頭，平素偷懶偷慣了，陛下起身時只怕叫不到人吧。」定楷一驚，忙拱手道：「是孤疏忽了，陳翁理應祗應至尊，何勞下顧，陳翁勿怪，快請速回。」

陳謹見他冠下兩耳凍得發白，撇下他自己先跑了，臉上未免也有些訕訕，作為彌補便附在他耳邊問道：「臣本不該僭越，只是還是想先問一聲，五殿下這個時辰來給陛下請安，可還有旁的事情？」定楷尷尬一笑，低頭答道：「臣只是請安。」陳謹壓低聲音道：「這時節，五殿下言語還是留些心。早膳時娘娘也來過，前一刻還和陛下有說有笑，剛提了提廣川郡的事情，陛下便雷霆震怒，還砸了一只茶盞，濺了娘娘半裙子熱茶。」

定楷微微一愣，問道：「是嗎？」陳謹點頭道：「五殿下休怪臣聒噪。」定楷微笑道：「孤不是不識好歹賢愚的人，多謝陳翁提點呵護。」陳謹自覺仁至義盡，心無牽掛，瞇著眼睛笑了兩聲，一步一點頭躲閃回了殿裡。

皇帝因為夜來多夢，未得安眠，這一覺直睡到了近申時。陳謹服侍他穿戴完畢，為他捧過水來，才小心回報道：「趙王前來給陛下請安，已在殿外候了個把時辰了。」皇帝頭腦尚未全然清醒，皺眉問道：「這個時候，他？」陳謹回道：「臣不知，只是看五殿下在外頭凍得可憐，也不肯走。」皇帝皺眉，終於還是開口道：「叫進來吧——這些不識輕重的東西！」

定楷被帶到皇帝榻前，嘴唇都已經凍得青紫。戰戰兢兢俯身下拜，皇帝也並不叫起，居高冷眼看他，半晌才問道：「你來做什麼？去見過你母親沒有？」定楷兩排牙齒兀自打了半天架，才口齒不清地回答：「臣來向陛下請安，並不敢先去見母親。」

皇帝冷笑一聲道：「真是應了那句老話，疾風知勁草，板蕩識誠臣。看來教你們吹吹冷風也未必不是好事。」他這話說得刻薄，定楷也不敢回答。皇帝見他雖已入殿半日，兩個肩頭仍在抖個不住，心裡終是嘆了口氣，稍稍放緩了聲氣問道：「你到底有什麼事情？既已來了，不妨直說。」

定楷直憋得一張臉通紅，半日才囁嚅道：「臣欺君死罪，臣此來，是求陛下為臣指婚。」皇帝沒想到他沒頭沒腦地先冒出這樣一句話來，轉頭去看陳謹，見他也是一臉不可思議，才又問道：「你自己相中了誰家的姑娘？」定楷搖頭不語，皇帝心中沒由來地一陣煩躁，站起身來踱了兩步，喝道：「站起來，明白回話。」

定楷依言起身，伸手欲去攙扶皇帝，皇帝這才看見他雙目紅腫，連眼睛也難以睜開，略一思忖，冷冷問道：「你今日筵講後去見了誰？」定楷不顧陳謹在一旁殺雞抹脖子地遞眼色，啞著嗓子答道：「臣去了大哥府上，看了看哥哥和嫂嫂。大哥臨行前想再見母親一面，臣……想替他向陛下討個情。」

皇帝冷眼看他半晌，方咬牙斥道：「大膽！朕先前跟你們說過什麼話？你就敢忤旨去私見罪人！」定楷一驚，再度跪地，也不分辯，只伏地哭泣。陳謹偷眼看見皇帝面色已極難看，忙在一旁催促：「五殿下，陛下等著殿下……」見皇帝一眼橫過，硬生生地將半截話頭嚥了下去。定楷卻只是自顧自哭了半晌才答道：「臣知罪。」

皇帝漸漸冷靜了下來，任他在一旁抽泣個不住，一面啜著茶，一面指著他向陳謹笑道：「前番才替太子求了情，現在又輪到了他哥哥，大冷的天氣還不忘著來給老父問聲安好。朕何其昏聵，從前竟未察覺朝中還藏著這麼孝悌雙全、有情有義的人物。」陳謹不敢說是，也不敢說不是，只得咧著嘴隨著皇帝呵呵了兩聲。定楷卻依舊不語，不過飲泣而已。

皇帝也不理會他，直至一盞茶盡，才站起身，詢問陳謹道：「臣欺君，子逆父，罪當如何？陳常侍，你代朕問問他。」定楷不待陳謹開口，叩首道：「臣死罪。」陳謹見皇帝再度沉默，為父子間尷尬僵局逼迫，嘆了口氣溫言問道：「五殿下心裡都清楚，又怎麼還要背著陛下幹這等糊塗事？」又轉向皇帝道：「陛下，五殿下年紀小，耳根又軟，想必是聽了旁人的——」話尚未說完，便被定楷打斷：「臣是光明正大去的，頭腦並不糊塗。」

皇帝怒極，反倒哈哈笑了一聲，道：「陳常侍，他可不領你情呢。」定楷抬起了頭來，直接面對皇帝道：「臣只是前去看望兄長。兄長此去山高水長，相見無期。臣奉君父嚴旨，已不敢親執鞭轡，送至春明金谷之外。只想面祝兄長羈旅坦蕩途無霜雪。兒只想稍盡兄弟本分而已，爹爹。」

皇帝仍是半闔著眼睛不說話，陳謹只得硬著頭皮接著替他數落：「容臣說句不知上下托大的話，五殿下年紀還是小，聖上剛還說殿下做事情分不出個輕重來。五殿下說的雖然是人情，可是廣川郡究竟是罪人，殿下怎麼說還是要把朝綱法紀擺在最上頭，殿下說臣說的有沒有點道理？」定楷愣了半晌，方低聲答道：「廣川郡有罪，可也還是我的親哥哥。」

陳謹張口結舌，再也問不出個所以然來，去看皇帝，見他雙目簾垂，一時也揣測不到他是不是怒到了極處，正在忖度著該怎麼處置趙王。心裡盤算著齊王一去，想東山再起無異於痴人說夢；趙王又這般年幼無知，人人忙不迭撇清，他卻偏攆著是非跑；太子心思是不用說的，定是活剮了自己也不解恨。

一旦思想起今後，但覺如雷貫頂五內俱焦，又擔心皇帝被趙王氣得背過了氣去，連眼下都難以保全，忙伸手欲為他揉擦背心，卻忽聞皇帝開口問道：「你去見廣川郡，他跟你說了什麼？」語氣雖然淡漠，怒意卻似已消遁。定楷滿臉淚痕縱橫，匆匆用袖子抹了一把臉，答道：「大哥說想再見孃孃一面。」皇帝又問：「還是東宮和你說過些什麼？」定楷一愣道：「臣這兩日並未得見殿下玉容。」

皇帝懷疑地點了點頭，打量了他半日，終於坐下道：「朕知道了。你年紀尚小，婚姻之事慮之尚早，暫且不必提起。朕看你為人輕浮，到底還是修養不足。這次的事情若不重處，想來拗不過你的性子來。」轉頭對陳謹道：「你去傳旨，罰趙王半年薪俸。叫他安生待在自己府內，好好閉門思過，沒有朕的旨意，不許再出府入宮。」說罷也不待兩人領旨，便拂袖而去。

陳謹在一旁看得眼花繚亂，早轉動了數十個心思。此刻忙上前攙扶起定楷，送他直出殿門，見他從袖中掏摸手巾，似欲拭淚。大約一個沒有拿穩，白羅手巾和袖內幾張字紙模樣的東西已被風捲出去老遠，幾個小內侍忙四下張羅著撿拾。

陳謹連忙將自己的巾帕取出，雙手奉與定楷道：「臣這件雖然粗鄙，倒還算乾淨，殿下若不嫌棄，或可暫充一時之用。」定楷接過來胡亂揩了揩眼淚，將巾帕收入袖中，點頭道：「想來陛下這次是安心生了我的氣，陳翁是陛下身邊的老人，還望見機多多替我轉圜。照著陛下的意思，若一時不能婚禮，離之藩之日亦尚早，寄居京中，如籬下作客，梁苑雖好，終非可久留之地。此間還請陳翁費心照拂，小王感激不盡。」陳謹笑道：「五殿下言重，臣蒙殿下錯愛，安敢不赴湯蹈火，竭盡精誠？」

待幾個小內侍都返回，四下裡張望，見趙王早已經去遠，詢問仍站立墀上的陳謹道：「陳翁，五殿下這帕子和錢引怎麼辦？要不要臣等追上去奉還？」陳謹將手巾抽了出來，絮進袖內，笑道：「這是五殿下賞你們的，都收好了吧。」

按照陳謹的說法，皇帝此日因為定棠之事已經兩次作怒，到了晚間卻又喚來了王慎，讓他傳旨，宣召廣川郡王蕭定棠明日申時入宮，許他與皇后作別。王慎自然又差人報給了定權，定權手捏著金柄小刀，正親自在削一枚梨，默默聽他說完，也不言語，漫不經心地將手中已經去皮的梨東切一片，西切一片，在一只瓷盤中拼出了一整朵花的模樣，左右端詳，笑道：「不好看——回去告訴王翁，就說陛下恩典，本宮感激不盡。」

待來者離殿，定權將盛著梨片的盒子隨手遞給了身後一宮人，笑道：「賞妳吧。」自秋梨收穫儲入冰室，此時已近隆冬方才取出，身價已經高了百倍。太子對下人素來寡恩，此宮人再想不到有這般際遇，欣喜得滿面通紅，謝恩道：「小人把它帶回去分與眾人，共沾殿下恩澤。」定權又從食盒中揀起了一枚梨，左右一端詳，笑道：「本宮勸妳還是一個人悄悄吃了算了。這東西，君臣共食，離心交惡；骨肉共食，忍愛絕慈；夫婦共食，破鏡斷髮；友朋共食，割袍裂席。妳就一點忌諱都沒有嗎？」

宮人一驚，悄悄向太子看去，只見他正熟稔地轉動著金刀，愈拖愈長的梨皮，如一條淡青色澤的蛇，蜿蜒蠕動於他白皙的手腕上，忽然間只覺得自己雙手捧住的，並非恩典，而是件不祥之物。

齊王在次日申時二刻攜王妃入宮，向晏安宮門方向行三拜九叩大禮之後，逕至中宮。中秋宴會後，母子兩人便未再相見，此刻會面又已成這般情勢。齊王於殿門遠遠望見皇后，雙膝跪落，只喊了一句「孃孃」，皇后兩行眼淚已經長垂直落。

定棠一面垂淚，一面向殿內膝行，王妃亦跟隨在他身旁嚶嚶哭泣。皇后疾步趨前，一把摟住定棠頭顱，壓在自己懷中，半晌才又伸手摸了摸他肩上衣衫，問道：「我兒是騎馬來還是坐轎來？怎麼穿得這麼少？不怕凍壞身子？」定棠心中如斧鋸刀割一般，嗚咽半晌，方強行抬頭，伸出手為皇后反覆拭淚道：「兒不孝之罪已經彌天，母親不可再為不肖子傷悲墮淚。母親如此，徒增兒身罪孽。」皇后聞言，眼淚越發如湧泉一般，定棠亦不肯住手，直抹得兩袖皆溼透了，方悲泣道：「母親執意如此，兒身永墮阿鼻地獄，不得超脫矣。」

皇后亦清楚，這般對離人大放悲聲，又恐增添定棠心中傷悲，思及於此中心如焚，終於硬生生將眼淚壓了回去，勉強笑道：「我兒也不哭，隨我內殿說話去。」定棠點了點頭，兩人方欲起身，忽聞殿監倉皇近前報道：「皇太子殿下駕到，來給娘娘請安。」

皇后面色瞬間雪白，驚恐地望了殿門一眼，問道：「他來有何事？說本宮身體不適，還在歇息，先請他回去吧。」話音猶未落，已聞定權笑聲漸近，道：「孃孃，臣宮中新得了些果品，不敢專擅，特來獻給孃孃。」伴隨笑語，金冠緋袍的身影已經旁若無人地翩然入殿。

定權向前走了兩步，方訝異道：「不想哥哥嫂嫂也在，這就更好了。大哥即將遠行，我們家人欲如此相聚，不知要待何日。本宮這裡，也算是替大哥一道餞行了吧。」一面回頭吩咐：「將東西送到暖閣裡去。」一面笑讓道：「大哥請。」定棠面上淚痕猶未乾，雖然明知他故意，此時此身卻只能銜恨吞聲，讓過他們先行，自己偏轉頭去又悄悄引袖拭了一把眼角。

幾人入殿坐定，定權親自揭開食盒，梨汁的清香已四散開來，一只德清窯黑瓷碗中，是一盞晶瑩剔透的銀耳燉乳梨。做法不同尋常，將一枚整梨雕刻成花形，中央托著銀耳一道蒸熟。看去便如白蓮堆露一般美觀。

定權笑道：「臣聽說近來暖閣裡頭炭火燥旺，孃孃胸內有些積火，總是咳嗽，恰好昨日有人給我宮中送秋梨，我想這東西清熱潤肺，又怕生食太過寒涼，反為不美，便叫人蒸熟了才送來。孃孃與大哥嘗嘗，雖然是尋常事物，卻是我一刀刀剜刻出來的，也費了些水磨工夫。」他平素鮮少這般聒噪，皇后望著他巧笑眉目，一時只覺頭暈目眩，半晌才勉強回答：「本宮本無事，倒勞太子掛心了。」

定權得了這句讚頌興致愈高，口粲蓮花不住東拉西扯，說幾段臣下逸事、京內趣聞，又轉而詢問定棠行李是否收拾妥當，齊地王府是否修葺完善。如此姍姍不肯離去，終是被他耗到了宮門下鑰之時。

皇后情知定棠此去，便與永絕無異，這時再也忍耐不住，顧不得太子在場，親去捧出了一件為定棠趕製的夾袍，定要他除去身上衣衫試穿新衣，又拉著王妃雙手囑咐：「他不在我眼下的時節，還望新婦好生看顧他，飢添食，寒添衣，就當他是個不懂事的頑童，新婦來替我做這個娘吧。」母子姑婦，當著太子面，相對亦不敢流淚，皇后上上下下在定棠身上捋來抹去，替他拭去衣痕。

定棠因太子在側微有猶豫，手足皆不安地動了動，卻終究沒有再說什麼。這衣裳做得著急，未免有沒有剪乾淨的線頭於袖口處綻了出來，皇后只覺得在兒子身上，這微不足道的破綻卻無比礙眼，終於忍不住湊上臉去，用牙將線頭咬斷。忽悟直到此刻，遊子衣裳才算是真正製成，自己與嬌兒的最後一縷牽絆也已經斬斷，眼前微微一黑，只覺得闔宮的燭火都暗了一瞬。

定權坐在一旁冷眼觀看，已經食殘的梨羹猶自散發著清淡香氣，一如縈繞在這殿閣內的離情別意。只是於他而言，離愁並非眼前這金觴玉盞圍繞出的脈脈溫情，它早已被自己具化成了某種冰冷的觸覺。他清晰地記得，妹妹的臉頰、母親的雙手、妻子的笑顏是怎樣在一夜之間變得比冰霜還要寒冷，這種溫度的消減意味著什麼，他是在多麼幼小的年紀便已經大徹大悟。

桌上這佳果，開花時如冰，散落時似雪，結果天性寒涼，入口如嚼嚴霜。這冷徹心扉的滋味，這永不可付諸言語的傷痛和絕望，只由他一個人來吞嚥，這不公平。

閣外頻頻來人催請，道郡王再不動身，便趕不及下鑰，今晚只能滯留宮內。如是三、四次，定棠終是跪下向皇后叩首作別。皇后攜他出殿，卻牽著他的衣袖不忍釋手。定棠直咬得自己滿舌鮮血，方能開口言語道：「母親，兒去了。兒在異鄉，日夜遙祝母親平安喜樂，永無疾恙。」說罷起身，轉身便走。

皇后站立丹墀之上，呆呆看著定棠漸行漸遠，終於忍不住向宮門外夜色伸出手去，悲泣道：「棠兒，你回來，娘再多看你一眼……」話音未落，身子已經一晃，如同眩暈。尚未等宮人近前，定權已踏步上前扶住了皇后臂膊，柔聲勸慰道：「孃孃，哥哥已經去了，我們回去吧。」

皇后如同夢醒，猛然回頭。定權這才看得真切，她已經滿面淚痕。在宮燈照耀下，繼母兩眼之內熠熠生輝，那慈母惜別嬌兒的傷痛淚光，似同一柄雙面都磨得飛快的白刃，透血肉如透塵泥，在她轉頭的一瞬便洞穿了自己的胸膛。定權閉上了眼睛，終於感覺到一陣疼痛至極的快意。

定權扶皇后入殿，又好言勸解半日，再辭出時，已見王慎站立廊下，冷面望著自己。定權微微一笑，不加理睬，逕自下階前行。王慎終於忍耐不住，在他身後開口詢問道：「殿下，你必要如此方稱心如意嗎！」定權點頭笑道：「是，若非如此，我便活不下去。」

王慎見左右無人，一把扯住了他的手，問道：「殿下昨夜，是怎麼和老臣說的？」定權沉默了片刻，道：「陛下的意思我明白，他開恩讓廣川郡見中宮，又擔心我心中不悅，所以才差阿公傳旨。」王慎怒道：「陛下一番苦心，倘若得知此事，又當作何感想？」定權笑道：「陛下自然會覺得這是禽獸行徑，大約將來我就是做出弒父弒君的舉動，也不足為奇。」王慎被他氣得渾身發抖，兀自強忍半日，方壓低聲音問道：「那殿下這又是何苦？」

定權轉眼望著天邊，許久才回頭問道：「阿公，你先告訴我，先皇后崩逝，究竟是何故？」王慎四顧無人，又拖著他朝外走出了兩步，方道：「臣與殿下說過多次，娘娘是病逝。殿下當時就算年紀小，娘娘的病，纏綿了那麼多年，總還是記得的吧？」定權搖頭道：「我只記得母親是端五那日列仙，不是端七。」王慎只恨不得一掌批下，顧不得尊卑上下，厲聲斷喝道：「禁聲！」

定權卻不以為忤，搖頭笑道：「我記得，我全都記得。母親說她罹患的是癆瘵，會過人，總是不許我去看她。我站在外頭，每次都覺得母親比以前瘦些。我從來未見陛下涉足過中宮，有一次母親醒來，四周一個人都沒有，只有我遠遠地坐在帳子外頭，她招手叫我過去，溫和地問我：『哥兒，你爹爹在做什麼？

你今天去看過他了嗎？』我說：『爹爹方才來過，看見孃孃正睡著，叫我不要吵醒孃孃，他坐了一會兒就走了。』母親又問：『你的功課做完了嗎？』我說：『全都完成了，就在外頭的桌上寫的。爹爹看到，還說寫得好。孃孃要看嗎？』母親搖頭說：『不用看了，你爹爹說好，必然是好。』她朝著我微微一笑，我也向她笑，她笑起來美如天仙。可是我清清楚楚地明白，母親心裡頭知道我是在哄她。」

他突然說起這些前塵舊事，王慎也覺傷感，搖搖頭道：「殿下還想這些做什麼？都已是過去的事情了。」

定權笑道：「他母子分別，尚可縱情一哭。我母子對面，只能強顏歡笑。他母子皆無病恙，天地何小，各自珍重，終可抱再見之念。黃泉深，碧落遙，死生何巨，我要到何處尋那些人去？他們還有什麼不知足的？」

王慎仍是不住搖頭，冷冷道：「殿下，臣只跟你說一句話。廣川郡來見中宮，是趙王求下的情，就算是沒有廣川郡和趙王，陛下膝下還有兩位皇子。」

定權望他半日，苦笑道：「我不如去對牛彈琴的好，何苦跟你說這些？」

第四十章 風雨雞鳴

阿寶的病，已經纏綣了六、七日。起初只說是風寒，吃過兩劑藥後，卻漸漸發起熱來。她鎮日躺在床上，時夢時醒，朦朧間不辨晝夜。如此遷延久了，連本人也不免微微疑心，究竟是太醫開的藥沒有效用，還是自己打心底裡不情願盡快病癒。

四周簾幕低垂，身上又沒有半分氣力，實在很容易就恍惚起來，覺得諸般紛雜人事皆可拋諸身後，世間只餘此病軀，可靜享這孤單安樂。但她卻也不敢放縱自己病得更加厲害，真病糊塗了，難免就會有胡言沾禍的事情。夕香於前日入宮，依舊被分派來服侍她。太子雖然說一直沒有來過，那夜之後，也不聞他再說些什麼，她卻不能不揣摩著提防著他的後手。

天近黃昏，殿外似有風聲嗚咽。因為她的藥吃得有一搭沒一搭，幾個服侍她的宮人怕費事，不知是誰想出了這個主意，索性將煎好的湯藥盛在銀湯瓶裡，溫在暖閣的炭盆邊備她服用，是以現下滿閣皆是微酸微苦的藥香。阿寶於此事倒不甚介意，只要聞著這氣息，她便仍舊可以心安理得地生病。

只是今天，湯瓶似乎被放置得太過近爐火，也無人看管，瓶中藥湯竟至於滾沸，撞擊著瓶壁嘲哳作響，如急風雨拍門之聲。藥香也愈發濃郁起來，壓在鼻尖，讓她又移情回想起了那晚的香氣。或許是因病，她終究覺得胸口有些憋悶，想喚人將湯瓶移走，輕輕喊了聲夕香，半晌也無人回應。

她慢慢伸出手去，揭開帳子，從枕上看出去，閣內空無一人，大約是宮人以為她熟睡，便各自離開。湯瓶果然被架在了爐火正中，風雨聲便從其中而來。她靜靜看了片刻，終是不願意起身，便撒開了手。帳子垂了下去，停止了晃動，在這清淨的天地中又隔出了一重清淨天地。

她懶懶設想，就這麼一直燒下去，那瓶中的藥會不會最終煎乾？「莫近紅爐火，炎氣徒相逼。」這樣一句詩忽然被她憶起，搜腸刮肚也記不起下文，索性不再費神，閉起眼睛，安心聽那雨聲。起時是塞北仲秋黃昏的苦雨，如傾盆滾珠急轉直下，伴著江畔哀柳，打頭疾風，更添行人之苦；後又轉成京師盛夏午後的驟雨，無憑無依，倏爾而來，擊碎清圓水面，扯裂點點綠萍，滿池荷葉都承載著喧鬧無比的雨聲；待得快煎乾時，又淅淅瀝瀝，纏綿流轉，迎面撲來陣陣沾染著水氣的梔子花香，剛剛開放的槐花被打落一地，青青白白不勝哀婉，這是江南春暮夏初時節的細雨。

「阿昔？」

有聲音在輕輕喚她，她在夢中依稀聽見了自己的乳名，陡然驚醒。惶然半晌，看清了面前來人，才漸漸安下心來，笑著回答：「娘。」

母親的臉上依舊是既憐且愛的神情，微蹙著眉頭問她：「怎麼開著窗子讀書，還睡著了？」她原本無一事不能對慈母言，笑道：「我剛剛讀樂天詩，心裡有些感嘆。我讀來給母親聽聽：莫染紅絲線，徒誇好顏色。我有雙淚珠，知君穿不得——」母親一語打斷了她：「妳小孩子家，什麼辛苦都不曾經歷過的，就來學妳爹爹故作愁苦，快休惹我牙酸。別倚窗了，看被雨潲到。」

她無端受到指摘，大是不滿，扭過頭去嘟著嘴道：「我偏要看下雨。」母親拿她無法，道：「到時病了，可休指望我服侍妳。妳只管任性，我到前頭瞧瞧妳爹爹去。阿晉也是不肯叫人省心的，幾處看不到，想是到哪裡蹚水去了。」她笑答：「是，是，母親先去管管弟弟才是正經。」

她看著母親從廊下離去，也放下書本，將窗子又推開了些。晴日裡咄咄逼人的梔子花香，浸潤了風雨，變得儒雅而沉靜。除了雨打花落聲，只有乳燕在梁下呢喃，等候被雨水阻隔的老燕歸巢。父親在前廳，兄長正和他在一起下棋，父親棋力不勝，定然又會拍著桌子與兄長賭氣；母親想必已經在屋後的渠溝尋到了弟弟，正在室內替他烘烤因為弄水而溼透的衣衫。這安詳清明世界，她的心中卻微感焦躁，如乳燕一般，似乎總是在守候著什麼。她的眼前，有書上的詩文，粉白色的牆，黑漆的小門，門邊盛開的梔子花，被雨水洗刷得格外潔白。

她這般獨坐西窗，直到黃昏，雨不曾稍停。她終於聽見了門環的響動，一顆心隨著那扇門一道豁然開朗。

細雨似這般打溼流光，天地萬物在一瞬間轉作昏黃，那是一切無憂無慮的舊夢褪去華彩之後的顏色。她倚住窗口，靜靜望著來人。有好風從東南來，拂起了來者的白色衣裾，穿過重重雨絲，再環繞過她赤裸的手腕。那清涼而潔淨的觸覺，在一個失神的瞬間，使她覺得，掠過自己掌心的，是他身上白衫的一隅。

待她回過神來，想抓住那衣角，他卻已經走開，仍是站在那裡，和滿院潔白的梔子花一樣，在她目光可以觸及的地方，春生夏榮，秋衰冬萎，雖隨四時嬗更，卻永遠不會離去。因為傘的遮蔽，她不見他面孔上的神采，只可看見昏黃的雨線沾溼了他闊大的衣袖，昏黃的雨線把他潔白的袖口也染成了昏黃。他定然是從屋外那條路上走來的，他在雨水中踏過滿地青白的槐花，他的鞋履沾染著槐花的清香。他撐起了傘，穿過一天風雨，來到了她的身旁。

她的心中，平靜安樂，如風雨中，見故人回。

阿寶睜開眼睛時，雨聲已經停了。夕香正在斥責手下的宮人，吩咐她們將損毀的湯瓶丟棄。她咬牙半晌，渾身哆嗦難以遏制，才明白過來自己究竟夢見了些什麼人、什麼事。那小兒女時節的吉光片羽，於她夢中閃過，如孤魂野鬼隔著奈何橋見陽世前生一般，清澈明晰，洞若觀火，卻永不可重觸。她也終於無比順暢地記起了前世讀過的那首詩：「莫買寶剪刀，虛費千金直。我有心中愁，知君剪不得……」

夢中那太過圓滿的情境，在原本尚可忍受的孤單上澆了一潑油，燃得整個天地成了一片熾烈火海。孤單只是孤單，孤單從不安樂，何況是這冥冥世界之間，只剩下了她自己獨身一人。

她終於開口喚道：「夕香？」夕香連忙上前打開了簾子，卻見她背身面壁，靜靜問道：「他在做些什麼？煩妳去請他來，就說……我難受得很。」夕香一時未解，疑惑道：「娘子要請誰過來？」

阿寶半晌沒有言語，夕香方心有所悟，轉身欲行，卻又聽見身後她低聲答道：「太醫。」

夕香放下了簾子，吩咐宮人去請太醫，自己在爐火邊默默守候。炭火幽幽明滅，已快燃到了盡頭，閣內沒有一點聲音。但或許因為同是女子的緣故，雖是隔了幾重帳子，她仍然知道，帳內的那個人正在流淚。自己或許不該多嘴問那句話，有些過於脆弱的勇氣，原本就是連一句言語的重量也承擔不起的。

定權當日雖與王慎拌了幾句嘴，回宮後，到底還是派人去徹查了正依照皇帝旨意在家思過的趙王的動態。幾番得報，皆說趙王府四門緊閉，外人一人不納，內人一人不出，不見有任何動靜。雖然疑心，既不見這不安分的弟弟動作，也只得將此事暫且按落，一門心思只想盡快了結了張陸正的官司，並預備翌月月初的萬壽聖節。

長和向定楷報告齊王行程之時，定楷正在案前仿書，使用的仍是太子所贈的那卷字帖。長和知道此刻去攪擾他，只會自討無趣，便於一旁靜靜觀看，見他志得意滿地放筆檢查，這才上前笑道：「殿下，廣川郡王一行已經到了相州。」定楷答道：「不必著急，可再等等。便讓他走到萬壽節，也不遲。」長和笑道：「這個臣省得。」

定楷又問道：「我哥哥可好，嫂嫂可好？」長和答道：「郡王與王妃無恙，只是聽說郡王側妃身上不太順暢，想是天氣又冷，行程又遠，到底是動了胎氣。」定楷笑道：「大哥這人也是，什麼事都要做在面子上，這般逃命一樣，究竟是做給陛下看的，還是做給別人看的？」長和由著他這話頭，左右四顧，見無人近前，才貼耳低聲答道：「臣的人一路相隨到相州，也隱隱發覺了，還有人暗地裡跟隨。」

定楷一面用指甲剝去自己私印上已乾的膠泥，一面冷笑道：「是陛下的人，還是東朝的人？」長和遲疑道：「現下還看不出來。」定楷笑道：「我告訴你怎麼辦，你安心盯住了他們，他們如果有動作，你們只管先下手。他們如果只是迤邐，就還是等到萬壽節前再說。再者，你去告訴你的人，旁人我一概不問，只有我的哥哥，千萬要護好了他。他出了一點差池，我先拿你銷帳。」長和陪笑道：「何需殿下勞神，臣心裡都記得。」

定楷點了點頭，嘆道：「你也是跟著我，風波惡浪走到的今日。越是這種時候，就越要小心——是了，你方才說郡王側妃不適？」長和答道：「是。」定楷皺眉半日，方問道：「我倒聽說東朝的側妃也病了，可是與郡王妃同病相憐？」

長和想了想，還是據實報道：「臣聽東宮的人說是染了風寒，餘下倒不清楚。」

遂大略將阿寶那夜著涼的情形說與了定楷，又道：「太子當晚臨幸了一個姓吳的內人，已經記入了內起居。聽說陛下得知了此事，也沒多說什麼。」定楷笑道：「他兩口兒吵嘴慪氣，倒勞你操心了。」長和一臉凝思態，卻並未附和。定楷看了他一眼，冷笑道：「你又擔心些什麼？那丫頭的七寸，捏在我的手中。就是他東朝的七寸，也捏在我的手中。」

長和搖首勸道：「臣多嘴——臣要說的，還是殿下剛說的那句話：越是到了這個時候，便越發要小心。」定楷背著手走到窗前，舉目望了望京城冬日灰白色的天空，不知緣何，心內也是一片灰白，良久嘆道：「我不是自以為是，只是知道一條道理：王道一途，無所是，無所莫，無黑白之分、善惡之別，歸根結柢在於馭人，使眾人事物皆為我用。而馭人之始，卻又在於識人。人生世間，萬般皆可遷移，唯有一點不可更改，便是秉性。你且跟我說說，東朝此人秉性如何？」

長和遲疑答道：「東朝為人心狠手毒，然而有時……行事作為也叫人有些捉摸不透。」定楷笑道：「你再說說，他心狠手毒於何處？」長和道：「旁的事情不提，單說他為了自保，上門逼死恩師一事，便已使世人齒冷不已。陛下對他寒心，想也是從此事開始。」

定楷輕輕一笑，道：「所以我說你看不透——東朝雖是無心逼死了盧世瑜，可是他心裡，也始終只認盧世瑜這個老師。再者這次的事情，我起先是想不明白，多虧了她一封信，才終於弄清楚了。東朝皮相上便再險惡，弒君弒父的事情卻是如何也做不出來的。世人都說東朝像他的母舅，這就叫痴人妄論，顧思林才是個正經為官做將的材料，東朝拿什麼跟他相比？說到底，我這個太子哥哥還是叫盧世瑜這宿儒害了，他骨子裡和盧世瑜一樣，不過是個讀書人而已。這廟堂之上，豈是一介書生可以立足的地方？我怕他什麼？」

一時間又想起一事，笑道：「如果你不信這話，且好好去看住了張陸正的二公子，最後是不是回去了長州顧思林那裡。陛下便不留意此事，我們卻不能不替陛下留這個心。」

長和細細思索他的話，和前事的前因後果，總結道：「依殿下這麼說，太子此人，小事上精明，大事糊塗？」定楷聞言，倒愣了片刻，搖頭道：「不，他小事上不糊塗，大事也不糊塗。」長和噗哧一笑道：「臣先糊塗了。」

定楷道：「這不是精明和糊塗的分別，只是因為他心中王道，不同於我罷了。」他屈起食指，悵然敲了敲窗櫺，終是感到了雪欺衣單，透體生寒，嘆道：「我也不知孰對孰錯，只是人生在世，終究要揀一條路走下去的。先盡萬般人事，餘下的就只能聽憑天命做主了。我也想知道，最終天命，是選他的王道，還是我的王道。」

第四十一章

丹青之信

靖寧二年十一月初二，離萬壽聖節不過四、五日時間，亦是太子事務最為繁忙之時。許昌平在詹事府內延磨直到午後，方回稟少詹傅光時，說明太子前日索書，此刻齊備要送入東宮。傅光時因為太子墩鎖，自己稱病不朝一事，連日來心內頗為惴惴不安。見了當日挺身而出的許昌平，明明無事，到底與了他一二笑臉，又扯了三兩句閒話，才惆悵萬分地放他去了。

定權半月來在禮部和刑部之間來回穿梭，忙得焦頭爛額，也無暇顧及旁事。他原本預備於聖節前了斷張陸正的案子，以免夜長夢多再生枝節。無奈善後事遠比想像的冗繁，又為在即的聖節牽絆，何況聖節前夕上報要殺人流人，於情於禮總是諸多不妥，也只得將此事暫時勉強按壓下來，預備著初七日一過，便將審結的卷宗和擬定的預案上報皇帝。他這十幾日來早起晏睡，加之兩頭事務皆頭緒萬千不敢輕率，雖是年輕，亦覺精力不濟。幸得本日禮部幾個大老引經據典的話少說了幾句，午後便偷空歇了片刻。許昌平殿門外求見之時，適逢他午睡方起。

此日值守的內侍並非定權在西苑的舊臣，也不認識許昌平。聽他上報了官職名號事由，知道是詹事府的人，便入內向定權回明。定權這才憶起臥榻邊尚有這樁心腹大患，一時睡意也沒了，揚手吩咐內侍退出，又命人叫來了新任的東宮內侍押班周循，向他諮詢：「去岳州的人回來沒有？」周循答道：「還沒有聽說。」定權皺眉道：「此事你也多替我留個心，我手下這些人，如今辦事是愈發能幹了！」

他分明不悅，周循也略知此事似乎牽扯非小，思想片刻，小心翼翼問道：「殿下，那這位姓許的官兒，殿下見是不見？」定權揮手道：「我尚不急，他急什麼？先叫他回去，等人回來我自會找他。」周循點頭道：「老臣去回了他，便說殿下即刻要接見禮部官員，無暇接見。」定權冷笑道：「周常侍，你也是越發能幹了。本宮是在這裡躲半刻清閒不假，還須你費心派謊兒去哄他一個七品小吏嗎？」周循雖被他譏刺了兩句，察言觀色，卻已是會意，思量著此事不能由自己告訴許昌平，便依舊出去扯了方才那個內侍來，囑咐兩句，打發他去了。

那內侍得了這幾句話，尋到了許昌平，見他仍在抄手等候，用鼻子笑了一聲道：「這位官人回去吧，殿下不見。」許昌平問道：「殿下現下可在閣內？」內侍趾高氣揚地反問：「在又怎的？不在又怎的？官人就問出個究竟，又能怎的？」許昌平笑了笑，拱手施禮道：「這位貴人取笑，下官怎敢？下官也知殿下連日操勞，未必得閒接見下官這般閒人。貴人既得親近鶴駕，且懇留步，容下官兩語求告。」

傳話者不過是個尋常內侍，被他滿面笑容，幾句「貴人」一叫，只覺無比受用，不由頭也暈了腳也軟了，將手抄在袖中道：「你說。」許昌平略一思索，低聲道：「殿下前日裡的教旨，說左春坊有書尋不見，傅少詹當時在場，我等皆不敢怠慢，今日既得了，少詹再四囑咐我親送到殿下手上。殿下想是一時記不起此事來，我等亦不敢因這些微小事攪擾殿下。貴人且憐下官回衙不好向長官交差，煩請轉呈殿下，千萬言之是詹事府敬奉。」

詹事府現任的首領少詹與左春坊現任的首領左庶子，居本職時頗多不睦，居兼職時自然延續，朝中宮內人盡知道，那內侍聽了這話，自然想到又是詹府與春坊齟齬，前趕來獻殷勤。方要出言譏諷，預備著將鼻子都牽了起來，忽見許昌平摸出兩粒金豆，無聲交付到自己手中。在袖內掂了掂，也有錢把重，遂將鼻子放下，順帶連眉頭也放下了，想了片刻，突然一笑道：「罷了，大冷的天氣，也省得你來回走動，我便替你擔了這個關係吧。」許昌平極力頌揚了他幾句，看著他眉開眼笑地離開，嘴角也扯出淡淡一抹笑痕，旋即隱去，嘆了口氣轉身折返。

那內侍既信人言，又得人錢，又要在主君前拋頭露面，旋即將書送入閣內交與定權，賣弄口齒將事由說明，難免屋烏之愛，還捎帶說了兩句詹事府的好話。定權倒也沒說什麼，只命他將書奉上，打開函套，不看是什麼版本，隨手翻了翻，見其中夾著一張字條，取出看了兩眼，知道是萬壽聖節上的祝詞，依舊又放回原處。將書推到一旁，上下打量這內侍片刻，一笑問道：「他一個七品的主簿，想來是沒有什麼錢給你的。說罷，你是收了他制錢，還是金銀？」

那內侍驚得面色煞白，思忖著自己與許昌平說話的地方，太子絕無道理看見，支吾著撇清：「殿下，臣並不曾收他的東西。」偷眼察看太子，見他不耐煩地皺了皺眉，略略偏過了頭去，牽袖掩口，懶洋洋地打了個呵欠，眼波再次橫過時，已經滿面戾氣，冷笑道：「你不是我的舊人，不清楚我的脾氣。你就記住這句話——我最恨的就是人家在我面前弄鬼。你肯據實說明，我尚可酌情處理。你只想倒行逆施，一意欺君，我的眼裡是揉不進沙子的。」

那內侍出了一身冷汗，不知道自己收了幾個錢，何以便突然連欺君的罪名也扛上了。愣了片刻，忙跪下分解道：「殿下，臣真的沒有……」尚未申訴完畢，定權的指尖已經敲了敲几面，嘴裡輕輕咬出兩個字來：「杖斃！」

當時便有人應聲上前拿人，那內侍嚇得魂飛魄散，想到不過不到一、二錢金，何至於死，忙高聲哀告求饒：「殿下饒命！臣當真只取了他兩枚金豆！」說罷慌忙從袖內將金豆子取出，高舉給定權看。周循上前去取了豆子奉與定權，又在他耳邊低聲奉勸了一句：「殿下慎刑。」定權笑道：「也罷，過幾日便是聖節，本宮也不願此刻殺生。」轉頭吩咐：「杖他二十。」再不管這內侍求恕，看著他被扯了下去。

周循皺眉聽著廊下痛聲大作，嘴角抽動了半日，終是忍不住規勸：「殿下如今身居宮內，比不得在外時可以任性，言行還須謹慎為佳。宮人有罪亦不可輕處，一來傳入陛下耳中，失了寬和的名聲；二來此處舊人不多，難分良莠，老臣也聽說過，小人難養。這等奴子受了責罰，難保不心生怨望，終是無益於殿下。」定權不理會他，將書中夾著的字條又取出來讀了兩遍，才朝周循笑道：

「我知道。」

片刻後有人入室回報行杖已畢，定權問道：「他還走得動路嗎？」這人被問得愣住了，估計著答道：「想是還能。」定權吩咐：「叫他去領兩錠馬蹄金，給詹事府方才來的人送過去。就說是他差事辦得好，又逢節慶，本宮賜給他，勉勵他以後用心做事——讓那蠢材悄悄去找他，不要當著眾人面，省得人說我偏私，都要賞我也沒有那個錢。」

這人著實摸不到頭腦，答應著出去傳了旨。那背時黃門只得一瘸一拐而去，一路叨念著將許昌平罵了千遍。及至詹事府，央人偷偷叫出許昌平，大沒好臉色地將兩錠金子丟給他，大致說明了來意，大有眼內噴火、喉底生煙之態。許昌平見眼前情境，略一思量，便已大致明瞭，好言認了幾句錯，又安慰了他幾句，這才問道：「殿下詢問貴人時，可還說了些什麼？」

內侍聞言，愈發怒從心底起，惡向膽邊生，若非杖傷作痛，恨不得便踢這人兩腳，氣憤憤地略作回憶，遂將太子罵他的話又轉罵了出來，難免添油加醋，多加了幾番惡意進去。

許昌平沉默了片刻，點頭道：「煩請貴人回稟殿下，殿下愛惜厚意，臣感恩不盡，有死為報。」

那內侍不料他還能厚顏同自己說出這話來，想著自己前程也斷送在了他手上，狠狠地「嘿」了一聲，甩袖便走。許昌平捏著那兩錠金子，便如捏了兩塊冰冷的火炭一般。至良久方緩和了神情，將金錠袖在袋內，信步入衙。

此內侍回宮見了定權，倒不敢再說瞎話，一五一十將自己與許昌平的對答複述。定權仔細聽完，點頭道：「知道了。」看著他一臉苦相，忽然莞爾，對周循道：「罷了，那點錢，賞了這殺才買棒瘡藥吧。」

眼見聖節臨近，闔宮上下忙得不亦樂乎，獨趙王府內一片沉寂。長和午後入室時，定楷正在一堆手卷和立軸間挑來揀去，聽他進來也不抬頭，問道：「有消息了？」

四下雖無旁人，長和卻仍是上前附耳，與他耳語了幾句。

定楷點點頭，道：「妥當。」

長和等候半晌，見他並無再說話的意思，只得開口詢問道：「殿下，那今年的聖節上——」

定楷不待他說完，淡淡打斷道：「壽禮獻上，稱病不朝便是。」

長和蹙眉問道：「若是聖上或者東宮認真問起來，怎麼敷衍？」

定楷笑道：「別說是聖上和東宮，天下人心裡都清楚。既然都清楚，至多糊塗問問，怎還會認真來問？」

長和忖度道：「如此，殿下預備進奉什麼壽禮？」

定楷嘆道：「不正在這裡揀著？」

長和湊過頭去，見不過是些字畫，提點道：「雖說此禮不當過重，也不當太簡慢了才是。」

定楷示意他擱起一卷青綠山水的天頭，自己端起拖尾紙後白玉碾龍簪頂軸頭，慢慢將它捲起收入匣中，才道：「一來這不是陛下整壽，心意到了即可；二來你大約不知道，陛下樂好此道，只是平日少說而已。」又笑道：「不是我做臣子的曲意逢迎，陛下的一筆丹青，其實斷不輸本朝大家。」

長和笑道：「臣但知道陛下愛畫，卻從未有幸得見過御筆。」

定楷點頭道：「陛下已洗墨擱筆多年了。」又道：「多年前內府裝裱書畫，我倒曾見過陛下的一幅絹本工筆美人行樂圖，人物筆意，皆可比洛神風度，驚鴻游龍不足喻之。其旁御筆題詩兩首，書畫交映，可謂雙璧。雖然只得一瞥，卻銘記至今。」偏頭略作回想，低聲吟道：「翠靨自蹙眉自青，天與娉婷畫不成。惱道春山亦閣筆，怪伲底事學……」剩得最後二字，卻笑了笑，道：「太久了，記不清了。」

他雖不言，長和想想青清韻裡能入詩的幾個不多的字，大概也便了然，笑讚道：「這也是殿下心愛這些東西，臣過眼便忘了。」

定楷笑道：「不與你相干的東西，記它幹什麼。」一面將那只匣子交給長和，囑咐：「就這件吧，你代我寫了賀壽疏和謝罪表，叫人一併交去給康寧殿的陳謹。」

長和答應著接下，見他仍饒有興致地左顧右盼，便自行離去。

定楷的目光終於停在仍然攤開的幾幅山水卷軸上，畫中的曲折青山一如美人的眉黛，采采流水一如美人的眼波。

青山碧水，眉眼盈盈，無限嫵媚，無限端莊。江山便如同風華絕代的佳人，值得任何一個大好男兒，用丹心，書青史，為她摧眉折腰，寫下永不更異的誓詞。

第四十二章

萬壽無疆

聖節當日，天色一片鐵青，略無一線陽光，寒風颳在身上，如斧鋸刀割一般。太子絕早起身，先隨帝后至垂拱殿接受武臣拜祝，又侍駕前往風華殿宴飲。不過中間幾步路沒有遮罩，已凍得一身冰涼。以致皇帝扶著他手走上風華殿的玉階之時，都忍不住皺了皺眉，覺得自己搭著一塊玄鐵，問道：「太子的藥，還是沒有按時吃嗎？」定權尷尬笑笑，方要回答，已聞陳謹在一旁笑道：「臣聽欽天監說，近日裡有雪。看這模樣想是不差。聖節又逢瑞雪，正是聖天子洪福無邊，澤被天下之吉兆。」近在咫尺，定權無法置若罔聞，隨意附和道：「正是。」皇帝轉頭看了他一眼，拍了拍他的手背，笑笑便不再追究。

君臣進入風華殿，諸臣也早已依次站定。中書令何道然作為文臣首長，此刻出班至皇帝御座前，跪拜禱祝道：「臣聞三代之英，初有大道之行。五帝之世，始稱大同之治。夫天生聖人，功存社稷；邦宥明主，德育萬方……」定權站在一旁聽了兩句，不過是去年的祝詞又換了幾個字眼，老生常談食之無味，便展眼向人堆裡尋找顧思林，見他果然按皇帝的吩咐，從垂拱殿跟了過來，此時便站在三省公卿的下首。

自九月以來，定權不曾再私會顧思林，既見他以樞部尚書身分站立在文臣之列，臉上並無尷尬神情，這才稍稍鬆了口氣。回過頭來聽何道然的祝詞，已經到了比興抒情的重要關竅：「感此赫赫威德，采采明光。四夷來賓，九州載陽。上卿侯駕，紫騮伴金闕。平章效書，白燕入玉堂……」

這「上卿」本是形容顧思林一流的人物，倒也罷了。只是何道然本是文官領袖，對句卻難免有自重之嫌，眾人聽到，皆掩口葫蘆，定權也不由得好笑。八月事時，此人把持省中，固然不曾對自己行半分提挈，卻也終究沒有對自己施半分加害。許昌平說過他如同甘草，倒不如說他更像砝碼，添斤減兩四平八穩，只是不知皇帝想讓他在這杆剛剛扶正的秤上再壓多久。

定權漫無邊際胡思亂想有暇，忽一抬頭，看見皇帝正含笑望向自己，一個激靈，才察覺何道然已經歸位。忙行至中廷跪倒，隨意揀了許昌平寫給自己的幾句祝詞念道：「臣聞孝者所以事君，忠者其孝之本。伏惟聖王，樂之君子，民之父母。蓼莪劬勞，如天難報。當此誕彌之慶，瑞氣盈堂。恭祝吾皇，福祚綿長，萬壽無疆。」

皇太子玉音甫落，群臣已相繼拜倒，齊呼「萬壽無疆」不止。皇帝頗為歡喜，待眾人起身後，便吩咐王慎將早已預備好的如意賜了定權和何道然一人一柄。至眾臣入席坐定時，教坊已經開始演奏起《萬壽永無疆》的引子來。

一干伶人且歌且舞，然後不過又是依循往年的舊套數，皇帝舉盞宣示，由東自西，宴飲伊始。初時氣氛尚顯拘謹，酒過三巡，歌到好處，便也各自釋懷。只因今年齊趙二王皆不在場，替皇帝把盞擋酒的官司便落在了定權一人頭上，及待午後，便不免有些頭暈目眩起來。

這壁奏一段，舞一段，祝一段，來往更迭，終又夾進了雜劇。先豔後正，亦少不得《君聖臣賢》、《文君相如》之類的舊例。君臣被插科打諢的段子逗得大樂，殿內氣氛倒不寡淡。定權素日不喜歡這樣熱鬧東西，逐俗隨眾笑笑，瞧到個空子便悄悄坐回了原位，拈了個梅子含在嘴裡醒酒。再看去時，一段傀儡戲之後，竟作起了《目連救母》的段子。

這本是市井間流傳甚廣的劇碼，卻不在官本[4]之列，定權恍惚半日，才想起前幾日太常卿傅光時向他報告過，按照皇帝的意思，添了幾齣新劇，自己也曾過目，事情一多便忘在了腦後，這才安下心來。才聽了兩句，忽覺自己的衣袖被人扯了扯，低頭看去，蹙眉半日，方想起他的名字，叫道：「定梁？」

拉扯他衣袖的正是皇帝最小的皇子蕭定梁，今年剛剛四歲，因為出世於定權冠禮移宮之後，兄弟兩人幾乎沒有機會謀面。定權除了記得他在中秋節上哭過一次，竟然對他其餘半點印象也無。今日看他穿戴得整整齊齊，魔合羅[5]一般站立在眼前，也覺得可愛有趣，遂隨口問道：「你怎麼過來了？」定梁答道：「我出花兒已經好了，是孃孃讓我也來的。」

他說起話來尚有些期期艾艾不甚清爽，定權這才看見他臉蛋上還留著幾點痘疤，似乎人也很清瘦的樣子，順手一把把他撈到膝上，拈了幾顆蜜餞給他，

4　目連（木蓮）戲作為官本正式進入宮廷始於清代。

5　舊俗農曆七月七用以表示送子的吉祥物，也是一種玩偶。又稱磨喝樂。

笑問道：「跟著你的人呢？你乳母許你吃酒嗎？」定梁搖搖頭，道：「不許，乳母說我長大了才能吃酒呢。」定權笑問：「不吃酒，你走過來做什麼？」定梁正色道：「臣來問問殿下，他們在做什麼營生？」一面用一根小手指點點臺上幾個邊做邊唱的伶官。

定權啞然笑道：「那人叫目犍連，他的母親生前為惡，墮入了阿鼻地獄，不得解放……」忽然想來，定梁定不知何謂地獄，何為果報，遂簡明扼要道：「是說孝子的故事。」定梁也不求甚解，點點頭，邊看邊吃蜜餞，兩手都弄得黏黏糊糊，又問道：「殿下，那又是什麼？」定權道：「這是妙通真人求仙成正果的故事。」定梁問道：「什麼叫成正果？」定權隨口答道：「就是長生——萬壽無疆。」定梁似懂非懂，又問：「那麼爹爹也是要求仙嗎？」定權笑道：「爹爹是聖主，大概是不信這些幻術的。你怎麼不去敬爹爹杯酒？」定梁垂下頭道：「我不去，我害怕。」

定權忽而想起這個幼弟的生母分位卑下，皇帝平素似乎也鮮少將這個么子放在心上，摸了摸他的頭，在他耳邊悄悄道：「不礙事的，哥哥也怕。可哥哥剛才就上去了，還說了好些話呢。」抽出手帕親自給他擦乾淨了手，又放入他的袖中，用自己的酒杯倒了杯酒，攛掇他道：「去吧，去和爹爹說，爹爹萬壽無疆。」

定梁便捧了卮酒，搖搖晃晃走上去，對皇帝說了幾句話。皇帝笑著接酒吃了，又吩咐了陳謹些什麼，似是賞賜，才放他下來。定權正擔心他走路不穩要摔倒，忽見王慎離位，疑心是皇帝叫自己，忙起身上前，低聲叫道：「陛下。」皇帝笑道：「沒什麼事情。你舅舅節後便要動身了，你也敬他一杯酒，過了今日，一家人要再見，就不知是什麼時候了。你去叫他過來坐，朕和他就近說說話。」

定權答應了一聲，卻並不動身，示意王慎前去邀請。皇帝笑了笑，亦不追究。客星犯御座，群臣自然側目了片刻，便又若無其事地開始歡飲。不知何人眼尖，藉著酒力忽然叫道：「下雪了！」

眾人轉眼看向殿外，果見不知何時天色全暗，已有碎玉瓊瑤飄落。初時星星點點，其後卻如破絮，如鵝毛，漸漸密了起來。不由眾人稱讚，皆道是祥瑞徵兆。就此便開始聯詩作對，無非又將梨花、柳綿、撒鹽之類的舊典搬出，互鼓互捧，互貶互損，仍如爭吵朝事一般，熱鬧非凡。

皇帝眼見瑞雪，心中也甚歡喜，懶得去管他們文人遊戲，便命一個老狀元充當眾人的裁判，自己和顧思林慢慢飲酒談話。定權在一旁傾聽，皆是些毫不緊要的言語，半句不涉邊情朝事。如此放眼望去，一殿之上作戲的只管作戲，作詩的只管作詩，各自為政，秋毫無犯，不免也覺得好笑。

他今日本來多喝了兩杯酒，連日又實在操勞，幾番忍不住閉目假寐，叫皇帝看見了，便指著他笑對顧思林道：「太子小時候最喜歡下雪，長大了反而轉了性子。」定權不知話柄幾時移到了自己身上，驚醒忙趨前道：「臣知罪。」皇帝看他片刻，笑了笑，道：「我和你舅舅正說你小時候，有一遭悄悄背著人吃假山石上落的雪，吃得肚子冰涼，破了幾天腹。」皇后在一旁簾後笑著補充道：「這事妾也記得，太子那時候還是華亭郡王呢，病才好便嚷著要吃酪。王妃不許，還哭了小半天，我們都聽到了。」定權臉上一紅，也想不起有這麼一樁往事，悻悻答道：「是。」

皇帝不再理睬他，和顧思林又說起他腿傷之事，顧思林也詢問皇帝近來御體安和與否，皇帝便藉機抱怨總是腰疼。兩人面色平和，不似君臣，倒似經年摯友。定權忽而疑心自己又睡著了，閉目再睜開，如是兩、三次，見勝地如常，盛筵依舊，明媚繁華到了極致，甚至還看到了正坐在角落東張西望的定梁，這才知道並非夢中。

待一干文人的詩句作無可作，難分高下，定權與顧思林早已各自歸座。天色全黑，宴上歌吹也將收尾，定權方舒了口氣，忽見陳謹進殿，附在皇帝耳邊不知說了句什麼話，皇帝便陡然變了臉色。他眼見兩人對答了數句，心知有事，卻摸不出半點頭緒，忙轉回頭去看顧思林，只見他正與旁人說話，彷彿並未在意。

皇帝揮手令陳謹退下，眨了眨眼睛，只覺面前一片刺目白光。想來還是燕飲無度，以致中酒的緣故。用手指壓了壓鼻側的四白，頭腦中隨即轟鳴陣陣，周遭正在演奏的聲樂，亦如幾方人正在爭吵毆鬥一般。抬眼看了看太子，見他也正舉目仰視自己，他的五官周圍籠罩著一層淡淡清光。他目光模糊，卻依然知道，太子這一回並沒有刻意避開自己的目光。父子這般長久對望，是從來未有之事，皇帝難免心生詫異。人言天下至親莫如父子，可是面前的這個兒子，此刻心內在想些什麼，自己卻半點也猜測不出來。

突如其來的疲憊如大潮湧起，吞噬了皇帝僅剩的清醒思維。他垂下眼簾，朝定權招了招手。定權愣了半日，直待王慎在一旁悄悄推了自己一把，方如夢初醒，緩步走到皇帝身旁，試探地叫道：「陛下——父親？」皇帝只覺這聲音從極遠處傳來，無比陌生，問道：「皇太子？」定權答道：「是臣。」皇帝這才點了點頭，道：「朕有些病酒，想先回去歇歇。」

定權忖度了片刻回答：「天色也晚了，這齣戲也快收場了。陛下如不適，待到曲終，臣吩咐停止饗宴，親自服侍陛下還宮可好？」皇帝微微一笑道：「不必了，這齣戲正唱到最熱鬧的時候，何必我一人向隅，使得滿座不歡？就說我去更衣吧，你且勞神替我看看就是了。」定權雖不解皇帝用意，只知大為不妥，方想再進言，已聽皇帝向皇后招手道：「卿卿，妳扶我進去吧。」話既出口，皇后和太子的面色同時一滯，良久方聞皇后笑道：「是。」

帝后出殿時，雪已積至半尺之深。兩人同登輿輦，皇后方笑道：「陛下是從沒這樣叫過臣妾的。」皇帝眼望夜空，失神半晌，方笑問：「怎麼，妳不喜歡？」皇后沉默了片刻，道：「不是不喜歡，只是不曾聽慣。」皇帝拍了拍她的手背，道：「卿卿，那個孩子沒有了。」皇后一時沒有聽清，問道：「陛下說什麼？」

言既出口，皇帝忽覺此語此情此境都似曾相識，熟悉得駭人，無奈偏偏頭痛如裂，想不清爽，半日回過神來，方微微一哂，道：「是大郎的那個夫人，說路途中受了點驚嚇，母子便都沒有保住。」皇后愣了半晌，突然抓緊了皇帝的手，問道：「到底是怎麼回事？一路官道、官邸，怎麼就會受了驚？」皇帝抽回手去，淡淡應道：「朕自然會去查的。」

兩人同乘默坐，久後方聞皇后低聲泣道：「也有六個月了，可知道是男是女嗎？」皇帝只覺她這話無比無聊，無比滑稽，冷笑道：「是男是女，還有什麼要緊嗎？」皇后點點頭，一片昏暗之中，一點冰涼突然打在了皇帝的手背上。皇帝不知那是她的眼淚，還是誤入車輦的雪片，心中稍感嫌惡，伸手將它拭去，轉過頭去望著漫天飛雪，冷冷道：「是個郎君。」

萬壽聖宴，皇帝一人甩手先走了，留下皇太子壓陣，著實不成體統。定權無奈，好容易待得一齣戲罷，裝腔作勢溜到後殿小坐了片刻，才又出面傳達令旨，言陛下深感眾卿心意，宴飲過度，藉更衣之機便先歇下了，請眾臣勿念。又恐眾人再生猜疑，雖心內急躁，表面卻依然要做出一派安詳模樣，便也藉機半推半就多飲了數杯，以為酒遁。

總算支撐到曲終宴罷，代皇帝一一受禮還禮，將各種冗雜俗事料理完畢，已近戌時。出殿方知雪意已深，望著風華殿前被踐踏得一片狼藉的雪地，不由皺眉。王慎追上來為他拉上貂裘，又要吩咐準備肩輿，定權擺了擺手，問道：「阿公，適才陳謹和陛下說了些什麼，你可聽到了？」王慎原本打算待他還宮再向他匯報此事，既然他眼下發問，便悄聲答道：「老臣也沒有聽清楚，聽得一、二句，像是在說廣川郡的事情。」

定權聽見這個封號便覺厭惡，問道：「他還有什麼事情，值得萬壽聖節上又拿出來攪擾？」他眼神迷離似有醉意，王慎索性貼面與他耳語了兩句，才略略退避道：「臣估計著是這麼回事，陛下心中傷感，所以中途避席。」定權回想起方才皇帝望向自己時的神情，回憶前事，心內也慢慢牽扯出了一點如同歉疚的疼痛，於此清冽夜空中吸了口氣，再吐來時卻是滿臉的冷笑：「不過是個庶子，何至於此？」王慎嘆了口氣，不再答話。

兩人於雪中站立，到底是王慎眼尖，忽然喊了一句：「六哥兒。」定權抬頭去看，定梁果然站在一旁，便將他抱了起來，問道：「你在這裡做什麼？怎麼還不回去？」定梁突然叫道：「哥哥！」驚得他的侍臣連忙糾正道：「要稱呼殿下。」定權笑道：「無妨，隨著他叫什麼——怎麼了？」見他從懷中掏出適才自己給他的手巾，已經是皺巴巴的一包，道：「我吃了哥哥的果子，也給哥哥留了幾個。」

這般投桃報李的行徑，定權自然覺得好笑，接過來隨手遞給王慎，道：「那多謝你。」忽而又想起一事，問道：「爹爹方才和你都說了什麼？」定梁歪著頭想了半日，道：「爹爹說，什麼萬壽無疆的話，那是你哥哥騙你的，沒人能夠萬壽無疆。」定權微愣了愣，定梁便又追問：「真的嗎？」定權點頭苦笑道：「對，爹爹是聖君，哥哥騙不過他。」一面放他下來，叫人好生護送他離去。

定權在雪地裡站立片刻，眼看笙歌散盡，人去樓空，終於開口囑咐：「今日一整日，陛下也乏透了。再聽著這等事情，想必心內不豫，還請阿公留神侍奉。」王慎知他的心意，答道：「殿下放心，請登輿吧。」定權含笑拒絕道：「不必了，我走回去，也好醒酒。」王慎勸他不過，只得隨他任性而去。

因是月初，更兼落雪，無月無星。天地間一片混沌，夜色深沉，如洪荒初辟，宇宙重開。定權命一干人等遠遠相隨，親自提了一只燈籠踏雪而行。風已漸定，漫天大雪寂靜落下，足底如踩金泥玉屑錚錚有聲，雖獨行入暗夜，亦不覺寂寞。平日看慣的一閣一殿、一石一瓦，一應變得面目模糊。天地間全然翻作陌生的模樣，反倒漸漸地使他感覺出平靜安全。

他素來畏寒，在這大雪之中，反不覺冷，及行至延祚宮，竟走出一身大汗來。雖已還宮，仍貪戀這廣袤雪場，更不情願入室。但覺眼前美景難逢，欲與人共賞。藉著微薄酒意，未及多想，便興匆匆向殿後走去。直到廊下，滿頭汗被穿堂風一激，微微清醒，才明白過來自己身在何處。躑躅良久，難決進退，終是打定主意，細細囑咐了身後相隨的內侍幾句話，見他要踏雪而去，又阻攔道：「你沿廊下去，別踩壞了這片雪。」

阿寶在閣內，先斷斷續續聽了半日順風而來的歌吹，好容易傍晚時朦朧睡去。一個夢淺時分，忽聞簷外窸窸窣窣，又有雨聲。她不辨究竟是夢是真，側耳傾聽良久，終於隔簾問道：「夕香，是下雨了嗎？」半晌無人答話，許是無人聽見，許是無人。她便也不再問了，闔上了眼睛，昏昏沉沉地想再睡過去。

簾外忽有一個聲音靜靜答道：「下雪了。」

尚未明白過來，她的淚水便已順頰垂落，心中卻如夢中一般平靜安和。

第四十三章

雪滿梁園

阿寶仔細拭乾了淚水，披衣坐起，剛想揭開帳幕，又雙手撫了撫蓬亂鬢角。定權微笑了笑，溫聲問道：「妳醒了？」阿寶隔簾答道：「是，殿下來了多久了？」定權笑道：「也有小半個時辰了，看妳睡得深沉，正想回去。」阿寶連忙又打開簾子，但見他仍靜靜坐在面前，含笑望著自己，並沒有動身的意思，才安下心來，輕輕呼喚道：「殿下。」

定權點頭道：「妳要起來了嗎？」阿寶點點頭，四下張望去找夕香等人，定權起身道：「我叫她們出去了。」親自上前攙扶起她，笑道：「身上都有了汗氣了。別竟日躺著，下地走動走動，興許好得更快些。」她病後體弱，控著頭看似極不舒服，定權便彎腰將她的鞋拾了起來，為她穿好。隨手幫她整理了一下凌亂鬢髮，道：「起來看看外面吧。」

他托著阿寶走到窗前，將窗格支起，一陣清冽寒氣入室，沖淡了閣內濃重的藥氣炭氣，登時令人耳目清明了許多。透過方寸窗戶，可見潔白雪片碎玉拋珠，潑天直直垂落。樓作純銀，閣成水晶，朱梁碧瓦隱去了顏色，不見梁間雙燕、瓦上鴛鴦，繁華喧囂過的萬事萬物，都靜靜地湮沒在了雪場之下。那晶瑩白雪，只憑藉幾盞昏暗宮燈，便折射出了萬點晶瑩微光，彷彿雪地裡亦睜著無數雙盈盈淚眼。阿寶注目良久，忽然嘆道：「真的下雪了。」

定權摸了摸她的掌心，見她只穿著單衣，輕輕問道：「妳冷吧？」阿寶這才感覺到寒意，略略點了點頭。定權將自己脫下的貂裘為她裹上，笑道：「好了，就是出去踏雪也不要緊了。」阿寶搖頭道：「不要踏雪，這樣就已經很好了。」定權扶她坐下，一手搭著她的肩頭，頷首道：「對，這樣就已經很好了。」

阿寶伸手到肩上，將他的手牽引至自己面前，翻來覆去仔細打量了半晌，忽然嘆氣問道：「已過了這麼久，還沒有長好嗎？」定權順她目光望去，方知她說的是自己折斷的那枚指甲。隨意瞧了瞧，果然見新生的甲面上仍舊有一道深深裂痕，抽回手去，無所謂地笑了笑，道：「大約是回不到從前的模樣了。」

阿寶微覺遺憾，轉頭看見案上擺著的一只小小食盒，問道：「這又是什麼？」定權笑道：「是了，被妳胡亂打岔，正經事都忘記了。」阿寶疑惑地看他走開，坐到了几案的對面。他行動時，袍袖間帶出的風，似有淡薄的酒氣。

定權將食盒內的一只小金盞取出，推到了阿寶的面前，盞中是一碗霜腴雪膩的酥酪。阿寶不明緣故，抬頭看他。定權將羹匙遞到她手中，微笑道：「妳病了這許久，也不曾過來看妳，我怕妳心裡怨恨我，又不知道該拿什麼來哄妳開心，只好帶了這東西過來——妳嘗嘗看，我跟妳說說它的典故。」

阿寶用小金匙舀了一杓送入口中，病得久了，也分辨不出滋味，但覺真如霜雪般入口即融，清涼甜美。定權看著她吃酪，果然徐徐講述了起來：「我小的時候，最盼著生病。」阿寶奇怪道：「為什麼？」定權笑道：「因為生了病，就不用讀書了，還有這些東西可吃——平日母親總不許我吃涼的。」

阿寶又吃了兩匙，問道：「然後呢？」定權道：「妳先吃盡了，我再說給妳聽。」阿寶想聽後事，依言將虀酪食盡，追問道：「然後呢？」定權微笑敷衍道：「然後我就大了，知道這東西只能哄小孩子開心，用它已經哄不住自己了，就很少吃了。怎麼樣，妳覺得開心嗎？」

阿寶又被他騙了一遭，用金匙輕輕敲擊著碗沿，嘆道：「其實我知道你不過是騙我。」低頭半晌，終是忍不住又說：「可是我心裡……我還是開心的。」她病中所餘氣力不多，這話說出口，已耗費去了大半，連拿著金匙的手指都禁不住顫抖了起來。好容易鼓起勇氣抬頭去看定權，定權卻只點頭道：「多謝妳，妳這麼說，我便心生感激了。」

他今夜行止大異，無論再多喜悅，她的心內亦不可謂不疑惑。只是直到此語說出，才真正覺得驚詫。舉目望他，但見他目光沖淡面色平和，眉頭眼角皆沉靜，不著喜悲之態。他側著臉去看落雪，她眼內卻只看著他。只覺眼前人無比的真切，也無比的疏離。

他的心思不知隨那飛雪飄到何處，突然又回過頭來，莞爾一笑：「阿寶，我其實是喜歡妳的。」

阿寶呆若木雞，定定望住他，眼角慢慢滲出了一點晶瑩的東西，半晌才問出一句話：「殿下，今夜所為何來？」定權輕輕一笑，道：「我來看看妳。」阿寶搔頭微笑道：「殿下所為何來？」定權遲疑了片刻，終是據實答道：「我想找個人說說話。」

他自然也看見了她眼角未墜的淚水，稍稍猶豫，終於還是接著說道：「不敢相瞞，我有立雪之心，謹備這束脩，專來求教。」他伸過手指去，阻止了那滴眼淚的下垂，低頭看了片刻，用它在桌面上一上一下畫了兩道線。用手指點道：「我來問妳，上有三十三層天，下有九十九重地。那天地之間，人在哪裡？」

阿寶不解他的用意，只見那兩道淚漬亮得刺眼，良久方道：「人間。」

定權點頭道：「人間有五倫。君似君，臣似臣，父似父，子似子，有情有義，親親相愛，這是為人。夫婦異夢，手足互殘，朋友相欺，不仁不信，違背倫常，即有人身，卻也算不得成人。」他沉默了半日，方點著那兩道淚痕之間的桌面笑道：「今日醉裡，我錯覺已經躋身其中；酒醒之後，方知不過一場大夢。」

他半晌沒有等來回話，抬起頭來，正看見面前的這個少女眼中自己的倒影，即如自視一般清明，隨後指著第二道線下的世界發問：「阿寶，妳說，妳我這副業身軀究竟是安插在第幾層？」她沒有回答，只是靜靜地看著他的手指下，那用淚水劃分的淨土和地獄的界線，慢慢地萎縮、模糊，終至消弭，三界重合為一體。

定權亦不再抬頭，自顧接著詢問：「世人但凡造下一樁業因，便如身陷泥淖之中，為求掙脫，便要再造下新的。越想掙扎，越受桎梏，越不得解放。我不明白的是，此生引我入泥犁的第一樁業因到底為何？聖人尚言人性本善如水之下，那麼究竟是什麼拖累得我們不能好好成人？」

他仍舊沒有等來她的解答，便問出了最後一個問題：「那妳可知曉，我們除了幻求輪迴一途，可還有第二條解脫的道路？」

阿寶不願細想，答道：「勘破者便可入極樂境，殿下慧根深遠，尚不可破，問我何異於問道於盲？」

定權笑笑，道：「妳執意不肯引度我——我曾同妳講過，我有過一個世子，方踐人間，便重歸冥世。我懊惱了幾年，後來也想開了，這於他或許不是什麼壞事。能列仙班，做聖王自然是好的，再不濟，做個尋常人也是好的；一不小心受了什麼拖累，也和我一樣誤入了歧途，便是對不起了他。妳說是不是？」

阿寶不知他為何突然重提此事，沉默了半日，終於緩緩搖了搖頭。定權詫異抬眉，道：「願聞其詳。」阿寶的手撫上了那片桌面，思量了半日，反問道：「殿下為何定要將三界剝離？」

定權身體微微一震，聽她繼續說道：「我若得殿下一半慧根，得甫生便知未來事，仍願拖這業身軀在三界間循回行走。縱赤足蹈踏泥犁中，受刀斧鋸，烈焰焚，也不算全身俱入地府。」她抬起頭道：「總留得一雙眼睛，可以望見人間的。」

他在她的雙眼中只看見了自己的倒影，並且逐漸開始面目模糊，如一片碎瓦擊破了原本平靜的水面。他似有所悟，而後心中惶然。良久站起身來，拍了拍她的肩膀，真誠道謝：「多謝妳。」

他轉頭望了窗外片刻，再回首時面上又恢復了以往的神情，揉了揉額角：「本宮今日真是有些醉了，來攪擾妳這病人這麼許久。」一面取回貂麾，自行繫好，復又笑道：「我就是在這等事上不積福，得些現世果報也是本分事，妳早些歇息吧。」

她不用問也相信，他從未和她素昧平生的太子妃或是那個麗人說過今夜這樣的話，在她們面前，他會善意地隱藏自己的本心，擔憂她們受到驚嚇。未有一刻，她如此嫉妒那兩個已不在人世的女子，嫉妒她們曾經享有的最純粹的一線溫情。也從未有一刻，她如此希望自己的心思，不足以明白他所說的每一句話。水至清，人至察，便註定要孤單一世。這是她的錯誤，不是他的。

「阿寶，我是喜歡妳的。」這句話從他的嘴裡說出來，她愈咀嚼，愈覺自己的可笑。

她倚窗，靜靜目送他離去。她不可挽留，他不曾回頭。天地間是如此寂靜，可以聽見大雪落地的聲音，清潤的，細碎的，綿延不斷，此起彼伏。她的耳畔似有風鈴動，環珮擊，玉漏滴。他手中所攜的那點昏黃微光，是黑白天地間的唯一一抹顏色，追逐他漸去漸遠，直至隱入深沉夜色，不可復見。雪地上只餘他的孤單足印，又為飛雪慢慢掩蓋，終於完璧如初，毫無瑕疵，什麼都沒有留下。

此時只剩下她一人，黃粱一枕，南柯夢覺，醒後歡喜與悲哀兩相抵消。窗外雪落有聲，壯麗異常，如同她那春雨中的夢被凍死了，漫天拋撒的皆是她的夢想的碎片殘骸，再也無法拼湊收拾。

他自雨中來，踏雪而去，如同經歷了自滋生至幻滅的整個輪迴。如果她的今生能夠在此刻結束，是否便是如佛家所說的圓寂般的大完滿？

第四十四章

玉燕投懷

一夜北風擾人清夢，直到次日卯時方止。定權盥洗完畢，乘輿去康寧殿向皇帝請安。本已做好了立雪程門的打算，不想差人甫一通報，片刻便獲宣入殿。時辰尚早，皇帝想是聞報方起，正在披衣，見太子入內，揮手讓陳謹退下，也不起身，依榻而坐，示意定權上前，笑道：「昨晚生受太子了。」又吩咐賜座。

定權拿態坐下，方想著應當回覆些什麼，忽又聞皇帝問道：「因為給朕做這個壽，也難免叫你分了心，有許多事情原本也早該問問你了。」定權思及昨夜之事，不免不安，笑道：「陛下請下問。」皇帝無語打量了他片刻，開口道：「刑部那邊的案子，問得如何了？」定權一愣，方答：「臣前日已吩咐有司具案，即日便可了結。」皇帝「嗯」了一聲，又問道：「是怎麼個說法？」定權思忖片刻，答道：「以逆謀定罪，張犯夫婦及長子等五人擬斬，三人擬絞，餘下五服外之親眷擬充官，家產籍沒。因其長女已適，小女已畏罪自裁，張家自家發埋，便不予追究。」

見皇帝點頭，拿捏了半晌，才又問道：「只是張犯幼子年方志學，臣忖度或可減等擬為流刑，只是不敢自專，還請陛下聖斷。」皇帝皺眉道：「此事朕不過一問，既然交到了你手上，你自己酌情裁奪便可。」定權答應了一聲，又聞皇帝道：「昨天宴上我跟你舅舅說過了，新年一過，就教他折返長州。逢恩雖然聰明，畢竟年紀還輕，朕怕他坐鎮不住。教你早早了結案子，之後常到戶部去走走，兵者國之大事，前方要用的車草錢糧，朕瞧不到的地方，你要處處代朕留心。百姓人家有句俗話，叫作『不當家不知柴米貴』……」

話說到此，看了他一眼，卻又轉口說道：「張案叫你自己裁奪，但是司法上面有句話——可伸恩屈法，但慎網漏吞舟。這個道理，你明白嗎？」定權只覺背後汗下，應道：「臣記下了。」皇帝點點頭道：「朕要起身了，你先退下吧。」望著他身影出殿，只覺頭痛異常，回想昨夜半宿輾轉傷神，到底嘆氣對陳謹道：「你叫人去傳話廣川郡王，生死富貴各有天命，教他不必為一子憂傷，也教王妃好生保養。」陳謹答應一聲，方想起身傳旨，忽聞皇帝又咬牙道：「教他早滾回封國去，再作片時逗留，朕不饒他！」

待定權步行回到延祚宮時，天已微明，四、五個宮監正持帚掃去道路積雪。兩個小黃門，不過七、八歲年紀，跟隨師長當值，窮極無聊，便將掃落積雪團成雪獅子。

定權到時，見已做好了幾個伏在雪中，便不免駐足一觀，只見是一隻大獅背負著一隻小獅，爪下又提攜著一隻，雖出自孩童之手，倒也頗為生動可愛，想起方才皇帝的話，呆立半晌，才嘆了口氣。再抬頭看時，見幾個掃雪的內侍早已退至路旁，兩個小黃門也噤若寒蟬，遂指著那雪獅勉強笑道：「近乎道矣。」方欲離去，見兩人面上神色仍舊驚恐，想是並未聽懂，忽覺不忍，又道：「是說團得好看。」

此後數日並無大事，皇帝也絕口不再提定棠子夭之事，直到十一月底接到定棠已抵封地的奏報，定權派赴岳州的侍臣也回京繳旨之時，雪已化盡，時節也進入了小寒。

定權屏退眾人，在延祚宮的書房聽此使臣匯報，隨意插口問道：「他家中現下還餘幾人？」使臣辦差經月，事事皆已成竹在胸，未假思索便回答：「許主簿家道小康，親眷尚存四人，養父及繼母，姨表兄弟兩人，其餘家中尚有大小僕婦七、八人。」定權點頭道：「你可將他們都安置好了？」使臣答：「臣受殿下嚴旨，不敢使上下一人漏網。」

定權笑道：「許君清白門第，漏網不漏網的話就言重了，只是你此事辦得得體。另有一事，本宮八、九月在宗正寺查案期間，這位許主簿可有什麼言行舉動引人側目之處，你放在詹府內的人有什麼話要說？」使臣道：「主簿鎮日早到遲退，舉止相較過往並無異常。」定權略略點頭，卻又問道：「果真沒有？本宮的意思是，寧失於冗，勿失於疏。」使臣思想片刻，道：「果真沒有。」定權道：「如此便好，你一路勞頓，先休息洗塵去吧。」

使臣忙稱不敢，方要退下，忽又想起一事，道：「臣聽了殿下方才的囑咐，倒是想起樁小事。臣的屬下去查過詹府的入班紀錄，八月中某日許主簿曾遲到一次，因此月俸被罰三分，擬杖二十，被少詹做主免除。」定權「哦」了一聲，想想又問：「可還記得是哪日？」使臣面露難色，道：「因是小事，臣並未細究，只是這位許主簿前一日才因風寒告了半日假，所以少詹雖然待他親切，也不好十分替他兜攬。」定權微微蹙眉道：「剛告過假，便又貪眠失了衙喏？」使臣笑道：「也不足為奇，八、九月間詹府內本來事疏人懶，此等紀錄也層出不窮……」忽覺失言，連忙閉口。定權也不再追究，一笑便放他而去。

許昌平再見太子，又是一年將近冬至，禁中也早已喧騰一片，開始預備應節物事。行近延祚宮時，見一行宮裝麗人手托錦衣玉帶，笑語盈盈地穿閣過殿，思量著當是皇帝按例賞賜太子新衣，便退至一旁，又靜候了小半個時辰，才前往央人通報。

本次太子卻並未為難，即刻命人引見，銜笑專候他入殿。自宗正寺一別，許昌平已三、四月未曾面君，禮畢起身，偷眼打量，只覺他神氣甚佳，卻不知何處稍異於常。略一思索，才察覺太子此日身上紫袍玉帶，皆當是新製。那蜀地貢錦，寸縷寸金，華麗與清雅兼具，舉手投足間，一抹帛光，已覺富貴咄咄逼人。

定權靜觀他片刻，也不忙讓座，笑問道：「許主簿一向少見。聖節前本宮雜事纏身，無暇問顧，還請見諒。前些日子了結了逆案，倒是有了些少閒暇，想尋卿一敘，事有不巧，卻聞卿日前返鄉了，今日得見，不免要從俗問一聲，家下一切可安好？」許昌平微微一揖，以示恭謹，亦笑答：「勞殿下下顧，臣確實返鄉欲安排祭祖之事，只是不敢瞞殿下，此行卻不曾見到家內人等。」

定權微笑道：「過門不入，這又是什麼道理？」許昌平道：「內中有些下情，不足上辱尊聽。」見太子面上神情，心中思慮更加坐實，便又笑道：「只是雖未見其人，但知其平安，亦不虛此一行。」定權點頭道：「是如卿言，再好不過。」攜了他手腕，笑道：「久不見卿如失明鏡，心裡積存了幾件事，今日還要細細請教。」一面引他進入內室，親自閉門，這才教他坐下，閒問了他幾句岳州的人情風儀，許昌平也一一答覆。

片刻後周循親自奉茶入內，定權命他放下茶盞，親手持盞置於許昌平面前，見他欲起身答謝，伸手壓在他肩上相阻，笑道：「事君數則辱，朋友數則疏。於公於私，哪得好處？主簿安坐，本宮剛才話還沒有說完。」他既然作態，許昌平便稱了句謝恩，不再堅持。又聞定權問道：「主簿家下和京師相隔並不遠，一往一回約需多少工夫？」

這似乎仍不過在繼續方才的閒談，許昌平略略思想，答道：「乘車約四日可往復，策馬約三日即可。」定權點頭笑道：「如此說來，若是快馬加鞭，半晝一夜足矣。日固近，長安亦不遠，兩下往來，不致起秋風之嘆，當真家國兩便。」許昌平本欲端茶，聽聞此語，手腕忽然微微一抖，究竟難察他無心有心，半日方頷首答道：「誠如殿下所言。」

定權啜了口茶，又閒笑談道：「主簿方才說預備家祀，本宮也依稀記得主簿曾經提過令尊已駕鶴西遊，卻未曾細問享祀何年，仙山何地。主簿為官清直，置備牛酒若有難處，不妨與本宮直言。主簿與本宮有半兄之分，敢不傾情相助？」

他終於肯切進正題，許昌平初時心內雖有疑惑，也只當他挾匿自家親眷，不過為求不貳之心。此刻聽到此語，方如雷貫頂，身後冷汗涔涔而落，亦不知他所知多寡，權衡半晌方凝神謝道：「殿下厚意，臣感動莫名，只是此事於禮大乖，臣當以死辭。」

定權看他良久，忽然莞爾道：「主簿勿怪，本宮說這話，不過為一室之內，不傳三耳。」站起慢慢踱至他身邊，又以手指天地，道：「雖君臣父子之親，五倫之間，不宣三口。」見許昌平良久仍是沉默不語，又冷笑道：「主簿可知，陛下日前有旨，將軍不過一月便要離京了？主簿若能為本宮解惑，本宮心想，也不必再為些許陳年舊事去亂將軍之心。不知主簿高見如何？」

許昌平半晌方啞然一笑，道：「臣當日來尋殿下，便知終有此一日。只是臣原本打算，待殿下踐祚之後再詳細稟明。不想殿下天縱英明，遠甚於臣之愚見。」抬頭再看他時，眉宇間怯意已蕩然無存，笑道：「臣慚愧。」

他不認便罷，待此事認真坐實，定權也只覺如涼風過耳，手心汗溼復乾，如是者數次，終是咬牙開口道：「你說。」

許昌平神情已如常，道：「先君不祿，當皇初四年之仲夏。抔土之地，便在長安。」

定權點頭道：「好。主簿少年登科，又有如此膽識，前程遠大，無可限量。」緩緩轉目瞥了他一眼，許昌平察他臉色，撩袍跪倒，叩首道：「臣請殿下降旨，賜臣自裁。」定權望他獰笑道：「你道我沒有這個打算？」許昌平搖頭道：「於今為殿下計，唯此一途，可保殿下高枕無憂。」

定權笑道：「主簿心中既然清明，如此也好，主簿求仁得仁，本宮可順你之請。汝之家人，本宮一概保全。」許昌平亦笑道：「覆巢無完卵，臣焉能不識此理？人生各有命，臣躬既填溝壑，亦無心顧及他人。」他略無懼意，定權心下也自疑惑，半晌方開口道：「你當日來尋我，究竟何所求？」

許昌平沉默良久，道：「臣所求之事，方才殿下已說出口。」定權疑惑道：「你想藉我之力，重謀先朝舊案？」許昌平叩首道：「翻案之語牽涉甚眾，臣萬不敢作此想。不過史筆人書，可曲可直，臣實不忍先君辱身生前，復遺臭身後，不得郊祀。」

定權搖頭道：「這話實難服人，你連先大人面都未曾見過，你亦身入許門，便是先大人令名得復，你於國家宗祀亦無半分絲連。你如此身世，便是將來圖謀朱紫之服，本宮也絕不會給你。你便何至於拋家捨命，一心從井救人？」許昌平聞語，倒是愣了多時，才微微嘆氣道：「殿下所言皆是人情，臣所為也皆是人情。臣這般舉止，不過為臣母而已。」

定權想起顧思林之言，亦知其母與先皇后的瓜葛，心念一動，問道：「你母親生前可與你說過些什麼？」

許昌平並不回答，只垂首道：「先母雖非先君正室，卻得蒙先君青眼，鶼鰈情深。自臣憶事伊始，先母枕畔袖間便從無一刻盱時，思慮傷人，至於鬱鬱而終。先母臨終之時，臣方年幼，然臣母飲泣之態，攜臣手殷殷囑咐之情，縱使時隔經年，今日思及，仍不可不黯然神傷。」

定權所思並不在此處，聽他絮絮地只管說這些風月往事，心中微感焦躁，正煩惱究竟該如何處置這個棘手至極的麻煩，忽聞許昌平道：「臣母生前與臣所言究竟有限，只是養母歿時，卻與臣說了幾樁內廷祕辛。臣初次見殿下時，確有知情不語之事，臣罪當誅。」

定權忽覺後腦一陣陣發木，重新坐回椅上，閉目低聲問道：「你果真知道公主的……」

許昌平低聲答道：「臣有罪。」定權重重吸了口氣，又問道：「那皇后……先皇后是如何……」

許昌平遲疑半晌，終是照實答道：「此事臣當真不知，孝敬皇后崩時，臣養母已不在宮中。」

定權不知是失望還是鬆了口氣，但覺得渾身都有些脫力，望著許昌平思想良久，忽而沒由來一笑，道：「本宮若今日賜死了主簿，當真便永不得知內中隱情了？」許昌平點頭答道：「臣罪丘山，臣本預計待殿下得乘大寶之後，再行稟告。」稍隔片刻，方又道：「此刻亦不改初衷。」

定權輕哼一聲，道：「如果我便永不想知道呢？主簿可還有脫身之徑？」許昌平道：「再無二途。」定權冷笑道：「口舌反覆，我怎麼相信你？」許昌平道：「殿下信不過臣，臣自百口莫辯。只是殿下可稍憶八月之事，臣若有半分私心有負殿下，只需一紙字書道明個中曲直，以付齊王即可。」見他面上神情難辨，又正色道：「臣當日來見殿下之時，便已將性命身家全盤托於殿下面前。臣之信任殿下，猶殿下之信任臣，並非容易。臣亦常人資質，亦有趨生怖死之情，亦有過宮門而心驚，見尊者而股戰之態。從來種種，還請殿下體恤詳察。」

定權忖度他言語中的意思，確也知道自己與他的許多利害相通之處，雖明知留下此人，或有養虎之危，再四權衡，終是笑道：「主簿請起。本宮先前言語，主簿不必放在心上。本宮思量有日，豈不知為今之計，唯有吳越同舟方為上策。先大人之事與公主之事，現下不語也好，畢竟往者已逝，來日可期。」

他肯鬆口，許昌平也暗暗舒了口氣，這才從袖中抽出一紙文書，交給了他。定權翻看，卻是中秋節前自己交給他的那份名表，其上加圈加點，已經注疏俱全。遂點頭收起，想起一事，又問道：「還有一事，主簿務必據實以告我。」

許昌平道：「殿下請問。」定權回頭望向窗外，負手而立，良久方問道：「端七夜裡出我府去尋主簿的那個宮人，主簿當真不識？」

許昌平不知他為何忽而問起此事，回想當時宮人形容，已覺記憶模糊，遂答道：「是，臣與她僅有一面之緣。」

定權亦不置可否，道：「如此便好。」見許昌平舉手欲有告退之意，走到他面前，卸下腰間玉帶，放到他手中，笑道：「佳節在即，無以為贈，藉此物聊表寸心。」許昌平驚異地看了他一眼，尚未待推辭，便又聽他說：「望卿寶納珍藏，勿使輕易示人。」思量有時，明白了他的用意，沉默片刻後仔細收入袖中，拱手謝道：「臣謹遵令旨。」

定權見他暗淡綠袍的身影離去，將那名單重新草草一觀，仔細收起。一時思想起長州之約、宗府之晤，前後許多事情，思緒如蔓草一般，愈理愈亂。況且今日與他會面，總覺還有一樁不安小事纏繞心頭，去而復轉，無奈卻又無從追思。

周循再尋他之時，見他一身錦繡，寬衣緩袍側臥榻上，大袖蔽面，不知是睡是醒，靜立片刻，方欲離開，忽聞他悶聲問道：「來都來了，有什麼事就說吧。」

周循答了聲「是」，問他道：「十月初六日，殿下可曾臨幸過一個名叫吳瓊佩的宮人？」

定權稍作回想，懶懶地「嗯」了一聲道：「似有此事，叫什麼已經記不得了，你想說什麼？」

周循望他片刻，方開口道：「臣為殿下賀喜，今日查明，吳內人已懷娠近二月。」

定權翻身而起，大驚道：「你說什麼？」

第四十五章

急景凋年

太子的宮人懷娠，在太子元子夭折後的數年，還是頭遭。因此周循珍而重之報與王慎，王慎又珍而重之上報給皇帝。次日一早，便有詔令下達，命宗正寺為此宮人造玉牒登籍，冊封為才人，復又加恩一級，食從五品昭訓俸祿。如此深恩厚愛，足見皇帝於此事甚為歡喜。

延祚宮中卻是另一番景象，按理說皇太子年逾二十，素來又不甚見愛於天子，於時局稍定時，若能得子，雖其生母微賤，亦應當視為大幸才是。是以周循前後忙碌，安排殿閣給新才人居住，又按照皇帝的叮囑親自遴選老成宮人，日夜服侍在側，不離須臾。

太子卻一副事不掛己的懨懶模樣，連新才人閣中都從未踏入半步，只是一反常態，接連數日招良娣相伴。良娣謝氏性情溫良，與元妃一樣，家門皆為清貴文學之臣。自壽昌六年太子妃歿後，東宮無主母，良娣便成妃妾之尊長，太子雖於她無情，自冊封伊始不過相招數次，卻也始終以禮相待，並不至於輕慢。

是夜謝氏奉宣嚴妝入閣時，定權正在閣內寫字，便吩咐宮人請良娣稍待。謝氏的相貌雖不若蔻珠纖誚的不堪，只是肌膚微黃，年紀到底也長了幾歲，卻也並不至於用明麗來形容。此刻身著一件緋紅褙子，襯托得臉色愈發黯淡。定權走出看到她燈下面容，也不由微微蹙眉，瞬間又和緩了面色，悄步上前，從側伸出雙手護住她手問道：「我聽到鐵馬的聲音大作不絕，外頭可是冷得很？」

謝氏吃了一驚，只覺他雙手似乎比自己的倒還更冷些，到底不慣他這般溫存，遂藉行禮之際不動聲色將手抽出，微微一笑，柔聲答道：「妾進來一會兒，早已經不冷了。」定權點頭道：「妳這樣走來走去想必不便，不如明日便叫人將這邊的配殿收拾出來給妳住可好？離我近些，也省得路上著了風涼。」這確是莫大的恩典，何況出自太子之口，更是破空之事。謝氏受寵若驚，連忙施禮稱謝，欣喜抬頭時卻發覺他目光恍惚，不知神思所寄何處，久而才回過態來，笑道：「我誤了晚膳，謝娘子現在陪我用些吧。」

待膳食齊備，謝良娣命人送至暖閣內，陪定權一同坐下，看著他舉箸，隨意揀幾片清淡的菜蔬，和羹同吃。一面閒話道：「妾今日裡去了吳才人的居處，教她安心保養……」定權正懷據心事，一語未聽真，忽然啪一聲將手中鑲金牙箸扣在桌上，作色問道：「妳無端去她那裡做什麼？」

謝氏雖與他夫妻數載，對他的性子卻並不十分熟悉，沒想到他翻臉如此之快，呆了半晌，起身謝罪道：「妾只是想過去看看她閣內諸色用度可曾齊備，並囑咐了些清淨安胎的話，並不曾……並不敢多攪擾到她……」定權這才知道她說的是皇帝新封的吳才人，緩和了神色，溫聲道：「是我聽岔了，娘子勿怪，快請起來。原來是去她那裡，有勞娘子費心。」

謝氏雖生疑竇，又不敢多問，察言觀色半晌，見他似乎當真並無慍意，又徐徐進言道：「妾想，新才人雖位分不高，卻是陛下親封，若日後誕下麟兒，便是殿下的元子。殿下理萬機有暇，也不妨撥冗過她閣內示恩一坐。」定權並不應聲，直至將一碗羹湯吃盡，方看著牙箸笑道：「妳這主中饋日間可還想出了什麼打算？」

謝良娣既不見他面上神情，也難辨他言語中是否挾帶譏諷之意，一時間如坐針氈，良久才勉強笑道：「妾是想，殿下政務冗繁，若不得空閒，妾與幾個姊妹就為她設個小小家宴，也算是我等的一片……」等不來他回覆和示意，心中忐忑，這句話硬是再不敢全說出口。

定權將碗箸放回桌上，以袖蔽面，取巾帕拭了拭嘴角，又湊近宮人捧過的金盞，漱完口，才朝她一笑道：「妳既然有這樣打算，照妳的意思辦就好了。只是顧娘子現下懷疾，便不必教她走動了。」

謝氏知道他偏寵此人，忙答應了一聲「是」，陪笑應道：「既然是顧娘子欠安，妾明日便遣太醫去看看，妾親自將殿下旨意轉達給她。」卻聞定權冷冷答道：「不必了，我自會遣人告訴她的。日後不論有什麼事情，都不必再叫她出來了。」謝氏觀察他面上神情，不辨喜惡，也不曾聽聞這位顧才人幾時得罪了他，便只得應了一句：「殿下吩咐，妾知道了。」

定權抬頭望她半晌，忽然一笑，起身走到她身旁，道：「本宮知道妳的賢德。」牽起她的手，與她同行至臥榻之旁，忽將嘴唇貼至她耳垂邊。

謝氏溫順閉目，任他解除自己衣衫，胸前肌膚被他冰冷的手指輕輕一劃，渾身便起了一層栗子。情至濃處，睜眼看時，卻見他正凝視自己，目中一片紅色，如含仇恨，又似悲傷，不知為何，忽然毛骨悚然。未及多想，便伸手微微推開了他。四目相對，謝氏只覺五內俱涼，亦不敢開口出聲。兩人相持良久，方聞定權低聲問道：「妳究竟在怕些什麼？」他的聲音帶著厚重鼻息，喑啞得異乎尋常，不知是脅迫，還是懇求。

謝氏連忙在枕上搖首，輕聲答道：「沒有。」大著膽子援手攀上了他的肩頭，重新閉上了眼睛。

是夜後不過數日，東宮後宮的數位嬪御，便由良娣謝氏牽頭，各出份錢，備了些禮物，相約同至吳才人的閣內會晤。因為近日位卑者懷娠，而位尊者懷寵，眾妃暗自思忖，皆覺自家論容色則優於謝良娣，論家世則優於吳才人，比上雖不足，比下頗有餘，是以兩頭含酸，滿心不平。此日一早，結伴至新才人閣內，細細打量一回，見不過是一個十六、七歲尋常女子，毫無出奇之處，安心之餘不免又怨懟盈胸。

依序坐定後，燕語鶯聲取笑道：「新人的皮色生得真好看，就像書上說的，著粉太白，施朱太赤一樣。」一人接她口道：「這話我也聽過許多次，可不知道是從哪本書裡說出來的？」那人笑道：「妳連這都忘了？這是宋玉的《登徒子好色賦》裡說的。」被指點那人道：「妳一說我記起來了，這位宋玉的東鄰有個女子，天天攀附在他家的牆頭，想去引誘他。」

諸人察看吳才人神色，見她尚未明白過來其間的微言大義，便再接再厲繼續笑談：「那個宋玉可曾應允了？」

「宋子淵自家也是英俊多姿，哪裡看得上她？後世不是有句話，形容一個男子美姿容，就叫作『顏如宋玉，貌比潘安』。」

「我倒是覺得，那宋玉是嫌她太不知自重了，哪有未出閣的女兒家，天天爬在牆頭引誘人家男子的？」

「啊呀，那都是書上寫的，妳還道這世上真有人輕薄成這樣嗎？我平生倒沒見過。」

眼看著吳才人一張面孔終於紅了又白，白了又紅，這才意滿志得轉口又說道：「依我看，這個宋玉的見識卻也一般。他說楚大夫好色，我倒覺得，這登徒子竟是天下第一等有情有義的男子，他妻子形貌不堪成那樣，卻也依舊與她舉案齊眉，鳳凰于飛。」說罷幾人便以扇掩面，咯咯歡笑起來。謝良娣雖然好涵養，被人當面譏誚成這樣，欲待發火，又苦於文字間遊戲，並無憑據，蹙眉半日終於含慍開口道：「妳們素日在西邊說笑慣了也就罷了，今日身在宮中，還是多留意言語儀態，收斂些吧。」

幾人同仇敵愾大獲全勝，從吳才人閣內出來，餘勇猶可沽之。結伴而歸，一人問道：「今日怎不見那人露面？」旁人低聲笑道：「妳還不知道？說是病了有幾個月了。」遂將此人如何不知天高地厚，恃寵與殿下爭吵，又藉病搖尾索憐，無奈殿下已心生厭惡，終使墜歡難拾，君情妾意東西各流，這才叫卑賤之人坐收漁利，入室登堂之種種情事娓娓道出。

聽者心滿意得，點頭道：「我早便說了以色事人，能有幾時好？何況她還沒有色。」旁人點頭稱是道：「那人這下弄巧成拙，病了這許久，還沒見好轉，只怕真是轉成癆病了。可見這斷根之草，妳便隨它逐風癲狂幾日，看到底又能怎麼。還不是落花流水，一樣不堪的窮命？」幾人言語投機，在廊下唧唧咯咯又說了半日，才悵悵地散去。

冬至既過，新春將臨，原本不是刑戮伸法的好時機，只是皇帝一心要在顧思林返回長州之前了斷今秋的逆案，是以皇太子與三司最終拿出的結案奏報中，便建議考慮案情惡劣，對幾位主犯的處決宜勿拘常法，即日施行。從上報至皇帝批准，前後不過一日之隔。

離除夕不過三日，定權在書房內守著茶床獨坐大半日，又聽一侍者進來回報了幾句午前之事，不語良久，方點頭示意知情，面上神色不改，繼續點茶直至日落方住。

差人撤去茶床，想起仍有一事未了斷，見一旁侍立著一個小內侍，遂招手叫他過來，想了想，提筆在一張素箋上寫了幾個字交給他，又和氣吩咐了他幾句話，道：「你到顧才人的閣中去走一趟。」

小內侍領命見到阿寶，雖然覺得她形凋體瘦，眉目憔悴，卻並不像太子所說病得那般嚴重，便將太子的幾句話轉告給了她，無非是讓她保重病體，安心休養，勿多思慮之類套話。陳述完畢，又笑嘻嘻道：「殿下還給娘子寫了個藥方。」阿寶接過，其上卻只有寥寥幾味藥名：

重樓　忘憂　防風
雪見　當歸　忍冬
無患子　蓮子心
馬蹄　細辛　王不留行[6]

小內侍待她看完，又笑道：「殿下最後還叫我告訴娘子一句話：她既肯度我，我亦度她。卻不知道是什麼意思。娘子有什麼話要我回覆殿下嗎？」阿寶微笑著搖了搖頭，道：「沒有。」見他欲離開，開口又喚道：「貴人且稍等。」轉身走進屋內，打開妝匣，取出兩枚小小金錁道：「就要過年了，算是我一點心意吧。」

---

6 大意為：雖隔重重宮室，無需憂慮，請安心保重，度過這無盡的長冬。我不擔心妳，也理解妳的心情，所以不會再來打擾妳了。

小內侍歡喜得雙眼放光，連忙袖下，又行禮說了兩句吉祥話。

阿寶含笑看著他，待他直起身來，方問道：「還有一樁事想請貴人去替我問問。」

小內侍得人錢財，忠人之事，忙道：「娘子請說。」阿寶道：「貴人可知道，先前的吏部尚書張陸正，是否已經就刑了？」

小內侍聽得此事，愈發得意，答道：「娘子問我是問對人了，晌午方有人將這事稟告給了殿下，我在一旁聽得真真切切。就是今天中午，連著他的夫人和兩個兒子，都已經在西市明刑顯戮了。娘子可知道，他大公子是前年的進士，一個翰林官兒，我在宮內見過一次，人長得文文秀秀，聽說詩文作得也好。他小兒子可惜了，剛滿十五歲，哭了一路，這位張尚書也是好骨氣，到臨刑連一句話都沒說。聽說西市今日真是觀者如堵……」見阿寶似乎並未在細聽，才住嘴笑道：「節下和娘子說這些晦氣事，是臣的不是了。」

阿寶待他離去，慢慢走至燈前，親自取火媒將閣內大小燈燭一一引燃，隨手將那張藥方就火點燃，看著青磚地上的餘燼，輕輕嘆道：「冤孽。」

宮中、京中都在預備迎接靖寧三年的新春，趙王府中亦不例外，長和走進書房，趙王定楷正站在幾幅攤開的山水畫前，觀察半晌，才提筆向其中一幅上又添上了兩三筆，然後問道：「應節的東西，都預備妥當了？」

長和稱是，站立在他身後靜靜看了許久，指著畫中一處出言道：「此處破筆不佳，殿下似有補救之意，奈何頭上安頭過猶不及，就失了神氣。」

定楷點點頭，擱筆於架上，將一幅幾近完成的山水圖撕作了兩半。長和幫他將破畫收起，問道：「這次的事情出乎尋常，殿下是怎麼想？」定楷笑道：「他居然也知道斬草除根了。只是我還是疑心這不是他的本意。眼下多想無益，先過了這個年再說。」

定楷重新鋪紙，長和於一旁相助，笑道：「來求殿下墨寶的人愈發多了，殿下的文債到年前也不知完不完得成。」定楷望著手中狼毫，微微一哂道：「這干冤家。」

除夕之夜，禁中按制守歲，終夜不眠以待新年。阿寶靚妝麗服，扶案獨坐。她挽起衣袖，用小盂汲清水，施入硯臺，取墨塊開始細細研磨。耳邊是喧天爆竹聲，眼前明時是煙花映天，如霞照錦，暗時是無可奈何，開到荼蘼。偶有風至，帶來硝藥的氣息，也裹挾著不知來自何處的宮人笑語，她便略住動作，側耳傾聽，想像其中可以剝離分辨出的一個聲音。

周圍是如此繁華熱鬧，如錦上開麗花，烈火烹滾油，她卻終於敢於平心靜氣地開始她的思念了。她知道今夜過後，春風會重至，夏雨會再臨，柳絮翻飛，青山如洗。七月流火，九月肅爽，霜林將盡染，白雪將覆枝。而她的思念將與四時的流轉一樣從容不迫，順其天然，再不必擔心受到任何人事的攪擾，尤其是他。

墨到濃時，阿寶行至箱籠前，揭開重重疊疊的遮掩，取出了一本青皮字帖。鋪紙，涸筆，於寒梅初發的綺窗下開始臨帖。墨香和梅香，柔荑把柔翰，側啼擢笑，策怒礫悲，這文字與寫字的人一樣，雖宇宙之廣袤，難求雷同，她從未如此的痴心於某種字體。那字帖上收存著他年少時抄寫的累累詩文，有他自己作的，也有前人的。

時有古今，地有南北，字有更革，音有轉移，勢或乖異，境或不同，唯有此情不更移，使心隔千古而相通。

綠草蔓如絲，雜樹紅英發。[7]

秋露如珠，秋月如圭。明月白露，光陰往來。[8]

之子于歸，皇駁其馬。親結其縭，九十其儀。其新孔嘉，其舊如之何？[9]

---

7 南朝謝朓《王孫遊》：綠草蔓如絲，雜樹紅英發。無論君不歸，君歸芳已歇。

8 南朝江淹《別賦》：至乃秋露如珠，秋月如圭，明月白露，光陰往來，與子之別，思心徘徊。

9 《詩經．豳風．東山》：我徂東山，慆慆不歸。我來自東，零雨其濛。倉庚於飛，熠耀其羽。之子于歸，皇駁其馬。親結其縭，九十其儀。其新孔嘉，其舊如之何？

……

闔宮人皆知曉，太子的寵姬顧氏以惡疾失愛於主君。此後四年間，長門緊鎖，池館寂寥。羊車過處，再無一幸。

第四十六章

三邊曙色

靖寧六年秋，國朝增兵二十萬於長州，不日將師出回雁山，逐胡虜與之決戰。軍需糧秣，由各地沿官道浩浩蕩蕩運抵承州，再送入長州。一隊車馬綿延數里，道路上煙塵未靖，另一隊便接踵而至，聲勢之浩壯，為開國百五十年所未有。

是日天朗氣清，河上微風初起，秋涼始生，隴頭樹葉凋落，塞草新黃。長州都督鎮遠大將軍顧思林的禡祭和閱兵之禮，便選在此日。秋日漸短，待典禮畢下令犒勞三軍之時，一彎弓月已漸上回雁山雲頭。

河陽侯顧逢恩在帳中燕飲至中夜，瞥眼見主將離開，又坐了片刻，方笑告諸位副將稱欲更衣，按劍起身，行至帳外，卻已不見顧思林身影，便隻身直向長州城頭而去。果見朗月疏星之下，顧思林一人獨立夜風之中，不由放緩了腳步。

顧思林亦不回頭，笑問道：「宴飲正歡，你為何獨身出帳？」顧逢恩這才大步上前，一揖笑道：「末將見將軍今夜飲酒過量，有些擔憂，故而尋來。」顧思林點頭道：「你過來看。」顧逢恩隨他手指方向望去，見西北天空中一粒雪亮白星，於河漢間分外醒目，幾有奪月並立之勢，遂笑道：「將軍看得仔細，這星子比往年同時果然亮了許多。」又問道：「天象不足論，將軍卻為何面有憂色？」

顧思林回首看他，他與幾年前相比，形貌也已經大異。除去唇上髭鬚，頰邊傷痕，兩眼尾上也多添紋路，不復少年形態，嘆息道：「你方過而立，素少軍功，年前陛下卻加恩封你為侯，我知道你在意麾下軍士議論，以為爵憑恩蔭而出，實難服眾。」顧逢恩點頭略笑道：「將軍明察。」顧思林道：「此番你幾度請戰，我仍命你留守長州，奪你報恩建功之門，並非出自愛惜私情，你心內可明白？」顧逢恩答道：「末將明白——將軍不放心李帥獨留長州，故遣末將同守。」

顧逢恩看他片刻，忽然嘆息道：「你知其一，不知其二。靖寧三年我從京師折返長州，按常理李明安便該返回承州。我幾番上疏，陛下都只答覆，可著其佐我錢糧事務，待大戰過後便召回，卻又不明白下詔，至有如今尷尬局面。他當年帶部兩萬入長州，別駐一隅，此番我既不可帶他出師，免生枝節，又萬不敢命他獨守，斷我後路。」顧逢恩點頭道：「將軍如何打算？」顧思林道：「他的承州舊部我此番帶去一半，可做先鋒之用，一可名正言順去其一臂，一可留你與他守城之時，做掎角之勢，不使一方獨大，又免陛下見疑。」顧逢恩拱手道：「末將記下了，這是其二，還有其三又是為何？」

顧思林沉吟半晌才嘆氣道：「此事我原本不想說給你知曉，只是此番遠去死生未卜，不向你交代清楚，我擔心留為異日禍根之源。」一面攜起顧逢恩的手，與他同行至城頭雉堞前，四顧有時，方低語道：「有人報我，曾在李明安處偶見一軸金綠山水畫卷，志氣高標，卻難辨何人家法。其上題字，頗類儲副。」顧逢恩吃驚道：「將軍此言當真？」顧思林搖頭道：「文字雖絕類儲副，我想卻並非出自儲副之手。」

城頭疾風捲過，顧逢恩側目躲避，半日方伸出一掌問道：「可是此人？」顧思林將他手攔下，點頭道：「我疑心即於在此。」顧逢恩思想片刻，問道：「將軍何以得知？」顧思林思想起太子手書中相告張陸正獄中之言，復又想起當年夜見太子時他的怪異眼神，百感交集，卻只對顧逢恩道：「儲副若有此事必不瞞我，亦不可能瞞得住陛下。此人年近二十，陛下不為其冊立正妃，之藩一事亦絕口不提，只留其於京中，以掣殿下及我等之肘。我觀此人為人，外表良孝頗安本分，若當真與邊將交通，則並非俯首甘為陛下用，其害不在當年齊藩之下。」

顧逢恩按劍之手微微抖動，問道：「將軍何不修書，將此事明白告知儲副？」顧思林微露遲疑神色，又不可將心中所慮盡數告知顧逢恩，只道：「此事我自有打算，你只需小心提防，守好這座城即可。我適才見你右手指動，雖知你素來謹慎，亦不可免俗多言囑咐，萬不可在我班師前自作主張。」

站立半晌，復又嘆氣道：「殿下年來書信，常談及陛下近年御體大不如從前，而聖心於諸事上卻愈發細心。此番糧秣供給，全權授予殿下主持。一來知我甥舅之親，儲副必不敢不盡心竭力；一來也是將儲副和我架上了爐火。儲副本已位極人臣，我等若勝，於他並無半分裨益。若敗時，卻是他沽禍根源。思及諸事，我安敢惜此項上頭顱？此役安敢有半分差池？」

顧逢恩沉默良久，方單膝跪地道：「父親安心便是，父親說的話，兒牢記在心。」顧思林點點頭，將他扶起來，無語半晌，忽喚他乳名問道：「儒兒，你有幾年沒有回京了？」他神情奇怪，顧逢恩笑道：「父親怎麼連這都忘記了？兒是壽昌五年殿下婚禮之後，隨父親同來長州的。」

顧思林屈指一算，嘆道：「八年了。」半晌又道：「從前給你取這名字，也是盼著顧家真能再出個讀書種子，不想到頭來還是沖斷了你的錦繡前程。」顧逢恩笑答：「前人尚云，若個書生萬戶侯。兒在家便讀書到頭白，安能得今日功名？」顧思林搖頭笑道：「痴兒，何處謀不到功名，偏要從死人枯骨上撈取？如今細想，為父當真對你不起，也對不起法兒。」

他突然言及已故長子，顧逢恩不解他今夜為何一反常態如此感傷，忙扶住他手答道：「父親想是多飲了幾杯酒，才生此等感慨，還是早些休息，再過幾日便要遠征，請千萬保重身體。」顧思林笑道：「不要緊，城下將士燕飲正歡，你隨我去巡營。」

城下將士正歡飲至酣，顧逢恩跟隨顧思林沿各營緩緩走動，不似巡查，竟如漫步。秋氣襲來，離人聲遠處已可聽得見草蟲爭鳴，似不敵風寒。遠遠傳來琵琶聲，是軍士們飲至好處，作樂為和。少頃琵琶聲停，開始擊缶，那缶聲一陣緩一陣緊，終於停止，便聞一人高聲放歌：

君子賜宴，小人舉觴。嚴霜九月，擊缶中堂。

星漢西流，長夜未央。蟋蟀入帳，雁陣成行。
聲何嘹厲，斷我衷腸。鳥獸有智，人豈不傷？
不歸何為，衛我家邦。不歸何為，守我土疆。
家邦何方，門前黃楊。家中何有，白頭爺娘。
飼我婦子，稻麥菽粱。家無健兒，田園可荒？
昔握犁鋤，今把刀槍。負羽三邊，彎弓天狼。
將軍恩重，蹈火赴湯。誓破匈奴，凱歌皇皇。
明至沙場，命如朝霜。十無一返，萬里異鄉。
涼沙遮日，東方難光。來日苦短，去日苦長。
當此不飲，留待北邙？我身雖逝，我心不亡。
願學鴻鵠，返我故鄉。願學狐死，首向南方。
噫唏！天山無極兮，青海茫茫。
玉關難度兮，河陽不可望。
雖有長風兮，我魂可得遠颺？[10]

起初不過一人隨箏聲歌唱，其後鼓角齊鳴，眾人齊和，歌聲逐風而遠，直

10 仿樂府詩。

上干雲。顧氏父子遠立靜聽，不覺東方漸白，雲聚月沉。只餘那顆天狼星，如出鞘之刃，傲據西北天邊，寒光四耀，雖朗朗白晝，不損其鋒芒。

京中的氣候，比起長州來要差了半季有餘。御園中荷葉初敗，蓮蓬子老，空氣中仍存絲絲暑熱餘溫，不可復聞蟬噪，雖然窮夏初秋而如晚春。延祚宮在禁中正東，宮內池館多栽種櫻、石榴和胡枝子[11]。此時正當胡枝子的花季，臺閣的角落時時可見狀如風鈴的嫣紅花朵。深宮寂寞，晚風熏然而過，鐵馬叮咚清響。修長的花枝輕擺，那聲音便如花朵相撞發出的一般，院內再無別的聲音，光陰彷彿凝滯在簷角，遲遲不肯向前流去。

院內一綠衣美人手持剪刀站立花前，越牆忽然飛過半支碧綠竹竿，滴溜溜打中了放置在一旁山石上的越窯淨水瓶，一聲脆響登時劃破了院內緊鎖的靜謐空間。

美人略吃一驚，方回想起多年以前的一樁玩笑之事，不由黛眉微鎖，虛掩著的院門卻嘩啦一聲被推開，跑進來一個滿頭大汗的童子，看樣子不過八、九歲年紀，眉宇間甚是神氣，頭上總角，身著紅袍，看到院內有人，也吃了一驚，向後退了兩步，方駐足發問：「妳是什麼人？」一面又上下打量院中美人，

11 胡枝子的稱謂，最早在明代。

見她眉目清麗，身形修長，衣著卻尋常，亦無珠玉裝飾，一時難辨別她的身分，遂又開口問道：「妳在哪位娘子的位下？我從前怎麼沒見過妳？」

他的年紀打扮，美人大略已猜到了他的身分，手上動作未稍停止，一邊用剪刀仔細挑選剪切著花枝，一邊微笑道：「我也從未見過你，你又是什麼人？到這裡來做什麼？」孩童負過手去，仰首倨傲道：「妳不說給我知道，我為什麼要先告訴妳？我來尋我的馬，妳可看見了？」美人方知適才那半支竹竿是這孩子的竹馬，不覺好笑，信口相嘲道：「爰居爰處？爰喪其馬？[12]小將軍既然失了馬匹，應向林下尋找，為何求田問舍，來到此地？」

童子愣了片刻，只覺她語音輕柔，念起詩來說不出的好聽，雖不知她是何人，卻不願就此被她看輕，略一思索，方正色答道：「林下多悲風，非君子安身處。歧路亡羊，理當就近求之。」他年紀雖小，卻聰明外露，口角十分老成，美人越發覺得可笑可愛，一手指著那竹馬道：「小將軍的馬便棲在此處。只是還有一樁麻煩，將軍的馬踏碎了我的花瓶，使我不得供養佛前之花。官馬傷了民財，將軍該當何罪？」

12 出自《詩經．邶風．擊鼓》：「爰居爰處？爰喪其馬？于以求之？于林之下。死生契闊，與子成說。執子之手，與子偕老。」原意指詩中的軍人迷路找不到歸處，馬也走失了，他該到哪裡找馬才好？原來馬在樹林中。

童子這才注意到打碎在草間的瓷瓶，拾起一片仔細看了看，皺眉問道：「妳究竟是何人？」美人微笑反問：「花瓶一事小將軍還未回覆，怎麼只管問主人？難道小將軍判斷官司，還要因人而異？」童子搖頭正色道：「妳大約不知道，這瓶子看起來不起眼，卻是前朝越窯的真品。此時打破，妳家娘子必定要責罰妳。妳可引我前去，我親自向妳家娘子說明實情，不使妳受到牽連。」

美人吃驚地看他一眼，方想說話，門外忽然又探進一個小小頭顱來，怯怯發問道：「六叔，我的馬還沒有要回來嗎？」

美人聞言如遭重錘，舉目望去，見一個四、五歲幼童立於門後，魔合羅兒的瘦小身形，頭綰兩角，餘髮披於腦後，露出的前額如敷粉般清秀可愛，小手中捏著一支竹枝做的馬鞭，正倚門悄悄向內探望，見人望向自己，連忙又將臉縮回了門後。

那躊躇眉宇絕似一人，她手中的剪刀登時垂落，另一手卻緊緊捏住了剪下的花枝，枝上尖刺，如利齒咬進她掌心之中。

兩個孩童不知她何故突做此態，不由隔了半個院子面面相覷，門口幼童又等了片刻，悄悄招手道：「六叔，我不要馬了，你快些回來吧。」

正說話間，幾個宮人已經趕上前來，其中一人一把抱過那幼童，左看右看有無磕碰痕跡，嘴中卻忍不住抱怨年長者道：「請六殿下也開恩體恤體恤臣等吧，就一眼沒有看到，就把大哥兒不知道帶到哪裡去了。臣只這一條魂，被殿下嚇走了大半條，還不知道招不招得回來呢。」

年長童子並不理會她，「嗯」了一聲，開口問道：「什麼事這麼慌張？」一宮人答道：「陛下想見皇孫，令殿下昏省時攜帶皇孫同去。」童子點頭道：「如此你們先送阿元回去，我這裡還有些小事。」

宮人至此始抬頭，看見簷下站立的綠衣美人，才想到自己失職，竟然讓皇孫跑到了這處禁地，不由額上汗下，又不好即刻走開，只得摟抱著皇孫，向美人點頭示意道：「顧娘子。」

此語既出，童子才知道這美人的身分，略一思索，遂走到她面前拱手道：「臣未曾見過娘子玉顏，今日多有失禮，破瓶一事，也請娘子見諒。臣回去，便差人奉新瓶與娘子補闕。」

美人卻恍若不聞，也不還禮，側面靜靜望著天際晚雲，不發一語。

宮人懷中的幼童卻似不願即還，掙扎叫嚷道：「我不要先走。六叔，六叔，你和我一起回去見爹爹吧。」

童子又看了簷下美人一眼，又作一揖，這才走至草間，提起竹馬，回頭柔聲安慰幼童道：「走吧，我陪你。」

幾個宮人恨不得趁早離開這是非之地，忙圍簇著兩人離去，半懇求半恫嚇道：「六殿下和大哥兒切不可將今日之事告訴殿下。臣等受罰是小事，只怕殿下遷怒兩位，到時便為不美了。」

童子問道：「我怎麼從未聽說過殿下的這位娘子？她是什麼分位上的人？」幾個宮人互望了幾眼，見他面上是必不肯甘休之態，終有一人答道：「六殿下有所不知，這位顧才人的頭腦似乎有些糊塗，殿下才不許旁人見她。六殿下沒看見剛才和她說話，她連答一句都不知道。」

童子看了看手中竹馬，自語道：「是嗎？」又回頭囑咐皇孫：「阿元聽見了，此事不要在你爹爹面前說漏了口。如果你爹爹問起，就說我們到後苑去了。」皇孫平日最聽他話，忙點頭答應道：「六叔，我知道了。」

一行人漸去漸遠，聲息全無，門又重掩，空餘滿院殘陽。美人卻仍舊獨立於廊下花畔，嫋嫋婷婷，與一枝秋花相似，有不勝風吹之態。

第四十七章

襄公之仁

天色向晚，曖曖餘暉灑落周身，猶帶一絲溫暖餘情。紅袍童子牽著皇孫的小手，跑得滿頭大汗。於殿閣門外駐足，將手中竹馬交給一旁內侍，牽過袖子胡亂擦了一把額上汗珠，又蹲下身替皇孫揩抹了一番，這才攜他入內。

閣內一男子背對門戶，長身玉立，正伸展雙臂待宮人束帶。童子扯了扯皇孫的衣角，兩人便一同跪下行禮，童子朗聲報道：「殿下，我們回來了。」當朝皇太子蕭定權聞言轉過身來，玉容與數年前相較並無大異，只是眼窩下多了兩抹鬱青之色，嘴角邊也添了兩路淺淺騰蛇紋，既不苟言笑，配合軒眉鳳目，便不免顯出了些許肅殺冷意。皇孫見他回頭，忙也囁嚅著叫了一句：「爹爹。」

定權睨他兩人一眼，微一皺眉，吩咐宮人：「把大哥兒帶到太子妃閣中，給他換身衣服再過來。」這才冷冷叫那童子的姓名道：「蕭定梁，我看你鎮日只知道到處亂跑，再過兩年讀起書來可還收得住心，交代給你的字都寫完了？」定梁卻並不甚懼怕他，見他身上已經穿戴整齊，知他即刻便要起身，遂咧嘴嘻嘻一笑，信口開河道：「早已經寫好了，我這便去取給殿下過目。」

定權擺手道：「罷了，現在我沒有工夫。」又道：「你多久沒有去給陛下請安了，今天可要隨我一起去？」定梁從地上一躍而起，拍了拍衣衫，歪著頭反問：「陛下有旨意要召見臣？」定權被他氣得想笑，無奈道：「你不去也罷，那快回你母親閣中去。」定梁道：「母親這兩日害了殘暑，說身上發軟，頭痛不肯見人。我回去也無事可做，就在殿下這裡多待一刻吧。」他如此無賴，定權拿他無法，只得吩咐宮人為他準備晚膳，任由他去了。

太子妃謝氏攜著皇孫同入時，皇孫已經裝扮一新，定權皺眉問道：「他手裡是什麼東西？」太子妃笑道：「說是他六叔給他做的馬鞭，一直捏著不肯撒手。」定權微一皺眉，皇孫連忙向後退了兩步，一手扯住太子妃的裙子，低頭不語，眼看著地面。

太子妃笑勸道：「他既然心愛，便隨他拿著就是了，些許小事殿下何必計較？還請趕緊起身，免得誤了昏省的時辰。」見他點頭先走，這才悄悄對皇孫道：「阿元聽話，先把馬鞭給娘，娘讓人替你收好，免得爹爹生氣。」皇孫點了點頭，小聲道：「娘，阿元聽話。」

皇太子夫婦一同登輦，至康寧殿前，遣人通報入內時，趙王蕭定楷已在帝后身邊，正展開一幅畫卷給皇帝細看，皇帝指點笑道：「五郎這幾年閒散無事，閉門造車，不想拿出手來也還算合轍。」看見太子攜妃入內，又向幾人笑言：「太子不長丹青，五郎不長書法，幾時叫太子在五郎的畫上題寫幾句，這軸子就可以藏入內府，傳於後世了。」

待太子一行人行禮起身，又笑著招手道：「阿元快到翁翁身邊來，讓翁翁看看你長大了一些沒有。」皇后在一旁笑道：「蘗苗助長也不是陛下這麼心切的，這才幾天沒見到阿元，就說出這樣笑話來。」又吩咐宮人取出新做的獅仙糖，賜給皇孫。

皇孫卻並不肯立刻上前，先悄悄偷看一眼定權的臉色，見他沒有異議，才搖搖擺擺走上前去，重新向帝后叩頭，低聲謝道：「臣謝陛下賞賜。」又向定楷行禮，問了五叔安好，這才伸手接過兩個獅仙糖來。皇帝把滿身侷促的皇孫抱在膝上，看了定權一眼，點頭道：「太子和太子妃都坐著說話。」

皇后伸出手逗弄皇孫頭上的小小髮髻，一邊笑道：「阿元的模樣，和太子小時候著實相像，也生得一頭的好頭髮。」皇帝輕笑一聲，把皇孫向膝上攬了攬，道：「朕倒覺得阿元比他爹爹生得要更好些。」低頭看著他吃糖的模樣，又伸手替他擦了擦嘴角，眼中喜愛無盡。

定楷在一旁收拾畫軸完畢，交付給王謹，走到定權面前，向定權行禮後方才落座，笑對定權道：「既然是陛下的旨意，臣來日定要煩請殿下為拙作點睛。」定權微笑答道：「陛下不憎臣筆陋，臣自當遵旨，五弟亦休太過自謙。」便就此緘口。定楷知道他這幾年人前謹慎，凡事不肯多言，也不再追問，轉而笑問皇帝膝上的皇孫道：「阿元怎麼吃了一只還要留著一只，這是想學陸郎懷橘[13]嗎？」皇孫張皇地望了定權一眼，捧著吃剩的一只獅仙糖手足無措，喃喃道：「五

13《三國志．吳志．陸績傳》：「績年六歲，於九江見袁術。術出橘，績懷三枚，去，拜辭墮地，術謂曰：『陸郎作賓客而懷橘乎？』績跪答曰：『欲歸遺母。』」吃到好東西想帶回給母親也嘗嘗，喻孝順。

叔，不是。」皇帝摸摸他的頸髮，笑讚道：「阿元是個孝順孩子。」將他放下，吩咐皇后：「妳帶著阿元到後殿走走，也讓他們給阿元洗洗手。媳婦也一同去吧。」皇后和太子妃忙起身，向皇帝告退，攜著皇孫一同離去。

閣中留下的定楷知道他父子有話要說，便也退出。皇帝看他走遠，方對定權道：「你近前來說話。」遂問了問供給邊關的錢糧數目，定權亦有一答一，如實匯報。皇帝無語良久，方按額嘆息道：「數十載民財，朝夕間罄盡。可知兵者凶器，聖人不得已方用之。」定權答道：「自古保境安民之師，皆仁義之師。先賢也曾說過，以戰去戰雖戰可也，以殺去殺雖殺可也。陛下心存仁德，懷柔天下，故出此嘆。在外將軍將士不敢惜命，在內臣子不敢瀆職，皆為報陛下天恩，陛下亦無須憂慮，當以保養聖體為要務。」

皇帝點頭道：「此事你辦得盡心，朕心甚慰。朕今日得到邊報，慕之後日便師出雁門，留河陽侯駐守長州，安排得也很恰當，內事外事，朕沒有什麼不放心的。只是仍需你費心操勞數月，以成此役。」邊事情態，定權早已經知曉，只是此時才得到皇帝正式照會，遂回答：「臣當盡心竭力，以佐前線。」皇帝輕輕嘆了口氣，只覺得此等官話寡淡可憎，又道：「阿元呢，叫他回來。」

太子攜妃乘輦離去，已近亥時。皇孫的手上仍捧著那顆糖，抹得太子妃一裙子上皆是融化的糖漿。太子妃笑問他道：「阿元這是帶回去要給良娣的嗎？」

皇孫縮在她身旁不作聲，他這般模樣，太子妃不免心疼，低聲對定權道：「適才娘娘還問起良娣的病來，妾只說娘娘賜下的藥良娣一直在吃，這幾日看著還好了些，人也能夠坐起來了，待再有些起色，就帶她同去給娘娘請安。」

見定權許久無語，似乎並未掛心，冷場了半日，也自覺出尷尬。遂又道：「娘娘還說起五弟的婚事來，說是再拖不得了，還問妾知不知道合適人選，說與她知道。」定權淡淡問道：「妳怎麼說？」太子妃道：「妾只說身居深宮，不知道外邊的事情。」又觀他臉色，這才放下心來，將皇孫攬入懷中，悄悄嘆了口氣。

直至定權返回閣內，定梁還逡巡不肯離去，正緣在他書案上胡亂翻書，見他入內，忙跳下地來叫道：「殿下。」又望望他身後，問道：「阿元呢？」定權一面自己摘卸冠帶，一面教訓他道：「他隨你嫂嫂回去了。你要坐便端正坐著，要站便規矩站著，剛才那樣子成什麼體統？」定梁沒等來姪兒，本已略感失望，此刻聽見兄長又說教，生怕他就此引申演義下去，忙打岔笑道：「殿下，二毛是什麼意思？」

定權向桌上望去，見攤著一冊《世說新語》，一冊《左氏春秋》，知道他問的是什麼，遂答道：「就是老人，頭髮花白，看上去是兩種顏色。杜注中就有，你就是不肯用心。」定梁點頭道：「那我知道了，就是陛下的樣子。」定權一愣，才想起皇帝鬢髮果然已經斑白，自己朝夕見他，反而失察。走到案前坐下，接過宮人遞上的巾帕，拭了拭手，信口問道：「你看得懂？」

定梁搖頭笑道：「不懂，還有好些字不認得。」他用手指了指書中幾個字，定權便一一與他解說了讀音意義，又將此節大抵的涵義敷衍說給他知道。定梁聽得似懂非懂，問道：「這個宋襄公說不傷害已經受了傷的人，不擒拿頭髮斑白的老人，不是個講仁義的好人嗎？殿下前幾日給臣講《孟子》，還說仁者無敵，為什麼宋襄公仁義，反而失敗？」定權隨手摸摸他的頭髮，道：「梁惠王的仁義，是給自己人的。宋襄公的仁義，不是給自己人的。」定梁又問：「那麼聖人說仁者愛人，自然是要愛自己的人，可是敵人是不是人，也還要愛他們嗎？」

他這麼發問，定權倒思量了片刻，方揀明白的話回答他：「聖人還說了以德報德，以直報怨，就是說對待敵人不必一味柔仁。」又想了想，明知道有些事情與這黃口小兒說不清楚，仍道：「其實聖人就是襄公的後裔，襄公說他的宋國是亡國之餘，就是說宋本是殷商之後。殷人最重禮儀守古法。中古之時，還不像現在一樣有馬鐙，可使騎士衝鋒陷陣，兩軍交戰多為車戰，所以軍陣尤其重要。你讀《國殤》，裡頭說『凌余陣兮躐余行，左驂殪兮右刃傷。霾兩輪兮縶四馬，援玉枹兮擊鳴鼓』。這講的就是楚國的軍陣被敵人衝散後，將士血戰的悲壯場面。上古中古有許多要求交戰雙方遵守的軍禮，譬如襄公說的『不鼓不成列』就是其中之一，在對方未結好陣營時，便衝擊對方軍陣，在從前的人看來，是既不講道義也不講信譽的。只是襄公之時，這條古禮已經無人願意遵守了。天下混爭，權變和偽詐之術屢出，襄公卻一定要等待楚人結好陣勢，方肯擊鼓出兵，以致誤了大好戰機，一敗塗地，自己也落得個千古笑名。」

定梁點頭道：「因為他是個食古不化，不知變通之人。」定權愣了片刻，道：「因為他不屑屈就時人之俗，堅信心中道義，自以為仁義之師，便可以所向披靡。明知道宋國羸弱，仍然不惜以卵擊石。」

定梁道：「殿下說的話臣不明白，殿下是說襄公說得對，還是子魚說得對？是襄公錯了，還是時人錯了？」定權攬他到身邊，一嘆道：「他二者皆無錯，只是你切不可學襄公。」一面將他翻亂的書籍整理好，囑咐他：「天色不早，我明日事務尚多，你也快回去吧。」

定梁點點頭站起身來，又想起一事，向定權笑道：「殿下案前的瓶子，當是一對，為何只剩下一只？」定權隨他手指方向看去，是一只越窯祕色八稜淨水瓶，隨口答道：「以前摔碎掉了一只。」定梁笑道：「殿下單留著一只也不好看，不如就賜給了臣吧。」定權道：「這麼貴重的東西，你小孩子家要它有什麼用？又想拿去淘氣？」定梁想了片刻，忽答道：「臣想用它來供養佛前花卉。」定權不知他從哪裡生出的古怪念頭，又是好氣又是好笑，終是指著那瓶子對一內侍道：「你替郡王捧著，好生送他回去。」

第四十八章

終朝采綠

宮內人盡知，長沙郡王蕭定梁與皇孫雖為叔姪而年齡相仿，常相伴嬉戲，情誼甚篤。每每在宋美人閣內尋不見郡王之時，他必在延祚宮與皇孫作伴玩耍。此日亦不例外，定梁一早起身，先至東宮向太子妃請安，便攜帶皇孫和一干宮人，至御苑中遊戲至午時，才讓宮人引皇孫回東宮吃飯和午睡。不過片刻分離，皇孫卻依舊戀戀不捨，與定梁約定午睡後便再相見。

定梁好言安慰他兩句，將他打發走。回到自己閣中，草草吃了幾個點心，又馬不停蹄奔赴延祚宮，直到當日丟失竹馬之處方駐足。幾個跟隨他的宮人內侍並非延祚宮人，倒也不大清楚此處的禁忌，見他欲進入一處宮苑，自覺也當隨從，定梁卻轉頭吩咐：「你們就在門外守候，我片刻就回來。」伸手接過了內侍手中一路替他捧著的瓷瓶，挾在脅下，到底不肯聽人苦苦勸告，自己推門入內，想了想反手又將門閂搭上。徒留一干人隔牆嘆息，只怕他再惹出禍事來，卻要帶累自己受池魚之殃。

午後庭院空無一人，寂寂無聲。定梁繞過荼蘼架，穿過花徑，直步至簷下時，衣袍忽被牽扯，不由吃了一驚。回頭一看，卻是石山旁探生出的一枝胡枝子，牽扯住自己的衣角。便將瓷瓶放在一旁，伸手去解那花枝，最終雖然解除了桎梏，一時不慎，食指指腹卻被花刺誤傷。他也不以為意，便將指肚含在嘴中，一手提了瓶子逕自進入閣內。

閣內依然清靜，不見宮人往來之狀。定梁自記事起便未曾一人獨處，也不知這宮內還有這等安靜地界，不免覺得好奇。他原本打算苑內無人，從權到閣內再遣人通報，此時卻覺得情勢尷尬，若不告而入，恐是對主人不敬，若要求告時，卻又苦無舟楫。好在他年紀尚小，不過顧忌了片刻便洒然忘卻煩惱，一步步向閣內走去。

這只是東宮才人的居所，宮室並不寬廣，定梁從中堂穿過，一路未遇阻礙，便逕向東閣走去。東閣內用截間格子復又分出內外兩層空間，入室便可見中牆上高懸著一幅水月觀音立軸，不免駐足一觀。畫中觀音白衣加身，瓔珞繞頸，赤足站立於蓮座之上，低眉垂目，以觀足底水中之月。寶相於莊嚴慈悲之中，又帶三分溫柔，稍類世間女子。

其前不設香煙，只有小几上一只定窯白瓷瓶，斜斜插著兩枝苑內花草。定梁生母閣中亦奉觀自在寶相，卻不同於此處，他只覺得這位觀音似乎更加可親可近一些，便又多看了兩眼，才越過格子進入內室。

內裡陳設亦頗為簡樸，一張湘妃竹榻依牆而設，三面環著枕屏，屏上素白，無書無畫，上垂帷幄，此外不過臨窗有一几一案而已。當日的美人依舊一身綠衣，手腕上掛著一柄象牙柄的團扇，背向閣門獨自閒坐，正在案前擺設棋子，此刻聽見有人聲入內，亦不回頭，只是問道：「夕香，妳怎麼起來了？」

定梁手中持物，不便見禮，只得一躬身應道：「顧娘子，臣送新瓶過來。一路上未曾遇見宮人，未經通稟便擅入，請娘子不要怪罪。」顧才人雖認錯了人，卻並未顯露十分驚訝的神態，聞聲起身，向他輕輕一拂還禮，微笑道：「小將軍信近於義，使人感佩。」接過他手中瓷瓶，亦不多看，隨手擱置在一旁。又見他額上有汗，遂行至一旁几邊，親手斟了一盞白水遞給他，致歉道：「內人皆在晝寢，不及烹茶待客，小將軍勿怪。」雖是敘說此等尷尬情事，神情卻甚是自如，並無絲毫赧顏之態。

她說話行事與周遭之人大不相同，卻絕不是像那宮人口中所說的神志昏昧，定梁心中不由更加好奇。連忙點了點頭，向她道謝後接過水一口飲盡，一眼看見那案上棋盤，已經排列著半壁黑白之子，想是棋譜已經擺到了中局，正到不可拆解的關節。

他近日初習此道，看見了不免技癢，遂指著棋盤笑道：「娘子若不嫌棄，臣陪娘子一博可好？」顧才人不置可否，看了他一眼，微笑道：「只怕門外等候之人心焦。」定梁笑答：「不礙事，我是一個人溜出來的，別人不知道。」顧才人也不去揭破他這謊話，含笑指指棋座對面，道：「如此便請賜教。」

其時天方入秋，閣內的窗格卻仍按夏日習慣未鋪設窗紙，窗外竹簾也依舊高高捲起，午後和風陣陣入室，窗下的花枝沙沙搖擺，棋盤上花影與日影重疊縱橫，一室內皆是清通秋氣。兩人一方拾黑，一方拾白，各自將棋子重歸入篋。定梁便先手揀了黑子，顧才人也不推讓，看著他在棋盤上先落了一子，才執白跟隨。

定梁本來初學，棋力不是餘人對手，但平日與人對弈，旁人不免委屈用情，雖然最終是輸時多贏時少，總也是互相都走過百步，不算十分難看。顧才人卻沒有半分婉轉回環情態，連刺帶撈，不過數十手，白子便已將黑子封死。定梁細細察看局勢，自己已經走投無路，又不甘就此認輸，絞盡腦汁想要再拖得一時片刻，卻又苦於無計可施。

舉棋不定延挨半日，再抬頭去看她，見她正輕輕搖著團扇，目向窗外觀看婆娑花影，眉宇之間如這秋息一般清明平和，不可睹勝負之心，鬢邊碎髮隨扇風輕輕擺動，而那手腕潔白，竟與扇柄無二。定梁雖然年紀幼小，卻也知道此景靜好，不知何故，臉上微微一熱，將手中棋子投還篋中，告饒道：「是臣輸了。」

顧才人起身施禮笑道：「小將軍承讓。」她已有謝客之意，再留未免顯得面皮太厚，定梁也起身還禮道：「叨擾了娘子，臣這便告辭。」顧才人點頭笑道：「小將軍請遄行，只是妾還有一語奉告。請將軍以後勿再涉足此地，亦請勿將今日之事告知他人。」定梁思想前後情事，自以為得解，道：「臣絕不敢妨礙娘子清譽，就此告退。」顧才人搖頭笑道：「非是此話，此事無傷於妾，只恐無益於將軍。」

說話間，窗外風聲大作，便聞嘩嘩作響，似有書頁翻動之聲，卻是顧才人案上幾張紙未用鎮紙鎮好，被穿堂風吹落到了地上。定梁連忙俯身幫她撿拾，不經意間看到其上文字，心中不由大感訝異。顧才人卻似並不欲他細看，伸手接過紙張放回書案，笑道：「正如將軍所言，林下確是多有悲風。」

定梁愣了片刻，忽然答道：「林下有風，卻不是悲風。」顧才人微微一怔，忽用團扇蔽面，咯咯笑了起來，雖不可顧見她臉上神情，但眼角眉梢卻甚顯愉悅。定梁忽想起適才石山邊迎風擺動的那枝婀娜秋花，一時不由看得有些怔忡。見她直笑了半晌方移開了扇子，道：「多謝將軍。」

定梁逗得美人展頤，心中大感得意，轉過身便向閣門外跑，及至門邊，又想起一事，便又折回。顧才人見他回轉，詫異問道：「小將軍可是遺忘了什麼東西在此？」定梁朝她一拱手道：「臣想起一事頗為失禮，還未報與娘子知道。」顧才人挑眉問道：「何事？」定梁道：「我叫作蕭定梁，梁木之梁。」顧才人含笑點點頭，道：「妾知道了。」

看著定梁終於走遠，顧才人這才又捧起他送來的那只淨水瓶，默默看了片刻，走至外室將佛前供瓶替換了下來。見置瓶處略有塵埃，便取巾帕輕輕拂拭而去。又從院內剪了新鮮花枝，插入瓶中，這才重新入室。

定梁出了顧才人的閣子，也不回別處，順路又去尋找皇孫。皇孫早已醒來，正坐在閣外玉階上等他到來，兩人帶著失而復得的竹馬，到後苑嬉戲了半日，直到日影轉低，定梁才忽然記起一樁要緊事來，越想越不安心，忙對皇孫道：「阿元，我要先回去了。」

皇孫極為失望，扯住他玉帶問道：「六叔到哪裡去？我也要一同去。」定梁將竹馬遞給他，解釋道：「殿下叫我寫的字，我還沒有寫，我怕他今日要查看，須得趕緊補上。阿元先回到你娘身邊去，六叔明天再來陪你玩。」說罷轉身匆匆跑開。事情既然與父親有關，皇孫也不敢再多作言語，癟著嘴跨在竹馬上，悻悻地由宮人領回。

果然不出定梁所料，晚膳過後，太子閒來無事，便要查問他近日功課。定梁剛剛惡補完畢的幾頁仿書，其間不免夾雜著一二濫竽充數之作，此刻交了上去，心中忐忑，站在一旁偷偷觀察定權面上的神情。見定權翻了兩頁，眉頭微微一擰，心知大事不妙。他雖然年紀不大，君子不立危牆之下的道理卻還是懂得的，眼看著太子翻動案上書冊，似是要尋找什麼東西，連忙躡手躡腳便往閣門口躲閃，還未走得兩步，便聽定權喝道：「你站住。」

定梁避秦未成，停住腳步，低聲求告道：「殿下，臣知錯了。」定權哼了一聲，也不責罵他，道：「伸手。」定梁嘿嘿一笑，好言道：「哥哥，這次就饒了我吧，我這就回去重寫。」他這套把戲，定權見得已多，此刻嗤之以鼻，指著紙上幾個字，問道：「我記得你前幾日就說字都已經寫完了，這急就章又是怎麼回事？」

定梁仔細權衡兩項罪名的深淺，忙避重就輕道：「臣絕不敢欺君，只是寫字的時候心不在焉了。」想了想，又扯起大旗道：「哥哥還曾經說過，書三寫，便魚成魯，虛成虎[14]，這樣的過失也在所難免，我下次一定小心。」定權不聽他插科打諢，只是抬抬下頷，示意他站近。定梁知道他平素脾氣，也不敢再多作違拗，慢慢延挨到他身邊，伸出了左手。

定權提起戒尺，重重在他掌心擊打了幾下，將尺子扔在一旁，吩咐：「你就在此處寫，再寫不好，一併再罰。」定梁既挨了打，又要重新仿書，只覺滿心不平，提起筆來伏在案上寫了兩三個字，自己也覺得不甚美觀，又急又怕，不由鼻中一酸，將筆擱置一旁，道：「殿下，臣不想寫了。」定權正隨手翻著手中冊頁，全無理睬他之意，待他自覺無趣，又提起筆來寫完一頁紙，才開口問道：「說什麼？」

定梁道：「唐楷拘束無趣，臣想學金錯刀。」他又提出此事，定權遂將冊頁放下，解釋道：「你年紀尚小，手腕無力，當從基本學起，將來書道方不至於成為空中樓閣。等你寫好了這筆字，我看看你究竟是什麼材料，屆時再說。」定梁又遭拒絕，心中不滿，撇著嘴委屈道：「殿下寧可教給外人，也不教給我。」

定權突聞此語，慢慢變了面色，狐疑問道：「你這話是什麼意思？」定梁不慎說漏了嘴，忙掩飾道：「沒有什麼，臣這就重新寫。」定權望他良久，又問道：「你還曾見何人寫過這字？」定梁不解他為何定要在這等小事上不依不饒，

14 晉葛洪《抱朴子．遐覽》：「書三寫，魚成魯，虛成虎。」指手寫時常會出現錯誤。

但見他面色威嚴，頓生畏意，搖頭否認道：「臣就是信口雌黃，臣並沒有見過。」

定權也不再理會他，陰沉著臉向左右吩咐：「這幾日跟著長沙郡王的人，即刻都去給本宮找過來。」他待定梁素來親善，未曾在他面前如此作色過，此刻定梁見他鼻翼兩側已牽扯出兩路深深騰蛇紋，知道他定是怒到極處，又見他身邊內侍奉旨便要去拿人，深知此事不可隱瞞，一時也嚇壞了，愣了半晌方哭道：「殿下不必去叫他們，臣說……臣……」啜泣半晌，不知如何開口時，忽聽定權一聲斷喝：「說！」嚇得口齒也清爽了，道：「臣是看見殿下的側妃顧氏寫的字，與殿下有幾分相似處，這才胡說的。」

定權聞言，前後細細思想，方心中稍解，卻仍覺氣不打一處來，斥責他道：「你跪下。你平白無事為何會去那個地方？」定梁撩袍跪倒，擦了把眼淚道：「臣真不是有意的。」遂將失卻竹馬之事以及還瓶之事一一據實說出，他口角本伶俐，三言五語倒也把前後委屈說得清楚明瞭。

他小小年紀，行事如此匪夷所思，定權陰沉了半晌面孔，方又問道：「你跟蕭澤鎮日廝混在一起，他可也跟著你去了？」定梁忙替他撇清道：「阿元膽小，他真的不曾去。」定權冷笑道：「你的膽子卻是不小。」定梁偷窺他臉色，已不似適才駭人，遂大著膽子問道：「臣只是無心，殿下為何要這麼生氣，又從不許旁人去見她？」定權不願與他多談此事，亦不願他再次去見那人，攪入這趟渾水，只道：「她有惡疾，是以將她幽隔。」此言難以服人，定梁搖頭道：「臣也與她說過幾句話，她根本就沒有病。」

定權無語半晌，皺眉問道：「你都跟她說了什麼？」定梁細細思想，便用春秋筆法，把與顧才人對弈一事隱去不提，將餘下兩人言語大略告訴了定權，直說到「林下有風」一句，定權終是惱怒與好笑交集，忍無可忍，開口訓斥道：「你這些混帳話都是從哪裡學來的？」定梁手指著他案上的幾冊《世說新語》，道：「是從殿下這裡——臣是前幾日才從殿下的書裡看得的。」定權只覺得自己弟弟刁鑽至極，也想不出該拿他如何是好，只得正正臉色繼續問道：「那人還和你說了什麼？」

定梁無端跪了半日，又被他審賊般鞫讞，心中也不免鬱結，忽然答道：「沒有什麼了，她一句話也沒問起殿下來。」

定權不知他這一語又是從何而來，被他堵得一句話也說不出來，結舌半日，低聲喝道：「你跪端正了說話。以後除了你嫂嫂那裡，其餘娘子閣中，不許你再涉足。若再有這等事讓本宮得知，本宮絕不輕饒你。」

定梁雖不知今夜的無妄之災到底為何起源，察看太子神色，卻絕不似與自己玩笑，只得低頭老實答道：「臣謹遵殿下令旨。」

第四十九章

樹猶如此

回雁山南腳下有河渠，面向長州，夏季水沛，冬而枯涸。長州守城將士及戰馬的夏季飲水皆出自此渠，到了冬季便要從回雁山上鑿冰融水飲用。秋至前後，正是河水最豐沛之時，是以餘處塞草漸黃，唯有河岸上的草木得到水氣滋榮，猶懷一絲欣欣夏意。

河陽侯顧逢恩常於此處親自飲馬，那是蜀馬中難得的高駿，體色黑中現紅，兩耳如同削竹般豎起，一雙眸子炯炯有神。在溼潤的河灘上，河陽侯通常緩緩地鬆開馬轡，仔細地檢查坐騎的牙齒，這才撫摸著牠茂密的鬃毛，與牠一同走向清淺水邊。

或有知情者知曉，河陽侯如此鍾愛此馬，一來因為此馬確實駿勇，河陽侯已數次憑藉牠腳力在沙場上脫險，一來卻大約是因為此馬委係太子饋贈。太子一向絕少與其二兄交往，唯有顧逢恩離京當年，他親自作書給身在蜀地的二兄，請他尋覓良駒，更不惜耗費千金將幾匹萬里挑一的駿馬運送回京，再加擇選，這才使人送入長州。當年同入長州的幾匹川馬已或老或傷，只餘此馬仍當壯年，隨著主人四方奔馳，未曾稍離。

河邊開出的輕盈荻花在秋風中瑟瑟抖動，低伏出一片與四周景象格格不入的動人淡紫。來自回雁山北的風同樣拂動了駿馬的馬鬃和河陽侯兜鍪上的紅纓，並帶來了馬匹汗液和沙土的氣息。顧逢恩隨手拔下一枝荻花銜在嘴中，眼望著遠方天際若有所思。戰馬自己飲足了水，抬起頭來用耳朵輕輕地磨蹭主人的臂膊，提醒他或可離去。

與顧逢恩同來的同統領走上前去，替他重緊馬腹下的鞍帶，抬起頭來問道：「將軍在看些什麼？」顧逢恩將荻花逆風用力甩入水中，指著回雁山山頭道：「你看山外的天空，是青黃之色？」同統領點頭道：「應當是塞外又要起風了。」顧逢恩點頭道：「山南蘆葦低伏，山北怕已無立草。風向我軍來襲，只怕前線行軍多有不利。」同統領微微蹙眉，正待開口勸慰，忽聞馬蹄踏動塞草的窸窣聲大作，顧逢恩麾下的另一名同統領策馬已向河邊趕來，忙招手喚他道：「將軍在此，你有何事？」

那人馳近，翻身下馬，手不及離韁，便向顧逢恩匆匆施禮報道：「將軍請速回城內，劉副統領因分發糧秣一事與承部起了齟齬，現在兩方各有近百軍卒在東城門前相持不下，互相擠打。」長州城內守城軍士雖說同為國朝效力，但顧氏舊部對承州都督李明安奉旨代庖的行徑一直不滿，私下裡仍稱其屬下為承部，顧逢恩矯正數次未果，只得隨他們信口亂叫。

李明安的承州舊部自靖寧三年春進入長州，至今已將近四年，明裡同受主將顧思林的指揮節制。但個中曲折情事，人人都心知肚明，是以承州舊部一直跟隨李明安駐守於長州東北城下，而顧部則隨顧逢恩駐守西北城下，兩方各據地勢勾心鬥角，平日少相往來，雖然士卒間偶有口角之爭，像今日聚眾擠打之事卻未曾有過。顧逢恩連忙翻身上馬，向長州東城飛馳而去。餘下兩人互看一眼，也連忙打馬跟上。

東城門內果然正是一片亂態，因所著軍服一致，士卒嚷打廝混在一處，也難辨究竟是何將之兵。金色粟米散落一地，復有一干閒人圍在四周，規勸者有之，高聲叫好者有之，遠觀指點笑樂者有之。顧逢恩勒馬遠駐，看了片刻，皺眉問道：「李帥安在？」同統領答道：「李帥今日進內城公幹，尚未回歸。」顧逢恩點點頭，驅馬上前，勃然作色道：「如此嚷鬧，成何體統！」

他一動怒，無人不懼怕，廝打作一團的數百人立刻散開，分列於城門兩旁。顧逢恩策馬從中緩緩穿過，見一旁是以劉姓副統帶為首的顧氏舊部，一旁卻是以糧秣官為首的李氏舊部，心中已大體知曉今日事態，回馬問道：「挑起事端者是何人？」劉副統領已經打得鼻青面腫，在他馬前單膝跪倒回道：「啟稟將軍，糧秣官分糧之時，與我部下的斛中只有八分。這等貪墨軍餉的勾當，屬下心中自然不服，跟他理論，誰想他仗著人多勢眾，廝打屬下。」

顧逢恩轉向糧秣官問道：「你又有何話說？」糧秣官答道：「下官實在冤枉，用斛盛黍米，搬運間難免有失漏，副統領怎麼就說下官存心刻意？」他話尚未落，立刻有人嚷了起來：「一派胡言，又不是竹簍盛米，還會漏去不成？怎麼分發給你部下的米，就沒有失落了？」顧逢恩一眼掃去，語者便不敢再多口。

顧逢恩忖度片刻，冷笑道：「我聽不懂什麼叫作你部下我部下的話，還要煩請賜教。」眾人皆不敢言，顧逢恩又斥道：「爾等皆是吃朝廷米糧，皆是為天子效力，不過於此間所司各有不同而已，怎敢行勾連營私之事，嘵嘵妄談你我？」劉副統領不敢與他辯駁，雖然心中不服，只得答道：「是屬下一時說錯了話，屬下知罪。」

顧逢恩用馬鞭指著他營下士卒冷笑道：「只怕你不光說錯了話，更辦錯了事。你駐守西城，來此領俸與人口角，這些助陣之人又是怎麼過來的？是誰叫回去透風報信來此聚眾滋事的？還敢說惹事者為他人？如此妄為是非，挑撥軍士，我豈能容你？」遂喝令左右道：「按謗軍之罪，推出斬首！」

周遭人等見他回來，不管青紅皂白，不問元凶，卻只糾結些少言語間過錯，便要先斬己方將官。雖然副統領只是偏裨軍校的末級之人，眾將仍然感到大出情理之外，連忙圍上前去求告：「副統領乃無心之過，且念起跟隨將軍多年，還望將軍留情。」

顧逢恩以手按劍道：「正是他隨我多年，明知我帳下法度，卻仍敢違拗，我今日才不能留他。爾等再多口舌，與他同罪！」他雖然素來治軍極嚴，似今日這般作態卻是鮮見，幾人見他目中神色甚是陰鷙絕情，知他言出必行，便無一人再敢多言，只得眼睜睜看著副統領大呼冤屈被帶下，不時返回來的便是一顆首級，淋漓鮮血如那粟米一般，於城門黃土塵埃間灑落了一地。

顧逢恩據於馬上，望了那頭顱一眼，方以馬鞭復點他營下士卒道：「無論首從，一律杖二十，以儆他人效尤。」又對李氏部卒道：「爾等在家之時，也皆為耕作之人，應知稼穡辛苦。且朝廷將軍糧運於此間，所耗人力、財力又豈非出自爾等父母兄弟？爾等何敢忘本，將民脂民膏胡亂拋灑？今命爾等將散落米粒一一拾起，以贖罪愆。」這才對那糧秣官一拱手道：「本將治下不嚴妨礙公務，待李帥回來後，本將自當親自負荊前往請罪。」說罷一鬆轡頭，策馬踏著鮮血，逕自離去。

前去向他報信的同統領與劉姓副統領素來親厚，今日累他喪命，心中頗是過意不去，跟隨顧逢恩回到中軍帳內，一路低頭不語。另一同統領卻約略知道顧逢恩的心思，向營中各處轉了一遭，回來向他報道：「外間行刑已畢，東門邊的米粒也都已撿乾淨。」

顧逢恩點頭道：「他們可有怨懟之詞？」

同統領知道他問的是哪方，遂答道：「劉副統領一向待下寬厚，士卒中確有怨言，只不是對將軍，卻是對李帥。」顧逢恩問道：「他們怎麼說？」

這位同統領本與顧逢恩親近，說話遂也並不遮攔，一五一十都報道：「他們說顧將軍駐守長州多年，軍中從未有過這等事情。偏偏李帥依仗上恩，在此地作威作福，連小顧將軍都不得不讓他三分。事情發了，他倒縮頭烏龜一般躲了起來，累得小顧將軍自斬了愛將不說，還要登門給他賠什麼罪，去受他那番惡氣。」

顧逢恩聞言，偏首看了一眼一直立於帳下的同統領，嘆氣道：「將軍這才離去數日，長州便亂起蕭牆，此情若叫陛下得知，我身為督軍便難脫其罪。李帥監察，是陛下欽命，我不得不委屈避讓，只是帶累了帳下部將，心下甚是不安。」又招手命他近前，吩咐：「你去將他厚葬，他家中老小贍養之用，皆從我俸祿中領取。」見他謝過出帳，才又吩咐差人去城內府中取便服，帳中的同統領不解道：「將軍果真還要親去賠罪？」

顧逢恩行至他身邊，一手按在他肩上，道：「你是我從京中帶過來的，也讀過書，有些道理跟他說不清楚，你卻能夠明白。我只疑此事還有下情。」頓了片刻，又笑道：「還有，你豈不記得寤生與叔段故事[15]？」

李明安雖是臨時寓居長州，其寓邸卻整葺得頗為可觀，所用器物陳設，皆數倍豪華於顧逢恩的居所。此夜顧逢恩聽說他已回歸，遂更衣前往，坐騎不慣他衣衫氣息，一路皆在彆扭驕嘶。

顧逢恩被引進室內，李明安尚未出現迎客，其壁上既然懸著幾幅時人字畫，遂背手一一賞玩，見多落的是一個華亭陸字款，也不知究竟是何人所畫，自然也並不曾見顧思林所說的那幅青綠山水。

15 出自《左傳．鄭伯克段於鄢》。鄭莊公寤生為了擊敗弟弟共叔段，先予後取，故意放縱他各種不法行為。

李明安悄然入室，舉手阻止了軍卒的通報，默默上下打量顧逢恩，見他此刻並未做軍旅打扮，頭戴飄巾，著一襲尋常白襴袍，腰繫條帶，亦不攜帶佩劍，倒是忽然想起十餘年前在京中與他數次相見時的情景，這才笑道：「河陽侯好雅興。」

李明安於此間的身分尷尬，按理說顧逢恩督軍，他奉皇帝之命協理糧草一事，當屬顧逢恩部下，只是仍兼著承州都督，這就又與顧逢恩職務相當。而且無論論年紀還是資歷，他皆是顧逢恩長輩，是以兩人見面，常是顧逢恩主動施禮。此時顧逢恩驚覺轉身，也如常一般，拱手行禮道：「末將見過都督。」

李明安笑著還禮，上前托他起身，道：「今日事情我都已經得知，也已經處置了那個生事之人，還望河陽侯切勿見怪。」

顧逢恩道：「這是末將御下不嚴之過，此刻前來，便是特意向都督請罪。」

李明安邀他坐下，又命人奉茶，擺手笑道：「請罪不請罪的，河陽侯言重了。大軍駐紮於此，人事紛雜，此等事情本也在所難免。」一邊替他布茶，一邊又笑道：「本將的意思是，既然河陽侯已按軍法處置妥當了，想來日後也無人再敢滋事生非。如今大戰在即，天心操累，此等小事，便不必上報去攪擾陛下，河陽侯意下如何？」

顧逢恩笑道：「都督既有拳拳愛君之心，末將自當隨從，敢稍落後？」

兩人相視一笑，顧逢恩又誇讚道：「好茶，都督不愧儒將一稱，據此邊鄙，諸事仍不失高雅風度。就是這幾幅畫卷，也皆為高標之作，末將記得都督一向於書畫上頗有造詣，這等佳作中可有都督手創？」

李明安拈鬚一笑，答道：「自落此塵網樊籠，早已忘了從前樂好。這幾幅畫皆是過去同年所贈，我羈旅無聊，也將它們從京中攜來，不過做睹物思人的意思罷了。」啜了一口茶，又笑道：「只是說起風雅，本將不及河陽侯多矣。若是本將沒有認錯，河陽侯這衣上熏香，是龍涎吧？」

顧逢恩微微一愣，復拱手笑道：「末將慚愧。我自入行伍，過往諸般舊俗皆已改變，唯有這點富貴做派，便是家父數落了多次，也未曾扭轉。」

李明安望他笑道：「此事我亦有耳聞，據說當日顧將軍正在訓諭三軍，忽然不知從何處隨風傳來一陣香氣，將軍怒道：『駐軍於外，何人膽敢私藏婦女於軍中？』眾將官面面相覷，良久才有人答：『這是副統領麾上氣味。』眾人不禁為之絕倒。」

顧逢恩思及往事，亦覺好笑，道：「家父當時勃然大怒，斥我身為軍人而為此態，便是亡國之兆，當著眾人面打了我四十軍棍。從此我便再不敢在麾鎧上熏香，只是這私服上面，家父也管不了我了。」

李明安呵呵大笑，道：「河陽侯可知，令尊初入行伍之時，人皆謂之『馬上潘安』。待及河陽侯，又有人以高長恭喻之。父子兩代，將門有將，倒也尋常，只是皆有此等美名，流傳後世，想必定是佳話。河陽侯這點富貴做派，異日未必不與金丸擲果[16]同成美談。」復又搖頭嘆道：「可惜前年一役，叫流箭傷了河陽侯面頰，當時便有人慨嘆，蘭陵王征戰，不戴假面卻果真不成。」

他言語間於顧思林似有譏刺之意，顧逢恩淡淡一笑，道：「高長恭乃是短命之人，終被其弟所傷。不敢相瞞，這個諢號末將倒也聽過幾次，每每都覺並不十分恭敬。用高長恭來比本將倒也無妨，只是如此推論開來，豈不是要用後主高緯來應對當今東朝？這實非臣下本分該論之道。」

他轉口說到太子身上，李明安不由一怔，細細思想也覺得自己言語稍顯孟浪，忙起身謝罪道：「本將只是聽到人言，信口轉述給河陽侯，斷無不臣之心，還請河陽侯見諒。」

顧逢恩亦起身還禮笑道：「本來是末將不會說話，都督萬勿見怪。」

一盞茶盡，顧逢恩便也不再久留，推說要巡城，便辭了出去，李明安直送他到門外才折返。一直侍立在一旁的副將見他返回，坐下與他說笑道：「末將從

16 指名美男韓嫣和潘安。《西京雜記》：「韓嫣好彈（彈弓），常以金為丸，所失者日有十餘。長安為之語曰：『苦饑寒，逐金丸。』京師兒童每聞嫣出彈，輒隨之，望丸之所落，輒拾焉。」《晉書》：「岳（潘安）美姿儀……少時常挾彈（彈弓）出洛陽道，婦人遇之者，皆聯手縈繞，投之以果，遂滿車而歸。」

未見過河陽侯這身打扮，倒像是個秀才官兒。」

李明安回想前事，也覺人事大異，道：「從前我還在兵部，一年春暮與同年同遊南山，一為射獵，一為會文，也有人約了他同去。他詩文作得怎樣我倒記不清楚了，只記得眾人圍爐而炊之時，廚下要宰殺剛捕到的小鹿，他人皆興高采烈等食珍味，唯有他一人在旁以袖掩面，說：『見其生不忍見其死，聞其聲不忍食其肉。』果真到了最後，炙鹿肉他一塊都沒有吃，我們回去之後，還一直在取笑顧思林怎會生養出這樣的兒子。如今看來，瞉於菟[17]未入深林爾。」

那副將雖聽不懂「瞉於菟」為何意，卻知道並非什麼好話，搖頭道：「看他如今的樣子，末將實在是想像不出來。」

李明安笑道：「你哪裡知道他當年的模樣？生得便如好女一般。我們私下說句僭越的話，便是與東朝也有四、五分的相像。」

那副將道：「聽將軍這麼一說，末將倒想了起來，聽聞先帝曾謂顧家一庭為芝蘭玉樹，可當真有此事？」

李明安冷笑道：「確是一庭芝蘭不錯，只可惜生在了大門口。」

17 音購屋兔，古楚語。於菟是老虎的別名，瞉為餵養奶水。指被老虎養大。

第五十章

謝堂燕子

果如顧逢恩白日飲馬時的憂心，是夜風過回雁山，南面河水衰竭，塞草在一夜間枯黃，長州正式迎來了靖寧六年的秋象。李顧兩人在為夜風吹亂的油燈下，各自奮筆作書，又各自遣人攜入京城，卻果如約定一般，各抱一分拳拳愛君之心，皆未向天子吐露此等大軍駐紮時難免發生的瑣屑小事。

殷殷雨意比雨水率先來到秋日的京城，已在禁中盤踞了數日。如果說禁中別處的雨意是來自久熏不乾的衣裳，簷下嘶啞的鐵馬，芙蓉塘外的輕雷，那麼東宮的雨意卻是來自殿下的白玉石階。秋雨陰冷的潮意伴隨著地氣，催生出春夏皆不可見的青苔，薄薄覆蓋了延祚宮階腳間的縫隙。青苔的溼潤綠意四散開來，滲入底層石階上細如髮絲的裂痕，而雨意便透過這些如有生命的綠色髮絲，穿過宮人們的絲履，至於足底，至於心中，使人的心情也變成陰鬱的碧綠色，一樣溼漉漉地向下垂墜。

這幾日長沙郡王被文債所累，不能時時與皇孫作伴，皇孫最大的樂趣便是在階下等他之時，伸出一根小手指去戳地縫中生出的綠苔。苔蘚是柔軟的，卻似乎又蘊含著無限的剛強，只要撤回壓迫，它們最終都會回復原狀。這樣單調的遊戲，皇孫常常獨自玩得不亦樂乎。

梳妝完畢的太子妃謝氏一步步走下玉階，看了他小小的身影片刻，這才上前去，站在他身後，溫聲問道：「阿元又在等你六叔了嗎？」皇孫連忙起身，低著頭喚道：「娘。」太子妃取出自己的巾帕，替他擦了擦被苔蘚染綠的手指，笑道：「你看，又來弄這些髒東西，娘說了多少次了。」又吩咐：「快帶大哥兒回閣去更衣。」

看到宮人攜他離去，她這才回過頭來，拉下臉斥責服侍皇孫的幾人：「我囑咐過多次，大哥兒年紀還小，正是喜歡四處玩鬧的時候。你們就是不肯用心，這骯髒東西抹在手上也就罷了，豈不聞病從口入，飲食時若有個不慎，被帶進腹內，再引起疾病，看你們如何擔待！」幾人皆跪地低首不敢言語，好在這邊皇孫已經換好了衣裳，被人抱出閣來，太子妃攜了皇孫和一干人等向東苑而去，幾人方敢起身。

良娣吳氏是皇孫生母，分位在太子妃妾中僅次於妃，所居宮室規制與所食俸祿也僅次於妃。進得門來，偌大的庭院中滿園雜花蔓草，因為主人慵懶，素日缺少整頓，生長出一派繁華氣象，池館間的蕭索之意便也隨著這無心打理的繁華四下蔓延，反比外間更顯秋意。

兩個宮人長日無聊，正站在簷下閒話，其一道：「今年這燕子築巢築得草率，燕泥只管一塊塊向下落，前日我路過這裡，好巧不巧拍了我一頭，只得又回去洗浣了半晌。不如幾時找根竹竿把它挑了了事。」其一道：「我奉勸妳休做這樣不積德的事情，那老燕是帶著兩個雛子走了，明年春天還要回來的，到時找不到歇落的地方，不傷了牠一家的心？」

先言者冷笑道：「知道妳是菩薩心腸，只是那燕雛今年早長大了，嘴角的黃兒褪了，腰腹也白了，羽翼也豐了，妳道牠當真明年還會回來？」正說著一眼看見太子妃帶著皇孫進來，忙推擠同伴道：「妳快進去告訴一聲，娘娘來了，我去迎候，免得又像上回一番好口舌，說我們只會偷懶。」一面已經繞過滿園花草飛奔向門前去了。

吳良娣聽說太子妃前來探視，在榻上掙扎著也想坐起來，被太子妃連忙一手按住，道：「我只是帶阿元過來看看妳，妳這樣的身子，還跟我多什麼禮？」又轉身吩咐皇孫：「阿元還不快和良娣請安？」

皇孫便走上前半步，伏在她榻前磕了個頭，道：「臣蕭澤給吳娘子請安。」

吳良娣忙道：「大哥兒快請起來吧，這地上溼冷，千萬別著了地氣。」又想吩咐宮人去取些蜜餞果子來給他，卻又不知閣內所存果物是否新鮮，他是否愛吃，吃了可合適，便索性閉口不言。

太子妃在榻前坐下，將皇孫攬在懷中，問道：「這幾日有些溼氣，天也冷浸浸的，本想著請殿下的旨意，在妳這裡先籠個炭盆，又怕水氣太重，打在炭上，生起了炭氣來，反而於妳不宜，倒不如還是夜間多添兩件寢衣吧。」

吳良娣忙推辭道：「不必了，我很好。」只說了幾個字，便覺得氣堵，扭過頭去，掩著被子咳了半日。

太子妃情知她並非失禮，只是怕病氣沾惹到皇孫，暗自嘆息，又問她的近身宮人道：「良娣吃的參還有嗎？吃完了只管差人去問我要。」宮人回覆道：「還有三、四支，娘子一直在吃，今日氣色比往常也好了些，白日裡好的時候也能靠著坐一時半刻。」

她因適才一番咳唾，兩顴上已泛起一片潮紅，更襯得臉色蠟黃，太子妃想起數年前幾人譏笑她「施粉太白，施朱太赤」一語，心下微覺惻然，又尋好話安慰了她幾句。吳良娣卻只是搖頭道：「娘娘對我一片情義，我早已心領。只是這病我自己心裡也清楚，大概是撐不到明年燕子回來的時候了。」太子妃勸道：「妳久病不走動，才會整天亂想。只不過是我說妳，妳總抱著這樣心思，便吃到了仙藥，又有什麼作用？」

吳良娣嘆息道：「我原本是草芥般卑賤之人，一步登天本已該折壽。又蒙娘娘不棄，施大恩於我，我眼看著皇孫長成，今日就是去了，也算不得有恨事了。」此次見她，她嘴中盡是不祥之語，太子妃也暗覺心驚，遂岔開這話柄笑道：「說起阿元，陛下前些日子還誇他小小年紀就聰明孝順，疼愛得不行。妳稍有些心氣，也該看著他再長大些，到時母憑子貴，也不枉妳為生他落下的這一身病。」

她這句話，吳良娣卻只聽見了前半，眸子裡也微微聚起些光來，呆呆地看著皇孫，眉眼間無限溫柔，半晌才道：「這都是依仗娘娘的恩德，妾心中銜感不盡，只能等到來世做牛馬報取了。只是還請娘娘恕罪，妾現在覺得身上有些乏了。」太子妃點點頭，起身道：「只管說話，勞累到妳了。妳安心好好休養，我過幾日再帶他來看妳。」吳良娣於枕上微微搖頭道：「不必了，久病之人住的地方，不好總教皇孫下顧，只怕會折了他的福氣。」

太子妃也不知再當說些什麼，只得仔細囑咐了她身邊宮人好生服侍一類的話，又道：「到了明年春上，也該好好把這園子整頓整頓，草木生得太盛，擋了太陽，病人照不到陽氣，心中豈能順暢？」

吳良娣依枕看著她帶著皇孫離去，半日突然問道：「妳們看大哥兒是不是長高了一些？」氣息微弱，周遭並無人聽見。她不得答覆，便將目光轉向枕畔的一只小小紅木匣子，嘴邊慢慢掛上了一個淺淺笑容，帶出頰邊一個若隱若現的漩渦，倒如做少女時一般清新動人。

太子妃去遠，時間也應當近午，只是天色陰沉，無可分辨。適才簷下兩個宮人到後堂去為吳良娣煎藥，見四下無人，又低低閒話道：「我看娘娘對咱們娘子也算是一片真情了，娘子病了這幾年，起先倒還好，到後來看娘子好不起來了，別處閣子便連鬼影也不曾再過來一個。」

要挑燕巢的那位宮人冷笑一聲，道：「妳又懂得些什麼？我看她隔三岔五來，大約是想看看娘子還能活多久吧。妳不知道，她自打前年滑過一次胎之後，太醫就說……」遂靠近她同伴耳邊私語了幾句，後者訝異道：「果真如此？」

那宮人笑道：「既如此，殿下便不會再有嫡子了，陛下又如此寵愛皇孫，待陛下萬歲之後，殿下接位，皇孫既是長子，必然就是儲君，到時嫡母外再有個生母，那可多殺風景。」

她的同伴想了半日，搖頭道：「妳說的不能算無理，只是我是聽說娘娘對皇孫卻是真好的，我也不願意像妳那樣，把人人事事都往壞處想，就連雋燕子的心思都被妳想歪了。」

那宮人只覺她與自己相較，實在智識短淺，不由嗤之以鼻，笑道：「妳發夢不醒也隨便妳，只是休怪我不曾提醒妳，過兩年咱們娘子果然沒有了，妳又該怎麼打算？到時候分派到別處宮苑，看那裡的人容不容得下妳，到時倒不怕妳把人人事事都想成好心了。」

她的同伴搖頭道：「有一日算一日，誰還能夠計算那麼長遠？妳能未卜先知，倒先說說妳的打算。」

那宮人悵然了半日，道：「只可惜咱們娘子多病，殿下便連這閣內都未進過半步，像她這般的際遇便是再也沒有了……」

她的同伴推了她一把，笑道：「妳還說我鎮日作夢？」又道：「不是我情願僭越犯上，只是殿下待咱們娘子，未免也太薄情了些。」

那宮人道：「妳明白什麼？遠的不說，妳可知道這後頭有個姓顧的才人，原本萬般寵愛在一身，一朝有了惡疾，這不被丟在一旁好幾年了嗎？他們男子家個個如此，要怪也只能怪娘子的身子太不爭氣。妳還真當世上有荀……荀粲[18]那樣的男子嗎？」她的同伴奇道：「荀粲又是哪個？」那宮人道：「這是幾年前昭訓她們來看娘子時說的故事了，荀粲就是……」正要講解，有人從前面來催問湯藥，便各自閉口不提。

18 見《世說新語・惑溺》：「荀奉倩與婦至篤，冬月婦病熱，乃出中庭自取冷，還以身熨……」又見《荀粲別傳》：「婦病亡，未殯，傅嘏往唁（慰問）粲。粲不明（哭）而神傷……曰：『佳人難再得，顧逝者不能有傾城之異，然未可易遇也。』痛悼不能已已，歲餘亦亡。」

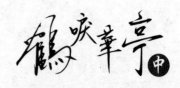

第五十一章

夜雨對床

自禁城甫建，東宮便命名為「延祚」，取續延國祚之意，為儲副所居之正宮。自建立伊始，算來已歷百餘年，其間也居住過四朝六位儲君，六年前修葺得草率，宮室布局大體不曾更革。

晴日無妨，飛甍斗拱在日光下依舊是一派咄咄逼人的金碧氣象，只是每逢陰天，雨水將落未落之際，殿內便仍不免會浮顯出些許陰沉舊態。

宮室的現任主人，皇太子蕭定權的嗅覺在這時總是格外敏銳。連日陰而不雨，整座宮殿內都充斥著古老廊柱從內裡散發出的腐木氣，和著門環上獸首的銅腥氣以及簷下風鈴的鐵鏽氣，無論怎樣熏香都掩蓋不住這些令人不快的腐朽氣息。至於今秋，陰鬱的天氣便不只是添了這一樁煩惱，定權在延祚宮內鎖眉望天，心事一如這殿內敗息一般繾綣不散。

詹事府的主簿許昌平在申時拜謁，遣人通稟時尚無異狀，只在階下站立了片刻，忽聞一聲裂雷震地，尚未從震驚中還過神來，大雨便已傾盆直落。這場醞釀了數日的雨水來勢頗急，他入宮自然又不曾攜帶雨具，霎時工夫，便已被澆得全身溼透。他未得答覆，不便即去，只得依舊躬立等候，將所攜的幾部書籍緊緊護在懷內。

俄頃，一個小內侍從宮簷下冒出頭來，往階下走了兩步，朝他招手喊道：

「那個官，那個官！」

因為離得遠，又被雨聲阻隔，許昌平未曾聽清，小內侍出得殿來，鞋面便溼，索性自暴自棄，又往下跑了幾步，指著他道：「那個穿綠的官兒，叫你呢，殿下宣你進殿去。」

許昌平才急忙拾階而上，見階上小內侍饒是披著雨衣，膝下衣袍也已經溼透。

他雖在殿外整理了半日儀容，待入內之時，不過是跪拜行禮，再復起身之時，腳下又積了一攤雨水。

此刻內外衣衫全溼，襆頭一翅已彎，猶在滴滴答答向下滴水。定權與他結識數年，從未曾見過他這般狼狽模樣，不知為何，心中反覺比往常更可親近，待他站立定了，指著他官帽笑道：「主簿本不是逐俗之人，為何也這般羨慕林宗故事[19]？」

許昌平微微一愣，才明白過來他是在說自己的冠戴，忙又拱手道：「臣失儀。」定權望了殿內一眼，見只有幾個親近之人侍奉在側，遂點頭道：「你跟我來。」

兩人同入內殿中隔出的小書房。許昌平首次涉足太子如此隱私的居處，難

19 林宗，指郭泰，泰或作太，東漢著名美男子，某日途行遇雨，頭巾一角被打濕，遂折之。人爭跟風，紛紛折巾一角，稱之為林宗巾。

免稍感好奇，只見一間不大宮室，其中並無宮人中涓侍奉，陳設亦極為簡單，除靠著東牆一榻之外，不過插架數簽，窗邊一案二椅，案上鋪設筆硯文具，案旁兩尊獅子出香，正嫋嫋吐出沉水香氣。

幾頁朱窗洞開，可窺見殿外風雨如晦，夾帶著隱隱驚雷，天色已近墨黑，雖近處館閣亦不可明白辨識。

他偷偷打量時，定權已行至榻邊，拎起一領小憩時權作鋪蓋之用的鶴氅，搭在許昌平身旁的椅背上道：「主簿暫且把溼衣替下吧。」許昌平大驚辭道：「臣萬不敢當。」

定權輕輕一笑道：「不妨事，不過是件私服，非朱非紫，主簿無須避諱。」看了窗外一眼，又道：「看這雨勢不能即止，主簿穿著溼衣和本宮說話，主簿身上不適，本宮眼中不適，兩相無益，還請勿據常理。」語罷也不再理會他，逕自走到榻前，拾起一卷看到中截的書冊，倚榻隨意翻閱起來。

許昌平回望身邊衣物，見果然只是尋常衣裳，除用質料講究，形制卻無特別之處，遲疑了片刻，終將手中書冊放在一邊，解落溼透的外袍，將乾衣披在肩上，卻無論如何不敢再結繫衣帶。定權見他換好衣服，這才起身，將書冊隨手擱置於一旁書案上。

許昌平見是一卷《楚辭集注》，遂笑道：「令飄風兮先驅，使涷雨兮灑塵。殿下也有這等雅興。」

定權微笑道：「雅字談不上，不過讀讀書，稍稍心安罷了。」

許昌平笑道：「古人云陰雨日乃時餘，正是讀書好時節，臣來卻是攪擾了殿下的閒情。」

定權搖頭笑道：「焉知聽君一席話，不是勝讀十年書？」正言語間，周循入內奉茶，定權吩咐他：「茶就不必了，你去將茶床設好，再去取一餅小龍過來。」周循親自將諸色茶具鋪陳齊備，並不在一旁奉陪，掩門離去。

定權舉手示意道：「主簿請。」

茶床低矮，設在地面，點茶時須跽坐，許昌平自然不敢讓定權先於自己屈膝，便揀了坐南朝北的位子，先行長跪，待定權南面安坐後方坐定。又見定權取小錘出來，展手攤眉道：「臣效力。」

定權將銀錘遞入他手中，見他將茶餅隔紙敲碎，又放入碾中研磨，手法甚是純熟，不由一笑，隨他細細碾研過後再加篩籮，自己轉頭看了片刻雨水，自覺涼風攜雨絲入室，簷外水聲潺潺，數日濁氣一朝驅盡，不由讚嘆道：「好雨如風，北上玉堂，入於深宮，一般振聾發聵，使人耳目清泠。」

許昌平碾好茶末，觀察瓶中之湯已經老嫩適度，水泡有如魚眼，方笑道：「殿下可知風有王者風、庶人風之分，這雨也有王者雨、庶人雨之分？」

定權挑眉道：「願聞其詳。」

許昌平道：「似殿下適才所言，社雨催花，梅雨滌塵，靈雨入於深宮玉堂，掃蕩濁晦之氣，清人耳目，雨間可烹茶取暖，雨後可添錦禦寒，不覺一度流年暗換，這是王者雨。」一時聽得湯瓶中如同窗外，一般有了風雨聲，才將些許茶末投入一只鷓鴣斑建盞，一邊點湯製茶膏，一邊繼續說道：「雨久不至則成旱，久不止則成澇，液雨、月額雨則千里赤地，陵雨、騎月雨[20]則萬頃霖潦，無雨成憂，有雨亦憂，這是庶人雨。如今正當晚稼收割之時，臣卻聽說江南秋雨已連綿十餘日，只恐今冬晚稼難保，以至於連累明春。」

定權連日所憂之事不過於此，他既明白說話，也不再隱瞞，道：「國朝這一場仗，打去了幾十年的積累，這怕還只是個牽頭。自前年起，江南田賦便增了一成，去年又增了半成，如此消耗，只怕天下也是財盡。今冬的晚稼果然不保，明年春來青黃不接之時，官口民口，皆嗷嗷待哺，將軍跟我……」餘話不

---

20 社雨，春分前後下的雨。靈雨，好雨之意，《鄘風．定之方中》：「靈雨既零，命彼倌人（駕車官）。」又暗指君王恩澤，楊巨源《春日奉獻聖壽無疆詞》：「靈雨含雙闕，雷霆肅萬方。代推仙祚遠，春共聖恩長。」液雨，農曆十月間下的雨，舊說為旱兆。月額雨，農曆每月初一或月初之雨，可見蕭繹《金樓子》：「時孟秋之月，陽亢日久，月旦雖雨，俄而便晴。有人云，諺曰：『雨月額，千里赤』，蓋旱之徵也。」陵雨，暴雨。揚雄《法言．吾子》：「震風陵雨，然後知夏屋之為帡幪（帳幕，喻保護）也；虐政虐世，然後知聖人之為郛郭（外城，喻保障）也。」騎月雨，從上個月末下到下個月的雨。陸遊《村社禱晴有應》詩：「爽氣收回騎月雨，快風散盡滿天雲。」自註：「俗謂二十四五間有雨輒成霖潦，謂之騎月雨。」

知該怎麼出口，輕輕咬了咬牙，轉口道：「不管如何，我一力支應罷了，只望將軍在前平安。此役可勝不可敗，將軍和我都心知肚明，我只怕他戰事之餘，還要再顧忌到我的處境，難免便會焦灼冒進。」正說到此，瓶中湯水滾開，定權移開湯瓶，擊入許昌平調製好的茶膏中，看著頓時停止沸騰的茶湯，忽然笑道：「揚湯止沸，不及釜底抽薪。陛下這是一條退路也沒有給我留下啊。」

他一手食指按著睛明，兩眼下俱是鬱青顏色，頗顯疲態，許昌平亦知他這幾年來勞心勞力，著實過得不易。想了想，自持茶筅擊拂，一邊問道：「長州可有軍報返回？」

定權道：「將軍才去半月，便有信也沒有這麼快到京。」此言未虛，眼下戰事初起，局勢未明，確實不好貿然打算。

許昌平沉默了片刻，只得權且安慰他道：「陛下此舉，只是擔心再出靖寧二年時的戰態。殿下竭力辦理好此事，便也得算成就首功。何況如今還有皇孫承歡膝下，為此陛下也不可不容情。」

定權側耳聽那窗外滾滾驚雷，笑道：「主簿幾年前見本宮，還曾說過功至雄奇即為罪由。陛下寵愛皇孫不假，這幾年待本宮優容亦不假。只是凡人究竟難窺天心，雨露雷霆常相隨相依，陛下始終不使趙王之國，也正在明白告訴我等此意。」

許昌平想起所來事務，起身行至案邊，將攜帶書冊中所夾一頁紙張取出，奉與定權。

定權草草看去，其上是幾個新晉御史的名字。

許昌平見他讀完，自主將紙張取回，在風爐上引火燒掉，道：「只恐趙藩並不安心做陛下弈具，亦想做弈手了。」定權冷笑道：「他的這般做作，連本宮也知道兩三分，陛下豈能不察？不過放任他遊戲罷了。」

許昌平搖頭道：「趙藩這幾年寓居京城，閉門不見一客，唯以書畫為事，交通外臣，全賴他府中一謹慎內臣。在千人萬目之下算是做到了十成恭謹，陛下雖心知，臨事卻也未必能挑出他的把柄，這是一。待將軍功成之時，亦是其之藩之日，他心內自然明白此節，卻如此大費周折交往烏臺官員，想必暗室之謀已非一時，殿下不可不防。蠹啄剖梁柱，蚊虻走牛羊，烏臺雖非要職，卻須知人言可畏輿情如水，載舟覆舟皆有前例。殿下難道忘了靖寧二年之事和……」遲疑片刻，終仍直言道：「冠禮之事了嗎？」

定權手中的茶杯微微晃了晃，對著面前的茶具呆了半晌，方嘆道：「我這一干兄弟。」有意無意看了許昌平一眼，啜了兩口茶，心中懷念舊人，娓娓道：「盧先生是當年文章領袖，彼時翰林和烏臺中倒有多半是他門生故舊，而今其人不是序遷入部入省，便是多往地方任職。經你這一提，我倒是才想起此節來。此間舊人離去，倒叫宵小之徒鑽了這個空子。」閉目聽了半日風雨聲，不知憶及何事，忽又開口：「如今不比當年在外便宜，本宮舉手投足皆在人耳目之下，與外臣會晤，欲瞞過陛下難如登天。省部內我自有主張，只是其餘諸事，還要勞主簿費力。」

許昌平明白他言下之意，垂首道：「臣效力。」

他只顧答話，捧著茶盞總是不飲，那盞中茶湯乳花破盡，似已冷卻，定權遂另取盞重新點製，推至他面前，道：「主簿不要著了涼。」

許昌平端起啜了兩口，方要稱讚他茶道的技藝有所長進，忽聞他開口問道：「聽聞主簿上月又回了趟岳州？」心下不免微微一驚。他姨丈一家既被定權拘禁，他仍幾番返鄉，自有別因。

此時將口中茶湯嚥下，方答道：「是臣母殤日，臣返鄉祭祀。」

定權點頭問道：「令堂神主現奉何處？」

他問及此事，想已早是查問清楚，許昌平遂照實答道：「臣養母殤後，養父又續娶了繼母，於其家中祀奉養母尚說得過去，再祀奉先母似乎便有違人情，臣不忍先母成為無祀之鬼，便每年與人錢幾百貫，將先母木主暫奉於鎮外一庵之中，平日添些供養，以待……」頓了一下，方繼續說道：「此庵名為惠清——」

定權微微一笑，打斷他道：「主簿不必多言，本宮隨口問問，只是怕一時事務繁多，有些事情顧及不到委屈了你，並不是有意要窺探臣下隱私。」

他年來性情逐漸沉穩，悲喜之態已不常現於神情語氣間，許昌平也難辨他此言真偽，只低頭道：「臣慚愧。」

定權淡淡一笑道：「主簿既將令堂神主奉於佛堂，當知佛法有四恩之說[21]，報父母，報天子，報眾生，報三寶是也。你我自幼學儒，以釋道為虛妄之談，殊不知儒釋所說的根本，皆是出在一個『孝』字上。父有慈恩，母有悲恩，為人子者受恩不報，只怕異日墮入三途，輪迴報應。主簿既存目犍連之心，我又豈能不體察成全？」

見許昌平將茶飲盡，又道：「雨勢漸小，主簿便請回衙，所贈書籍亦請帶回，就說入宮時逢雨，一向在牆下躲避，衣溼不可見君，待雨稍止而還即可。」他謀略得謹慎，許昌平遂將肩上衣物交還，重新穿上溼袍，行禮辭道：「臣告退。」定權點頭道：「我叫周常侍親送你從殿後回去。」

周循引他離去，餘定權獨立窗前，望著簷外扯斷珠簾般的潺潺雨幕，聽憑雨線沾溼了他闊大的衣袖，沉水香氣息同樣被雨打溼，溼答答的木香使他稍覺安然和疲憊，便依舊倚在了榻上。

風雨入室，枕上生涼，他既不願意去關窗，想隨便搭件衣物避寒，卻又想起那領衣袍已被許昌平洇溼，懶怠喚人重取，便索性作罷。隨手拉過枕邊一本

21 《大乘本生心地觀經》解佛法四恩為國王恩、父母恩、眾生恩、三寶恩。或說為國王恩、父母恩、師友恩、檀越（施主）恩。

《史記》，看了兩段，又將它擲在一旁，微微一哂，喃喃自語道：「察見淵中魚不祥？」

他閉目聽那雨聲良久，似是安然入睡。毫無徵兆地，突然又睜開了一雙充滿疲意的眼睛，一字一頓地誦出下句：「智料隱匿者有殃。」[22]

然而，在這天心同人心一樣潮溼陰暗的天氣裡，他覺得，他還是慶幸能擁有這一份能夠洞察隱匿，以致可能招來禍殃的智慧。

---

22 「察見淵中魚不祥」之句，可見《列子·說符》：「周諺有言：察見淵魚者不祥；智料隱匿者有殃。」《史記·吳王濞列傳》亦有此俗語。意為眼睛太好可以看見淵中所有魚，反而不吉利；能預見隱私祕事的智者會倒楣。指人聰明反而可能會被聰明誤。

第五十二章

蓼蓼者莪

京城的天氣在雨中漸漸涼了下來，接連三、四日，雨水不曾稍停，皇帝日日使人傳旨，命太子不必定省，定權於是落得了幾天自在。

時近月末，雨勢漸衰，某日黃昏皇帝並未遣使至東宮，定權只得依舊具服前往問安。及下輦來，便見多日不見的王慎立在殿外和兩個小內侍說話，神色甚是愉悅。定權遂近前問候道：「王翁近日安好？」王慎在燈下眨著一雙昏聵老眼，笑咪咪地扯住他的衣袖道：「殿下且留步。」

定權駐足問道：「什麼事？」王慎笑道：「今天陛下用過晚膳，說起連日下雨，未見大哥兒，趁著雨小，便吩咐老臣親往東宮，把大哥兒接了過來。」此事太子妃已經遣人通報，定權點頭道：「現在他還是在陛下身邊嗎？」王慎回頭向殿內望了一眼，又笑道：「大哥兒乖巧，陛下甚是歡喜，方才還說要加封他郡王爵位。但凡陛下再提，殿下即可謝恩。」定權微微一怔，笑道：「我知道了。」

王慎親自為他整頓冠服，定權這才入殿，果然看見皇帝坐在御案前，懷內抱著皇孫，祖孫兩人正在一對一答說笑。皇帝輕輕捏著皇孫的左耳笑道：「果然是翁翁的孫子，原來阿元這裡也生了一顆痣，翁翁怎麼今日才發現？翁翁的耳朵下面也有一顆呢。」皇孫好奇地抬頭問道：「在哪裡？」皇帝便笑著將他抱起，讓他站立在自己腿上，側首道：「就在這裡。」定權聽見兩人這段瑣碎無聊言語，只覺得眼前情景滑稽可笑，卻見皇孫果然伸頭探手，想去查看皇帝的左耳，連忙低聲喝斥道：「蕭澤，不得放肆。」

皇孫一見他入內，立刻不再敢動作，低下了頭，在皇帝身上扭蹭了兩下，從他臂彎中滑下地來，等待定權向皇帝見禮起身後，方向父親跪倒道：「臣恭請殿下金安。」他身著小紅袍，頭總兩角，童音軟糯，伏在地上便如一個會說會動的魔合羅一般，皇帝眼看著，只覺得心中愛得不行，等他行完禮奮力爬起來，又將他攬在臂下，對定權笑道：「太子坐吧。」

待定權謝恩後坐定，皇帝又看著皇孫笑道：「阿元聰明，已經認得許多字了。方才朕指著安陽，他即刻便認了出來。朕心裡也高興，索性便封了他做安陽郡王，他也已經跟朕謝過恩了。」果如皇帝所言，御案上鋪設著一張輿圖，定權不由暗暗皺了皺眉，站起身來笑道：「孺子無知，不識輕重，想必是以為陛下還是賜他果物之屬，這是臣素日教導不善之罪。」一面示意皇孫道：「蕭澤，還不快向陛下謝罪？」

皇孫只道自己果真做錯了事，悄悄試探著看了看皇帝，便退至一旁低頭道：「陛下，臣知罪。」皇帝極不滿地看了定權一眼，道：「是朕的孫子，封個郡王又怎麼了？還怕他承受不起一郡的供奉？要你在此多口？」定權撩袍跪倒，叩首道：「臣不敢。」抬起頭道：「只是此子年紀稚幼，便如頑石一般，未經琢磨，尚不知好歹，賢與不肖，猶在兩可之間。幸蒙陛下不棄，素日寵愛有加，於他已屬天大的恩澤，今日陡然再施大恩，只怕要折他福壽。不若等他開蒙讀書，知事識禮，察看他賢愚，再施此天恩不遲。」

皇帝見他明白推阻，又見皇孫垂頭立在一旁絞著一雙小手，也不知他是否聽得明白此語，不由心中生怒，反脣相譏道：「朕倒記得你做世子時的爵位就是華亭郡王吧，那時候你才……」想了想，卻終究不記得他當時究竟是多大，便轉口道：「也不曾讀過幾句書，今日卻用這話來堵朕的嘴？」

定權再次叩首答道：「臣慚愧，先帝與陛下當日厚愛於臣，使臣以稚齡居高位。臣又不敏，竊以為富貴天成，不賴德修，於是素少自律心浮氣躁，更不知稼穡艱難，不聞小人之勞，唯以耽樂是從，甚至有憂遺君父。終致總角聞道而白首不成，實在有愧於先帝與陛下。年來思及前事，未嘗不驚悚汗顏愧悔不及。也請陛下明察，勿以一時之愛，而使此子重蹈臣之覆轍。臣的私意，倒不妨使他先懂得些徽柔懿恭之行，再徐徐圖之其他未遲。」

皇帝見他低眉垂目，神情倒頗為柔順恭謹，一番官話也說得四平八穩滴水不漏，愣了半晌，無言以對，只得抬手道：「你起來吧。」轉首無奈對皇孫道：「既然你爹爹不許，翁翁只好暫且對阿元食言了。」定權方起身，聞言忙又跪倒，皇帝不耐煩道：「不是在說你，你不要裝模作樣。」又對皇孫笑道：「等你再大些，翁翁當著眾臣百官封你可好？快來與翁翁打個勾。」說罷便向他伸過手去，皇孫又偷看了定權一眼，這才也伸出小手來，當下祖孫兩人勾了勾手，皇帝又問道：「阿元可還要別的什麼，翁翁今日一發許給你。」皇孫低聲道：「臣不想要什麼了。」皇帝笑道：「翁翁倒知道阿元想要什麼。」遂遣人去取糖給他。

皇帝此夜本一心歡喜，被太子板起面孔一番說教，也覺甚為掃興，看著皇孫把糖吃盡，便抱他下地道：「翁翁想早些歇息了，阿元跟你爹爹回去吧。」太子與皇孫遂同向皇帝行禮，辭出殿去。王慎一直侍立在外殿，見兩人出來，皇孫欲費力邁過殿前檻階，定權卻只管抬腳便走，遂恨恨地趕上前去，伸手攬起皇孫送他出門。

他一雙眼睛憤憤地盯著自己，定權情知他在外間聽得一清二楚，此時只作不察，笑辭道：「阿公不必遠送了。」太子妃未至，只有太子攜皇孫同歸，王慎自然放心不下，到底將皇孫抱到殿下輦前，便將他往定權面前一送，倚老賣老辭道：「臣年邁，不能攜皇孫升輿，只得勞煩殿下了。」眼見太子滿臉不知所以然地左右去看隨行的宮人內侍，更是恨得牙癢，憤憤然把皇孫往他懷內一推，轉身便走。

定權無奈，只得一手攬著皇孫登輦，他做不慣此事，提著小兒如提物品一般，只是隱隱覺得皇孫輕得有些怪異，既到輦中便立刻將他放下。往日他來皇帝處問省，不是獨乘一小輿，便是與妃共乘一大輿，如此父子獨處卻是頭次。兩人各據一隅，半晌也沒有聲響。

輿外微雨紛紛落下，他側目望著雨中宮闕，燈火的影子映在水裡，上下光明連成一片，一個宮人不知何故跪倒在雨中，衣裙皆溼，忽然想起了某年雨中的月色，不由微微蹙了蹙眉，擊掌示意停輿，探頭問道：「此處可是處罰宮人的處所？」幾人連忙告罪向前，將那宮人飛也般架走。這幾日變天，定權歷來的四逆之症本來又有些發作，今夜穿得又稍少，這一番折騰，忽覺鼻中有酸癢之意，便以袖擁口，倚著車壁輕輕咳嗽了兩聲。

皇孫一直在側悄悄察看，此刻忽然問道：「爹爹，你冷嗎？」聲音甚是稚氣。定權依稀記得從未與他單獨對答過，一時不知是當開口回覆還只是搖頭示意。皇孫不聞他答覆，想起長沙郡王教授過的取暖辦法，便將小嘴湊到他手邊，為他呵了兩口氣。

此人皮膚雪白，眉宇清秀，雙目亮得像兩粒明星，據許多人說他生得很像自己。他烏黑的頭髮梳成可笑的模樣，身體上穿著可笑的小衣衫，微微溫暖的氣息中還不斷散發出糖味。這個幾乎形同陌路的小小人兒，突然對自己做出這麼奇怪的親暱舉止，定權一瞬間愣住了。片刻後，他靜靜地抽回了手。

皇孫如同所有犯了過錯而遭喝斥的小兒一樣，重新吶吶地垂下了頭，一根根地數著自己的小手指，不再說話也不再動作。

輿內的光線昏暗，就像定權彼時看不見兒子眼中溫柔天真的報恩神情一樣，皇孫也看不見父親眼中隱隱的訝異、不適以及……

不知所措的茫然。

從康寧殿回到延祚宮的路程不算長也不算短，卻走得十分尷尬。下輿時，定權囑咐宮人將皇孫送回太子妃閣內，並沒有再伸手提攜他。

周循追逐定權回到他的小書房內，方欲開口，便聞定權又咳嗽了兩聲，怕他著涼，遂吩咐人準備熱湯備他濯足之用。待湯水齊備，打發走了旁人，看著他自己動手除去靴襪，這才忍不住埋怨道：「殿下今晚何故又要引得陛下不快？」定權將足尖點入水中，只覺微燙，慢慢咬牙將雙足浸沒在水中，吸了口氣方笑道：「是王常侍派人用八百里加急告訴你的？」

周循並不理會他的譏諷之語，繼續自顧說道：「按照國制，皇太子之子援例理當領郡王銜。陛下愛重皇孫，這是天大恩典，殿下何苦又作此態？」

定權不肯作答，閉上眼睛輕輕吸了吸湯中澤蘭與艾草混合的香氣，半日始覺雙足溫暖，鼻息通暢，這才伸出腳來，周循卻只把巾帕往他身邊案上一搭，抄手不再理會。定權啞然失笑道：「你們當真見我年來脾氣好些，一個一個都要欺到我頭上來不成？」見周循開口欲語，又冷笑道：「你又懂得什麼？顧逢恩去年才封了侯，如今又輪到皇孫，陛下當真便是一條路也不想留給顧思林了嗎？這不是促他速死又是如何？」

周循全沒想到他會說出這般話來，愣了片刻，嘆了口氣，取巾帕為定權將雙足拭乾，道：「陛下未必就是此意，殿下何苦要想這麼許多無益之事？」見他不語，也不再喚人來服侍，親自捧湯離去。

皇孫回歸之時，太子妃正在卸載簪珥，對鏡補描晚妝，見宮人攜他入室，也頗覺快慰。待他行過禮，便住手抱他起來，隨意問了幾句話，無非是皇帝與他的對答之類，及待聽到耳下生痣一語，不由便笑了起來，讚道：「我們阿元果然是有福之人。」

兩旁宮人連忙附和，將皇孫聰明、孝順、伶俐之語又重新說了個無算。至說起封王之事，皇孫卻不能記得父親的許多微言大義，只能轉告太子妃道：「爹爹不許。」

太子妃微微一愣，道：「爹爹不許，都是為了你好。」

皇孫乖巧地點了點頭，道：「娘，妳梳頭，阿元在旁邊看著。」

太子妃笑應道：「好。」

梳罷晚妝，太子妃見尚未至皇孫睡眠之時，遂按平日之例接著教他讀書識字，此夜敷衍《毛詩》中的《蓼莪》一節。她本出身文學之家，也通些經史，此刻與皇孫逐字逐句講解，深入淺出，頗為清明通達。又將其中幾個容易的字，教皇孫認識讀寫。

講到「拊我畜我，長我育我。顧我復我，出入腹我」兩句，待太子妃說明句意，一旁靜聽的皇孫忽道：「娘，爹爹今天抱了阿元。」

太子妃一怔，笑道：「爹爹疼你，所以抱你。」

皇孫點點頭，想了半日，用小手指摳著太子妃胸前繫著的香囊，又低聲道：「爹爹衣服上很香，和娘一樣。爹爹的手很冷，和娘不一樣。」

太子妃攬他在懷，伸手撫摸他的額髮，輕輕道：「阿元真是好孩子。」因為皇孫要讀書，怕他傷眼，此刻閣內燈火輝煌，明朗如同白晝。然而皇孫畢竟年紀太小，如同在輿內一般，他也沒有看見精心妝扮過的嫡母望向自己時，那慈愛的眼神下隱隱的傷感、寂寞以及……同病相憐的悲憫。

鶴唳華亭 中

作　　者／雪滿梁園
發 行 人／黃鎮隆
副總經理／陳君平
總 編 輯／洪琇菁
執行編輯／陳昭燕
美術監製／沙雲佩
美術編輯／王羚靈
國際版權／黃令歡、李子琪
企劃宣傳／邱小祐、劉宜蓉
文字校對／施亞蒨
內文排版／謝青秀

國家圖書館出版品預行編目資料

鶴唳華亭（中）/ 雪滿梁園作 . -- 初版 . --
臺北市：尖端，2020. 01
冊；　公分

ISBN 978-957-10-5748-4（中冊：平裝）

857.7　　108019496

出版／城邦文化事業股份有限公司　尖端出版
台北市 104 中山區民生東路二段 141 號 10 樓
電話：（02）2500-7600　傳真：（02）2500-2683
讀者服務信箱：7novels@mail2.spp.com.tw
發行／英屬蓋曼群島商家庭傳媒股份有限公司城邦分公司　尖端出版
台北市 104 中山區民生東路二段 141 號 10 樓
電話：（02）2500-7600　傳真：（02）2500-1979
劃撥專線：（03）312-4212
戶名：英屬蓋曼群島商家庭傳媒（股）公司城邦分公司
劃撥帳號：50003021
※ 劃撥金額未滿 500 元，請加付掛號郵資 50 元
法律顧問／王子文律師　元禾法律事務所　台北市羅斯福路三段三十七號十五樓

台灣地區總經銷／中彰投以北（含宜花東）　楨彥有限公司
電話：（02）8919-3369　　傳真：（02）8914-5524
雲嘉以南　威信圖書有限公司
（嘉義公司）電話：0800-028-028　　傳真：（05）233-3863
（高雄公司）電話：0800-028-028　　傳真：（07）373-0087
馬新地區總經銷／城邦（馬新）出版集團 Cite（M）Sdn Bhd
電話：603-9057-8822　傳真：603-9057-6622
E-mail：cite@cite.com.my
香港地區總經銷／城邦（香港）出版集團 Cite（H.K.）Publishing Group Limited
電話：852-2508-6231　傳真：852-2578-9337
E-mail：hkcite@biznetvigator.com

版　次／2020 年 1 月 1 版 1 刷　Printed in Taiwan